無疆思语

WUJIANG SIYU

哈建设 著

中国方正出版社

图书在版编目（CIP）数据

无疆思语/哈建设著．—北京：中国方正出版社，2013. 1

ISBN 978 - 7 - 80216 - 949 - 4

Ⅰ. ①无…　Ⅱ. ①哈…　Ⅲ. ①中国文学—当代文学—作品综合集

Ⅳ. ①I217. 2

中国版本图书馆 CIP 数据核字（2013）第 002458 号

无疆思语

哈建设　著

责任编辑：罗侃平
责任印制：李　华

出版发行：中国方正出版社
（北京市西城区平安里西大街 41 号　邮编：100813）
编辑部：（010）59596615　发行部：（010）66560936
出版部：（010）66510958　门市部：（010）66562755
邮购部：（010）66560933
网　址：www. FZPress. com. cn
经　　销：新华书店
印　　刷：北京盛兰兄弟印刷装订有限公司

开　　本：787 毫米 ×1092 毫米　1/16
印　　张：25. 5
字　　数：180 千字
版　　次：2013 年 2 月第 1 版　2013 年 2 月北京第 1 次印刷

ISBN 978 - 7 - 80216 - 949 - 4　　定价：52. 00 元

作 者 简 介

哈建设，号沙柳，男，55岁，宁夏青铜峡市（古称朔方）人。现任甘肃省纪委、监察厅宣传教育室主任兼《中国纪检监察报》甘肃记者站站长；现为中国书法家协会会员、中国文化艺术协会名誉会长、中国文化艺术学会艺委会主席、台北故宫书画院名誉院长、中央纪委监察部华夏清风书画艺术院副院长、中国名家书画院一级书法师、中国古代怀素书法艺术研究院研究员；甘肃省书法家协会会员、兰州书画研究院名誉院长、甘肃省直机关书画协会副秘书长；日本国东京、奈良书道会特邀艺术顾问。2010年被评为“感动中国文化人物”。

30多年来，他利用工作之余潜心研习书法艺术。起先仿临颜真卿、柳公权、欧阳询、黄自元、苏东坡、爨宝子、金农等楷书和魏晋时期的碑帖；隶书手追张迁、曹全、乙瑛、古斜道、泰山金刚经、简牍、伊秉绶、邓石如等；行草效摹王羲之、米芾、黄庭坚、孙过庭、李北海、唐寅、文徵明、陆柬之、王铎、怀素、岳飞等作，偶学画。他师古不泥古，博采众长，从中领悟古法新意之间的联系，在传统的根基上，力图创新。他的书法作品已多次参加日本、泰国、我国内地和香港地区展览或获奖。先后获中日邦交二十五周年纪念邀请展特等奖，“全国第二届唐诗宋词书画创作大赛”二等奖；“同在一片蓝天”书法美术摄影大赛三等奖，香港“龙港杯”书画大赛二等奖以及全国“和平杯”、“伊翔杯”、“爱华杯”、“鸢都杯”、“庆香港回归书法大赛”等大展优秀奖，全国“冰雪情”大展精品奖、酒钢杯特等奖、甘肃省第二届敦煌文艺奖，等等。

他的作品先后入编日本《艺术家年鉴》和《书道艺术》，入编《中国当代艺术界名人录》及香港纂《世界华人书画名家大辞典》、《世界名人录》等10多部辞书辞典。作品在《人民日报》、《中国纪检监察报》、《中国文化报》、《甘肃日报》、《兰州晚报》、《党的建设》、《现代行政》、《九州书画报》等20多家报纸杂志上多次发表或刊登；并被省档案馆和市博物馆收藏，为5家刊物题写刊名。他还具有一定的写作水平，在30多家报纸杂志上发表诗歌108首，散文和新闻稿件1400多篇，杂文14篇，楹联164副。1997年6月，甘肃省电视台文化风景线《名家专访》制作专题片《墨池畔的沙柳》，原省书协名誉主席尹建鼎、副主席蒙子军及现省作家协会副主席马步升等都先后撰文在报刊和媒体上做过专题评价。

序

中国纪检监察报社社长　李本刚

建设是为数不多10年以上目前还在任的《中国纪检监察报》记者站老站长。10多年来他立足本职，悉心尽力，发表了上千篇新闻稿件，有些稿件体现了一定的思想深度，受到领导多次批示表扬，并由多家媒体转载。他是记者站长的优秀代表，为反腐倡廉宣传做出了突出贡献。特别值得一提的是，他除了敬业尽职以外，工作之余，勤于思考，笔耕不辍，创作了大量的散文、随笔、诗歌等文学作品。这些作品具有相当的水准和品位。就在行将结集成《无疆思语》一书时，他请我为之作序。作为老朋友，有感于他的挚诚和勤奋，也欣喜于他的成果斐然，便不揣冒昧，欣然应允了。

建设的这本书共分五个部分，收集了他最近10多年来在不同报刊上发表的文章60余篇，诗歌近30首，还有少量楹联，另外还附上8篇国际国内知名专家对他书法的评论文章，个别不乏国际知名大家。本书所选的文章展现了建设的胸怀和气度，凝结了建设的情感和智慧，似清风徐来，如浩浩正气，给人启迪和美感。没有高雅追求的人、没有正义感的人、没有思想修养的人，是写不出这样的文章的。看似寄情山水之间、放浪形骸于树木草丛之中，但我们从字里行间感悟到的是他的真情实感以及他对周围事物的独特感知。这正是他的可贵之处，用拟人化的笔触，将眼光始终瞄准在生活周围的人，瞄准自己工作环境中从事纪检监察工作的人和事，以小见大，从中开掘闪光点，以此来热情讴歌时代精神，热情讴歌他熟悉的纪检监察干部。同时，他还以犀利的目光洞察时弊，进行慎独思考，鞭挞丑恶，宣扬真善美，不仅表达出积极乐观、睿智深邃的见解，而且还将正义的旗帜高扬。建设还是一个爱好广泛、善于思考的人，他对一个个著名红色旅游景点表现出浓厚的兴趣，所到之处总能从中发现一种精神元素和精神符号，从而探究红色文化资源的当代价值。激扬深沉的文字里既饱含着对历史的尊重，又解读出了红色文化中蕴含的精神力量，在弘扬时代主旋律的同时，凸显出一个普通共产党员的历史责任感和使命感，反映出他对党的事业的忠诚、对祖国的热爱和对人民的深厚感情。好的书和文章，能给人以启迪，催人以奋发，引人以向上，教人以向善，读罢颇有收获。

建设为人厚道，勤奋好学，多才多艺。他不仅写得一手好文章，赢得了同行们的赞誉；而且书法造诣相当深厚，他以顽强的毅力，临池不悔，取得了骄人的业绩，书中收集的几篇名家点评，就是有力的佐证。据我所知，建设担任宣教室主任以来，每天都有大量公务需要处理，但他忙里偷闲，苦中作乐，总能挤出时间，坚持不懈地从事文学创作和书法研习。这在别人眼里是个“苦行僧”、“头疼”的事，他却乐此不疲。他是个有心人，总是能在别人司空见惯的江河湖海、山川草木、鸟语花香中读出别样景致、品出独特韵味、悟出达观精神来，故以心智作书，书法保持了鲜明的个性；以性情著文，文章表现出深沉的爱意。人如其文不做作，人如其书不矫揉，酣畅淋漓。

与建设相识较早，熟知则是近几年。他为人忠厚、办事果敢、处事沉稳，这些都给我留下了深刻印象。他黝黑的面庞、敦实的身板、豁达的爽朗大笑，活脱出一个西北汉子的神韵。读着这部凝聚了一位普通共产党员心血智慧的《无疆思语》，顿觉手中的重量，不由生出一种敬意。文如其人，古人讲究以字断人，以文识人。从建设的文章与书法中，我加深了对这个西北汉子的理解。这理解中包含着我对他情操、信仰、理想和境界的认同。建设时常考量着“骨”与“气”的关系，探究“节操”在人生中的意义。《无疆思语》的书名体现了他的思考与探究。这世上，有多少事本应无疆，有多少情本应思而后语！

人是要有一点精神的，没了精神就没了脊梁。建设生活在富有的精神世界里，以不倦的热心传承着中国传统文化的同时，以沙柳为笔名，为山榆树颂歌，为幽咽声中的骆驼魂正名。同时，在韶山、延安，在古田、红安，追忆先辈，思考着现实中如何尽职尽责地完成党和人民赋予的责任。在他眼中，敬业是一种境界。他出身行伍，忘不掉那军旗红；转战纪检，青衿不可易。他干一行，爱一行，钻一行，并痴心不改探书艺，勤耕砚田里，以文心德化书风。他如戈壁沙漠上的劲驼，不知疲倦地跋涉，终而获得了社会的认同，被聘请担任了一些相关的文化职位，在社会上具有较高知名度，只要从《中央文化网》等相关权威网站点击便可获得他的相关信息。至此，是与不是，明眼人一看便知。

最后，我想借建设同志的诗作《吟竹》聊表敬意，与诸公共勉：

平生无意傲烟霞，
独抱虚心阅岁华；
挺立数竿标劲节，
几经风雨不横斜。

特撰此文，是为序。

2012 年 7 月 20 日于北京

目录

行者无疆，思者无疆，天地有边界

散文随笔

寓言杂文

诗歌楹联

古韵新声

情深意长

散文随笔

心而得·笔走河山

山榆树

在甘肃省中部干旱山区，顽强生长着的山榆树，着实令人难以忘怀。

提起山榆树，人们对它的印象往往是“极其普通”。是的，山榆树的确极其普通：它既不妩媚，也不婀娜，更不骄横，它的别致在于弯曲粗犷的躯干上，突然生出许多枝叶，形同伞盖，梦缘直上天宇，撑起了陇中干旱山区绿色的希望，在贫瘠的山梁沟峁间，奏响了生命的乐章。

陇中山区苦甲天下，大凡去过的人，都不会忘记。那里自然资源贫乏，环境异常恶劣，特别是水贵如油，一直是人们热切的企盼；气候的反复，温差的变化，使夏日如匆匆过客。记得，有一年竟在6月份突降大雪，压折了许多杨树头；然而，山榆树却恰巧相反，仿佛洗了个冰雪浴，清姿更新，嫩芽萌生，方显出生命力之强劲。

山榆树可谓搏命的强者。虽然，它既不伟昂，也不高贵，又不刻意选择生存的环境，可为什么能在干旱山区根深蒂固？其根本在于它不弃离和轻抛贫困的土地，平凡中见精神，秉小节而见大义，挺直了与命运抗争的脊梁。尽管它生长的天地并不优雅，一旦问世就经受着诸多困厄，但它从不哗众取宠，不为浮名攀缘摘桂，更不好高骛远雷同他物；总是结结实实地扎根在黄土地上，倔强地生长着。风来了，它抖一抖擞精神迎上去；雨来了，它舒展筋骨吐出嫩绿；冬天到了，它扑棱棱在严寒中酝酿着新绿；夏日来临，它遮炎避暑给人们送上绿荫，装点着荒山秃岭。它生命的起点，没有鲜花，没有颂歌，也没有扶持，更不愿向世人标榜。它生命的魅力，则在于贫不厌世，绿不欺物，既不整天地叹息指责，也不无端埋怨命运对它的不公正，而是认准一个目标，去刻苦磨炼，率性成长。它生命的内涵，交织在洁白的雪花里，孕育在冰封的严冬里，拼搏在料峭的春寒中，以其坚韧的毅力，冲破了命运的禁锢，侃侃立世，只要生长成才，奉献的将是浑身解数。

由此，我联想到陇中山区的农民，他们祖祖辈辈守着黄土地，凭着勤劳和勇敢，种草种树，治荒治坡……背负着诸多艰辛顽强地与命运抗争着，不屈不挠地改造着家乡的山川，探寻着一条治穷致富的道路，传唱着生命的颂歌。

人们概之于生命的评说，各尽一致，又不尽一致；对真善美，也总是从不同角度去审视。名贵的牡丹，以它雍容华丽的芳姿，夺得天下美誉；苍天的翠竹，未出土时便有节，给人们以启示；秋菊傲霜，寒梅斗雪，喻示人们去追求一种崇高的境界。而那些类似山榆树一样平凡而又高尚的人，那些一旦被命运抛弃在恶劣环境中而仍能发光发热的人，岂不更加值得人们钦佩？对此，我常想起那些在贫困地区工作的人们，特别是辛勤耕耘的园丁们。近年来，由于地方财政困难，一段时间内，难以如期支付给他们赖以维持生计的微薄工资。他们承受着常人难以承受的压力、艰辛和困苦；就是这样，他们怀揣一颗良心、肩挑两代希望，仍不顾个人得失，不顾个人辛劳，夜以继日，废寝忘食地坚守在各自的岗位上，不知疲倦地为国家培养着人才和栋梁；在他们身上有许多感人至深的故事……他们“吃的是草，挤出的是奶和血”；他们燃烧了自己，照亮了别人，这是何等的伟大啊！

我赞美山榆树，它在我身处逆境时给了许多的启迪和勇气；我颂扬山榆树，它那脚踏实地、不求索取的清雅，在物欲横流的今天，将留给人们深深的思考。

（发表于《甘肃日报》1997 年 7 月 9 日第六版）

童年的记忆

每个人的童年，都很重要。无论富贵还是贫穷，总会留下深刻的印象，甚至会影响到人的一生。

我的童年仿佛从家里那盏昏黄的煤油灯记起，它夜夜记着母亲长长的影子，记着我们的成长。上个世纪50年代中，我以一个“不速之客”问世，家里排行老二。据母亲讲，在怀我之前，我们家老大出生一年多老是“病病歪歪”，不见好转。鉴于这种情况，母亲和父亲商量后，不准备要我了。母亲说我命真大，吃了几幅堕胎药、干重体力活、搬重东西，想了好些个法子，硬是没把我整掉，只怀了七个半月就生下来了，竟然还活得好好的。

那是个火红的年代，父辈们刚刚尝到翻身解放的滋味。为了报答党的恩情，个个都铆足了劲，工作热情达到了忘我的境界。在我们兄妹的记忆中，父亲很难顾家。母亲成了家里的主心骨，里里外外忙个不停。白天要到蔬菜公司上班，家里缝缝补补的活大都集中到晚饭后。那时候居民区还没有通电，煤油灯就是家里唯一的光亮。我们放学后晚上做作业要靠它，等我们兄妹睡下后，母亲就开始在昏黄的煤油灯下忙活起来，周而复始。母亲很要强，为了让家中老小都能在春节穿上新衣新鞋，从秋后就开始打褙子，纳鞋底，量体裁衣，飞针走线。母亲的手很巧，在我们那个院子，都是数得上号的。因此母亲还常常帮别人家干一些诸如掏领口、盘纽扣、上鞋面等难度大些的“技术活”。

母亲年轻时做的饭很香，尽管是粗茶淡饭，让我记了一辈子。以至于后来离开家乡，走南闯北，吃惯了山珍海味，总也想起母亲的手擀面、粉汤、猪肉炖粉条和红烧黄河鲤鱼。尤其是将黄河鲤鱼油炸后炖成鱼汤，一锅鲜美的汤中，放上点嫩嫩绿韭菜，不仅色泽好看，而且鲜爽入口，香到记忆里。总之小时候的饭菜吃着很地道，除母亲用心调制外，大概是没有污染的缘故吧。

家是童年的依赖，唯有健康的家庭才是幼稚生命茁壮成长的沃土。我们家居住的那个大院是一处四合院改造成的，院内住着10多户人家，来自不同的岗位和单位，论条件都不富裕，日子过得也不宽裕，可彼此间相互融通，相互尊重，相互帮助，相处得非常和谐。父亲非常热爱他的工作，一年到头总是很忙，仿佛将全部热情和精力都投入到工作中，他以其诚实的为人、精湛的业务能力，不仅受到单位上上下下的尊重，也赢得了荣誉，为我们健康成长，提供了稳定的经济收入。母亲很尊重父亲，也很支持他的工作，将自己一生的感情和忧患都系于父亲身上，她用毕生的勤劳、善良和柔美，抚平了横在邻里、亲戚之间的误会、隔阂与藩篱，使普普通通的家充满了阳光。

至今我记得父亲给我的那支紫红色杆的“英雄”金笔，那是父亲获得“先进工作者”的奖品，自小学三年级上课要使用钢笔时，父亲就毫不犹豫地把它交给了我。记得我拿到金笔的第三天，那天刚好轮到我们组值日。教室东边有口水井，为了打扫教室卫生，我到水井边去打水，一不小心将金笔掉到井里，我伤心地哭了。我们的班主任叫赵玉娥，人长得很标致，她看我很伤心，便安慰我：“别着急，老师明天上街给买一支新的，好吗?”我更加着急地说：“那是我爸爸得了先进工作者的奖品，他一直都舍不得用，放了三年多才送给我的。”老师听完我的话，告诉我：“你放心上课去，老师最迟明天一大早原物还给你。”我只好含泪上课去了。

第二天，我早早地来到学校，教室里只来了两名同学，赵老师已经在教室里。见我进来，从上衣兜里掏出金笔递给我，并在笔帽上配了条镀光的钥匙链，一头扣在我的上衣第二个纽扣上。这件事让我牢牢地记住了，并明白做人要像老师那样，不求有为，但求有德，默默地以自己的行动，给人以温暖，送人以慰藉。

赵老师是个很有修为的人，她看了很多书。她不仅数学讲得好，有时语文老师上不了课，她就替讲，也很受学生欢迎。我们班里好些同学经常爱到她那里去玩。而且每次去，老师都不厌其烦地先是问问我们课堂上能听得懂吗？若有什么含糊的地方，老师都要耐心进行辅导，直到弄懂为止。老师一有空就给我们讲故事，有古代的，有革命战争年代的，讲得最多的还是小说里的人物。开始上学时，我喜欢数学，作文课比较“头疼”，费了很大劲，作文分数总上不去。听了老师讲的许多故事后，慢慢地被好奇心驱使，从看小人书开始，逐渐到阅读小说，一发不可收拾。

我们家前面住着一户姓孟的“老大爷”，说话文绉绉的，大人们都叫他“老夫子”。孟大爷收藏了许多的古典小说，也是个肚子里有故事的人，他很喜欢小孩，给我们讲的多是《水浒》、《三国演义》、《说唐》、《三侠五义》等之类的东西。后来，我们干脆就从他那里借书看，这一阶段看了不少的古典名著，以至于在以后的几十年中，对历史产生的浓厚兴趣始终不减。

有时回想起童年的时光，尽管路并不坚实，每一步的成长也都离不开父母、师长和许多好心人的关怀、关爱和照顾，正像一棵幼苗，离不开阳光雨露的滋润，生命的起步就是在沐浴恩泽的阳光下开始，走向更远。每每想起，总有一种感恩之情油然袭上心头。是啊，人只有常怀感念，脚下的路才走得踏实。换言之，一个人如果懂得感恩，才会让自己与家人、朋友之间的距离拉近，才能把握机遇，精彩人生，使生命更加厚重。

可在物华如流的今天，许多人总觉得生活中少了点什么。如果我们每个人都能躬身亲为，多一份感恩，多一份理解，多一份谦让，世界才能充满爱，才能产生数不清的好人，要知道只有好人成为世界的主人，人类的生活才更加美好。

总而言之，童年的记忆是梦的故乡，许多经过的事，或家乡的水，家乡的芦苇荡，家乡的山，还有家乡的田野……所有的一切，都有可能幻化成五彩缤纷，在生命旅程中，跟随着你，在某个长夜不经意间会缥缈萦绕；尤其是漂泊在外的人们，这样的梦或许会伴你一生。

（发表于《中国纪检监察报》2011年8月26日第四版）

遥望远山

父亲走了，走得是那样急促，以至于我这个做儿子的，紧赶慢赶也没能见上最后一面，每每想起心情格外沉重，心仿佛被撕裂一样的疼。

记得那天早晨刚上班，接到了母亲的电话，告诉我父亲的情况不好。我随即请了假，买了9点48分的火车票，一家三口匆匆登上了返乡之路。2个多小时后，火车刚过白银市，我哥打来电话，哽咽着告诉我："爸爸等不住走了。"当时我的脑袋"嗡"的一声，鼻孔就流出血来……就这样晕晕乎乎回到家。父亲像睡着了一样，躺在客厅临时搭起的棂床上，两手握着。待我们一家三口举行毕祭奠仪式，母亲附在父亲耳边："老二一家回来了，你放心吧！"父亲的右手才慢慢舒展。父亲就这样一直坚持到老四从山东赶回来，才彻底撒开双手。

离开父亲的十年里，我总是情不自禁地倚窗而立，凭栏远眺，依明月遥寄思乡之情，于静谧之时常常在想，他老人家到底给我们留下了什么？心里竟这般沉沉甸甸，有时竟压得让人喘不过气来。

越是这样就越是怀念，也就越想说点什么，写点什么，聊以自慰，可总是没有勇气。真是惭愧！身为人子却怎么也悟不透、读不懂老父这本书。

沧海茫茫，人生无常。父亲84载的人生旅程，极不平静且充满了艰辛，经历过新旧社会的变故和太多的事情，以至于有些事连他自己都记不清了。父亲结婚比较晚，生育了我们兄妹八人。在我们的记忆中，父亲就像大山一样，沉稳宽博，踏实牢靠，一直很少夸夸其谈，总是思多语少，凡事要么不说，要说总强调理字当先。尽管这种记忆是支离破碎、挂一漏万的，但仍是那样的刻骨铭心。

如果说母亲给了我们家安宁，父亲却竭尽全力撑起了家的大厦，给了我们做人的魂。同父亲一块供过事或打过交道的人，都普遍评价说他性格极好，是个温和而又诚实的人。这一点在我们的成长中，感同身受。父亲是个平凡的人，可他总想竭尽之能，为儿女们撑起一片天，带来更多的阳光，让我们健康成长。父亲对我们这些儿女总是耐心尤佳，很少动怒。但凡遇到烦心的事，往往只用行动来证明给孩子们，结果和答案是要靠自己用心去参悟周围的一切事物。所以，我们兄妹更多的是靠观察或者是领会，来感受父亲那颗慈父般的心肠。在我小的时候，院子里的大人们一有机会聚到一块，总爱讲一些鬼呀神的故事。到了晚上，我时不时就会想起这些故事。特别是灯一关，屋子里黑黑糊糊的，常常吓得我们难以入睡，要么把头深深埋在被子里。冬天还好受，夏天却被憋得满头大汗。父亲知道了，并没有责备我，也不灌输空洞的道理。只是抽时间，带我到野外或者在夜间出去转转、看看，逐渐地引导我懂得：“人最怕的就是自己吓自己。”说来也怪，夜路走多了，看多了，人的胆量也就大起来。以致后来多少年，一遇到事情就想起父亲的这句话。

父亲是个普普通通的电信工作者，围绕着宁夏银北地区一市两地的通信线路，周而复始，忙碌了40多年。在我们兄妹的记忆中，父亲把工作看得比生命还重要。我7岁那年，临近春节前，大雪纷飞，一连下了三天三夜，天气冷得尿尿成冰。夜里大约三更时分，突然电话铃响起，父亲接完电话，二话没说，很快穿好衣服，推上自行车，架上工具包，就出门了。要知道，那可是隆冬腊月，是宁夏最冷的时候，又何况是冰天雪地。一连三天，妈妈在家里，不停地看着窗户上结的厚厚的冰，坐立不安。等父亲回来时，脸上冻起了水疱，脚冻肿了，大头鞋好一阵才脱下来，戴在手上的手套，只能在凉水盆里泡了好一阵才拿下来。妈妈含着泪，一边给父亲涂着药膏，一边埋怨着：“你这样有个三长两短，让我们怎么活呀！”然而，没过几天，线路又出了故障，父亲还是二话没说，依然推上他的自行车、架上工具包，一去就是几天……无论冬夏春秋，风雨无阻，冰雪无搅，从未误事。似这样的事，在我们的成长中，已记不清有多少次，但却深深地印在了我们的脑海。直到现在，弟弟妹妹回想起来，都很难理解他们这一代人，竟为了那么个名不见经传的工作而玩命。

1967年的初夏，那天放学回到家，满屋子的烟，屋里坐着四个客人，一个个表情煞是严肃。母亲在厨房里一边做着菜，一边竖起耳朵在认真地听着。在这之前我们家还从没遇到过什么事，也没有意识到，一场改变我家命运的事情正悄悄逼近。2 个月后，我五叔赶着马车把我们家接回席庙老家。席庙是青铜峡县叶盛公社的一个大队。地方确实不错，但在那城乡差别比较大的年代，各方面条件都无法与城市生活同比。开始母亲不习惯，感觉太冤枉，总认为父亲过于正派不会拐弯，低个头就能要命。

时间一长，我们渐渐明白了我家被赶到农村去的真正原因。局里有一帮人要夺权，父亲是邮电局的元老，有一批人都跟父亲学过徒，当权派里的局长就曾经是父亲的徒弟，因此夺权的这帮人把父亲看成“重磅炸弹”，企图利用父亲的威信轰倒当权派。他们不遗余力，甚至捏造事实，诬陷局长为自己老家偷运了几百米黑皮绝缘线。但父亲却很佩服他的这个徒弟，不仅人品好，能力强，而且做事很得人心。不管想夺权的人怎样软硬兼施，父亲一直坚持着，也不管谁来找他、劝他，他总是一句话：“人就是不能坏良心。”这帮人看父亲“不上套，不开窍”，竟开起父亲的批斗会，父亲不服，觉得没道理，干脆一跺脚回乡务农去了。造反派还是不依不饶，把“黑材料”寄给老家的大队上。

父亲 14 岁被马匪军强行抓了兵，从一名通讯兵一直干到了排长。1949 年 8 月底，宁夏解放前夕，他所在的部队整体起义。解放后，组织经过考察已作过明确结论并载入档案。这点事也被那帮人给翻出来，以反动军官之名，转给了老家的造反派。父亲万万没有想到，生他养育他的地方也这么疯狂。

回到老家后，大约过了几个月，局里偷偷来了不少的人，这些叔叔阿姨给我们家带了一些生活必需品，也给父亲带来香烟。

父亲年轻时吸烟很凶，最多时一天两包都不够。到农村后没钱买烟了，索性自己种着旱烟抽，若青黄不接时，干脆捋把树叶卷着抽。父亲是个有毅力的人，单就戒烟这一点我就很佩服他。1987年父亲离休体检时，查出患有肺气肿，医生劝他戒烟。他竟然说不抽就不抽，几十年的烟龄，居然在最后的十多年里连一根都不动。在他看来，人老了，干不了什么，但不能给儿女添累赘。

来看望父亲的人，大都是单位里的一些同事和他的徒弟，他们非常气愤，在我家每每发了一通牢骚，不得不回去。临走安慰父亲，一定要想得开，挺住！父亲却沉稳地告诉他们："放心吧，我这一辈子经的事太多了。"苦难，谁都不喜欢。然而，苦难又是人生最好的老师。那些年我们同父母一道经受了磨难，亲眼目睹了父母的艰辛和不易。就是从这点滴的感受中，我们学会了做事不偷懒，做人不掺假。

1974 年 8 月，父亲又重新恢复工作。年底，我也顺利通过了组织政审，光荣参加了人民解放军。妈妈知道我要走，心里很不好受，说我跟着大人遭了不少罪，日子刚好一点又要当兵去。父亲安慰妈妈："不要哭哭啼啼，孩子这是去干正事，我们不能拖后腿。"临行时，父亲语重心长地告诉我："人一生中会犯很多错误，但就是不能昧良心；以后出门在外全靠你自己啦，可一定要记住，输什么都不能输掉男人的勇气和胆量，人凭志气虎凭威！"一晃近 40 年过去了，这句话我牢牢记在心中，才知道是那么的不容易，是那么的不简单。而今我已年过半百，从部队转业到地方，在纪检监察战线一干就是 20 多年。查过案子，做过宣传，无论工作岗位如何转换，无论遇到什么困难，从未退缩，挺直了腰杆，一步一个脚印地走过来。虽算不上辉煌，倒也敬业，书稿频频见诸报端；工作之余，练练书法，也还小有名气，尽管像个“苦行僧”，但过得倒也充实、有滋有味。

人生最大的悲哀，就是当你有能力绕父母膝下尽孝心时，老人早已不在了。细想起我等少小离家，漂泊在外，独为异乡客，此生最大的遗憾莫过于此。每年为了寻得心灵慰藉，早早谋算清明都回去拜祭父亲。4 月的阳光下，大地复苏，万物竞发，可我的父亲却头枕大山，脚蹬荒原，实是无法感受到他的气息。面对坟茔，仿佛我亲爱的老父亲已融入那巍峨的大山中。

有人形容父亲是一片天，我有同感。可我更多的感觉父亲如山。每日临窗遥望远山，重重叠叠，连绵不断，山的那边是我的故乡，在万山丛中，父亲仿佛高耸的山峰，只有靠在窗前的那一刻，浑浊的眸子才能变得清澈而真实，血液中总有一种莫名的东西在涌动。父亲虽然已经远逝，却留给我们无尽的思念，留给我们做人的真谛。

（发表于《中国纪检监察报》2010 年 10 月 9 日第四版）

忘不掉那军旗红

我转业到省纪委工作已经20年了。省委大院与军区大院只隔着一条路，两堵墙。早晚出行或散步，总能听到军区放出的军号声，总能看见军旗高高地迎风飘扬。

也许是少小从军，人生最宝贵的年华摞在了军营；也或许是军人情怀，已深深地烙在了生命中。每每看到军旗，总抑制不住潜藏心中的那份激情，心潮澎湃，油然想起军营的那些人那些事。

记得1982年“八一”建军节前夕，当时我刚到连队当指导员有一年时间。那时部队的文化生活相对单一，每周由军区放映队到部队放场电影外，其他则由连队自己想方设法。开动脑筋，办好黑板报，既是一种极好的宣传阵地，也是指导员的脸面。像“八一”这样重要的节日，指导员就得使出浑身解数亲自操刀。离“八一”还有几天，我和连部文书先把黑板重漆一遍，然后写好了稿件，选好了图案，精心排版。就在我们精心创作到第二天的上午9点多钟时，我正用彩色粉笔勾着花边，只见一位老同志来到了黑板跟前，很仔细地看着。出于礼貌，我让文书给老同志搬了一个凳子，倒了一杯水。

过了一小会儿，老同志问起我的文书：“小同志，这个稿件是谁写的?”文书不假思索地说：“是我们指导员连续加班两个晚上写的。”“‘情系军营练精兵’是不是改成‘胸怀天下练精兵’好一些”……后面还有几处，都被老同志看出了问题，而且一一提出了修改意见。说实在的，改得确实有水平。

建军节过后的第七天，我接到上级通知，调到分部机关工作。其实，我舍不得离开连队，虽然苦点但很舒心，而且连队又刚有起色。但军令如山，我只好整理行装，到分部机关报到。

机关工作全凭“笔杆子”和“嘴皮子”，我很不适应。因为这样，到分部两个星期了，我怎么也找不到感觉，理不出头绪来。有一天科长让我抄了份文件给政委送去。政委刚从部队检查工作回到分部机关。先“报告”，然后推门进去，我惊呆了，这不是那位老同志吗？当时军队还没有恢复军衔制，干部一律穿“四个兜”。“怎么不认识啦，把文件拿来。”当我把文件交到政委手里，他一看紧锁双眉，态度非常严厉：“你看，你写的这几个狗爬的字，3个月之内练不出来，你给我滚回去!”

在年轻的我看来，这件事让我很没面子。而面子就是精气神，就是尊严。我下定决心开始练字。

我们科长是个古道侠肠的人，写得一手好字。为了帮我“找回面子”，不厌其烦，每天一大早准时交给我一张他按公文格式写好的“字帖”，让我照着练10遍，并且哪个字写得好，就用红笔画个圈，哪个字没写好，就给我讲其要领，教我如何掌握写好字的规律。

3个月很快就到了。科长又让我将抄好的文件送给政委。政委看过后："这还差不多，要记住学习是一辈子的事，不学习人怎么能进步呢?"

正式调入分部后，我被确定和副科长跟随政委工作，做好服务保障。政委对身边工作人员要求很严，但不摆官架子。遇事总是讲道理，言传身教。记得第一次随政委下部队，由于缺乏经验，手忙脚乱敲不到点上，可政委很有耐心。他让副科长准备讲话稿时，同时也给我布置作业。完成后先由副科长检查，提出注意事项。其实，每次下部队都是政委特别忙的时候，然而再忙，政委也要挤出时间看副科长提出的要求，并亲自点评我的"作业"，告诉我诀窍所在。

政委工作作风扎实在全军区都是出了名的。他不仅节奏快，看问题也很透彻，对部队管理和思想政治工作抓得很紧。每次下部队，他除了听汇报、抓训练、抓战备外，总要给指战员讲一讲国际国内形势。他还特别爱护战士，对战士的感情特别深。到了连队，一定要看战士的食堂、宿舍、澡堂，以及猪圈、菜地等等。他对工作检查得非常细致，部队上上下下的指战员都很信赖他。

政委1933年秋天参加红军，在分部是名副其实的老资格。可他威信极高，靠的不是摆老资格，吃老本。政委讲话不打官腔，在他看来打官腔是最没水平的表现。他讲话具有很强的鼓动性，同样的事他引经据典、旁征博引说得都很透，听起似春雨润泽，让你心服口服。说起来真怪，连"挨开"都让人长见识，过一段时间不挨顿开，心里都觉得生分。

“居高声自远，非是藉秋风。”这既是我们追求的一种生活境界，也是一种人生哲学。而要达到这样的人生境界，需要很高的智慧。如果单纯以文凭论之，政委顶多算个“红小鬼”。用他的话说，“几十年长征抗战打老蒋，一路跟着军旗走过来，那点家底子全是在战斗缝隙里挤出来的”。政委爱学习，有点废寝忘食，他常挂在嘴边的一句话：“要活到老学到老。”这方面他确实是我们的榜样，以亲历亲为告诉我们：要做一个有智慧的人，是人生最好的选择。而实践则是获取智慧的第一老师。

老政委的正直在分部也是出了名的。记得我到分部的第二年夏天，母亲要来看我。老政委是江西兴国人，喜欢喝糯米粥。我的家乡盛产大米，尤其糯米更是好吃，我便让母亲带来一小袋。乘着夜色给政委送去。没想到他老人家猛批了我一顿，临出门还给了我 15 斤粮票、30 块钱。这件事给我留下的印象太深了，每每想起，都发自内心地敬重他这个“老革命”。

这些老首长、老同事、老战友串起我对军营生涯的记忆。那高扬的军旗和火热的军营生活，藏在心中，怎么也挥不去，抹不掉。

（发表于《中国纪检监察报》2010 年 8 月 4 日第四版）

槐花留时香

槐树被确定为兰州的市树，植入街景以添秀色。每年五六月间槐花盛开，满城流香。嗅着可人的花香，不由想起我以前从军时的军营，那满院沁人心怀的槐花，总在梦里萦绕。

36 年前，我刚满 18 岁，应征入伍。我们的部队远离城市，坐落在陇中干旱山区。高寒山区的春天，总是来得晚一些。军营里除了山榆树、杨树外，更多的便是栽满了槐树，一种极普通却耐旱耐寒有着顽强生命力的树。春夏交替的时节，那一株挨着一株的槐树，嫩嫩的绿树枝头挂满了簇簇洁白的小花，白花皑皑，落雪皎皎，重重叠叠间，绿的叶稀疏成了白的点缀，弥漫的白里就像点燃了米粒大的碧玉，香飘四野。

或许与家乡的沙枣花是同一季节开、香气相似的缘故，那些年在军营，每逢槐花盛开时，我自然想起家乡。我的家乡在宁夏青铜峡，那可是个鱼米之乡。自汉武大帝建朔方郡以来，一直有朔方平原“塞上江南”之美誉。千百年来，先祖们为了抗御风沙，一直沿用栽种沙枣树的习惯，其花香近似槐花。我离开家乡，完完全全是受革命历史题载电影和小说的影响，怀着崇军心理而入伍。入伍前，我是个下乡知青，已经响应国家号召“上山下乡”，在农村这个广阔天地里锻炼了两年多。原本想通过参军这个跳板，一来可以了却自己的崇军心理，将来不后悔；二来还可以到部队见见世面，镀个金复员回去也能找个好工作。不像农村入伍的兵，哪里来哪里去。这种优越感开始在新兵中，自诩“鹤立鸡群”，很难与大家打成一片、融为一体。这一“毛病”，很快就被宋营长发现了。正是他在报名应征入伍的许多青年中，一眼看上我是个“好苗子”，才得益顺利来到部队。

宋营长是个山东大汉，1942 年参军，在胶东打过日本，抗美援朝打过美国，新中国成立后带着他的连队在边远的西部，为我国核基地建设做过贡献。他的命可真大，参加过上百次战斗，身上留有 7 块伤疤，3 块弹片。据他的老首长讲：“都是他的倔脾气害了他。”可他不这样认为，在他看来，能活着建设新中国实属是万幸，那么多好战友，比他能干得多，都牺牲了，何况他文化程度又不高，做梦都没有想到还能当一营之长。

1975 年的“五一国际劳动节”很快就到了。这是我们到部队后过的第一个有意义的节日。那天班长让我去帮灶，大清早七点不到我便去炊事班报到。剥葱剥蒜活不多，一个多小时我就回到班里。看到宋营长带着爱人和战士一块包饺子，有说有笑，气氛非常和谐。在训练场上，他非常严厉，我一看他那张脸，尤其是那双炯炯有神的大牛眼，心里就发憷。我人比较懒，在家从小就不爱做家务活，再说不会包饺子也不会擀皮。大家在包，我却坐在床边看起书来。饺子包完了，宋营长携爱人要回去，临走对我说“一会儿吃完饺子在班里等我”。

我心咯噔一下，不知所措，猜想着什么地方没有做好……

节假日，部队没有训练任务，一天只吃两顿饭。十点还不到，我们刚吃完饺子，正在整理内务。宋营长穿着洗得干干净净、整整齐齐半成新的军装，特别是那双擦得锃亮的全牛底的皮鞋，走起路来，干净利落，威风凛凛。他那双皮鞋可是有说头了，有人说是50年代参加天安门阅兵式时发的，也有人说是军区一位老首长送的；平时训练很少见他穿，只有在节日和休息时才穿；一双皮鞋传得神乎其神，那可是双光荣的皮鞋。总之，宋营长身上有很多光荣，很多故事，也有很多谜。

看到他来了，我既紧张又不知所措地站了起来，忐忑不安地低着个头。“看你那个怂样，随便找你聊聊，如临大敌似的。抬起头来！记住一个战士的头，不能随随便便地低下，一个人到任何时候都不能没有精气神。”

营房的四面都是山，中间是块狭长的盆地，靠最东面山脚下是一条专用铁路线，两边栽的尽是槐树。宋营长带着我顺着铁路线，边走边谈心，嘘寒问暖，入情入理，我一下子豁然开朗了许多。那天那槐树格外的惹人眼，香得直入脑髓。细细回想当时，使我直接明白了一个道理：“一个人本事再大，顶多是颗钉。而高楼大厦是要靠无数个螺丝和钉以及钢筋、水泥，等等，各自发挥着不同的作用，才能更加有力量，更加坚固，更加美丽。”

当兵近两年，我在部队入团入党，还被任命成修理所三班的班长。这个班不像战斗部队那么正规，人员组成从69年到76年多达22人。有来自陕南、关中和宝鸡的，又有来自河北、山东、四川、湖北、江苏的，还有宁夏盐池山区和朔方平原等多个成分。出于老乡观念，我与宁夏来的兵接触得多，交流得多，用老兵的话说："成天打得火热。"

这些反映，陆续被传到了宋所长（由于身体状况，他已被调任修理所所长）那里，他再次找我谈心。谈心活动也是部队的一项优良传统。那天他讲了不少战争年代发生的事，听着似兄长般语重心长，特别是他讲透了的那个道理，至今都难以忘怀：一个集体乃至一个团队，只重感情，不讲觉悟，不看贡献，不提倡奉献精神，那是没有战斗力的；我们的军队，之所以由小到大、由弱到强，靠的就是五湖四海，大家为了同一个目标走到一起来，可不是小孩摆的"锅锅家"，你想跟谁玩就跟谁玩。老乡观念是客观存在，但必须融入部队建设中，使每个战斗集体形成铁一样的拳头。否则，各行其是，干群关系紧张，你不信任我，我埋怨你，是很难完成所承担的任务的。

谈心后，我主动在班务会上做了自我批评。老兵作风就是过硬，他们不因为你是班长就留情面，而是你一句我一语开展了批评，指出了我的问题是学习不够，对部队的光荣传统了解不够，所以才搞"小圈子"那一套。部队的氛围让人最为感动的是，在这个大熔炉里，他不仅使你克服不足，同时真心支持你的工作，关心你的成长，因为那是一个战斗集体，大家都是战友。

多少年过去了，在我的生活里发生了许多事，经历了一程又一程。但始终忘不了部队那满院的槐花流香。我常常在想，老首长们用他们在战火中锻造的人格力量，传承着一种精神，一种信念。人活的就是一个心志，心志尚存，精神不倒，再苦再累也会排除险难，为着追求的目标前行。如江流宛转，虽受山阻、受土围、受木困，依然百折不挠，万卷迁流归大海。谓湖海之深阔，天地之广袤，山岳之崔巍，既是一种心态，更是一种精神。

（发表于《中国纪检监察报》2010 年 5 月 14 日第四版）

驼声幽咽

——追悼范公有信

听到范公走的消息，已是一个月以后的事。此前我在北京学习，未获任何信息，对此很是惋惜。一则没能最后送公一程；二则为公正值春秋盛年、艺誉远播、硕果建仓的时候辞世。叹老天何其不公，以致英才早逝！

范公讳有信，1966年毕业于西北师范大学美术系，几十年在艺海中遨游，继承了中华民族绘画传统，深入生活，勇于实践，在执着而艰辛的艺术探索中取百家之长，融崭新创意，形成自己别具一格的艺术风格，尤以画骆驼享誉国内外，在美术创作上取得显著成绩，获得美术界的高度评价与赞誉，人送雅号“骆驼王”。对此认同者就有不少全国名家和顶级书画大腕，足见公之德艺载世，馨香四溢。如此雅士，谁能相信：只走过五十五个春秋，弃陇原热土，舍亲朋好友，抛醉心事业，撒手人寰，辞何匆匆。天有恨，雨霏霏；人有恨，天知否？

遗恨绵绵无尽时，化为祭文作悼歌。想吾等“穷秀才”也只能如此，拭一把浊泪，掬一缕清风，揽明月于怀，追思以往，寄托缅怀，权作“泪飞顿作倾盆雨，万里长空且为忠魂舞”。

怆然回首，我与范公从相识到交往，既非偶然，皆因缘分，一晃已经十多年过去了，仿佛都是昨天的事，历历在目。回想每次相见，他总是一副谦谦君子样，彬彬有礼，温文尔雅，从未见过拿腔拿调，摆架子，耍大牌，平常得如陶融在自然状态下而表现出一种精神来。

记得 1985 年 7 月，中国书画函授大学兰州分院正式招生。我作为书法第一期学员被安排在一班。范公作为分校校长，是那样的和蔼，见人面带笑容，典型的学者风度。此前只知道范有信先生擅长画骆驼，而且名气还很大，却从未谋面。开学后，慕名为之，也是出于尊敬和求学的愿望，我总是找机会同先生攀谈，并抽空到其家中，观摩先生作画。渐渐的我们之间交往频繁了。三年的学习时间很快就要结束了，按照函大总校的要求，每个学员必须交一篇毕业论文和自己亲手创作的作品。因为我学的专业是书法理论和书法创作的实践，选题自然而然地围绕着书法展开。我清楚地记得，毕业论文的命题是《中国书法源远流长，炎黄子孙当以继承》，论文从书法起源、兴衰发展说开，论证了现今书法流向以及如何继承和弘扬书法艺术等四个方面，谈了自己的拙见。没想到竟被总校评为优秀毕业论文，竟然还在校刊上发表了。毕业作品的创作是在兰州分校进行的，当时我正在临摹米芾的帖子，创作作品的书体肯定是以此为主，我选择了以表现松之风骨、梅之品格为题，创作了一副楹联：“梅韵傲霜寒，松骨凌霄汉。”当时觉得比较满意，可现在看来很不成熟。作业交上之后，几位老师一致推荐作为优秀毕业作品，参加了西北四省（区）书画巡展。

这一切对于一个学员本该是很正常的事，却引起了范公的格外留意，在毕业典礼大会上一一予以充分肯定，做出认真的评语，指出今后努力的方向，提出应该克服的“毛病”。1990年我申请转业被批准，部队就是位于兰州三爱堂的解放军第一医院。范公得知此消息后，主动来到家里问明情况，帮着我出主意，想办法，积极向有关方面推荐，尽管没有如愿，但令我非常感动的是，他在推荐时竟然把我在校的情况记得清清楚楚，如数家珍，好像在给自己办事一样。这份情沉甸甸放在我的心上，为了表达感激之心，我只能用最普通的办法请范公吃饭。以前我从不喝酒，但那天喝了不少，并借着酒话表达了对范公的敬仰之心。可他却很平常地说：“这有什么，有才学的人不用，那是对社会的浪费，也是对人性的亵渎。”一语窥见范公爱惜人才之一斑。

转业到省纪委工作后，经常到河西走廊出差，骆驼则是这里的常物。由于受范公的影响，每次去都要认真地观察和接近此物，对其有了更深的了解和认识。它们素面朝天，温性柔和；不畏狂沙，吃苦耐劳；在恶劣环境下，不求索取，不为宠辱所动，随遇而安；不诡不伪，不欺不诈，总是倾心奉献，服务于人，这是何等的高尚！从那以后，每每见到骆驼，总有一种说不出的亲切感，总能读出一种精神之所在，随之仿佛也读懂了范公为什么选择骆驼作为艺术表达的主题，其中意境之深远，着实令人佩服。寄物寓情，以物言志，借题发挥，我尽聊发“诗狂”。不知不觉中，每次从河西走廊回来都能诌出几首歪诗，竟然都悉数被范公收入画中点拔点题，其中“瀚海苍茫信可求，无私自奋苦行舟；为民留得冰心在，一派忠骨傲王侯”等几首诗还广为流传，随着范公的画一同漂洋过海，由此也加深了我们之间的感情，交往也更加旷达了。

赘此往事，款作铺叙，足见范公借以画驼向往一种天籁之音，一种大化之境的心态，追求在平常的景色中画出自然、历史和生命的统一，通过涵养性情，净化心灵，是真情实感升华为审美理想和精神境界。对艺术家来说，最自然的状态应是艺术追求的最佳与最高境界，最平凡的生活中则寓藏着最深刻和最永久的主题。而艺术风格的个性化往往是通过绘画语言的极化进程来实现的。一幅好的中国画作品，除“形神皆备”外，“气韵”也是重要衡量标准，“气韵”不仅是形式之美，同时它又是与“意境”所分不开的重要组成元素，既体现在“意境”的总体之中，又包含在具体的一笔一墨之中。它既是形式与技巧，是绘画特征之所在，又是作品内容的有机组成因素。中国画是一种情感因素很重的画种，笔墨是作者的情感与情绪的倾注与宣泄，并随着感情的抒发而最终完成意境的营造。往往笔墨的失败或成功会牵动画面全局，笔墨的失败会使作品之意暗淡。这便是我每次从范公画中读到的收获，汲取的养分。

范公是当今很有影响力的画家，为了使自己的作品能合上时代脉搏，他经常到生活中去，去体验、去观察、去积累素材，力求在继承前人思想的研究方面对传统精华作进一步的发掘与再认识，从而使中国画拓展出不同于过去的新的思维空间，并因此闪现出新的演进的亮色。甘肃是他的父母之邦，植根斯地并选择了骆驼为其画的主题，也就不奇怪了。他容情于骆驼，笔墨起落，枯湿相容，黑白相生，气势恢宏，雄浑豪迈，贯通了传统与现代、融汇了笔墨与意境，形神并至，笔境兼夺，使骆驼形象化入了氤氲的自然，神韵生动；意境像竟陵派的诗篇，淡远空明。其意象、境界和笔墨之美，显现出特有的艺术魅力，在当代画坛独树一帜。他的画不同于一般，还在于对传统的深入开掘中，并牢牢把握住笔墨相反相成的精义，和毛笔宣纸水墨特有的灵敏性与渗化性，努力在前人尚未充分施展的空间中，进行既纯化语言，又强化视觉张力的离析与重组，经过反复实践形成了中锋笔踪和宿墨渗化相结合的笔墨方式，似古而实新、奇妙而卓异。细窥其堂奥，他的绘画作品不仅现代，而且古典，他能是戛戛独造与循循入矩如骖如靳，相辅以行，这体现了他突出的才能。

他治学严谨，作画专注的神情，有时达到了物我忘情的地步，反反复复地琢磨，推敲技法，孜孜追求一种真实美与抽象美的灵动，使文化属性和艺术真谛有机泼墨在画面，从而达到意趣、情趣和画趣的和谐统一。范公在艺术的天地间，从未满足，而是不停顿地求新求变，变法大刀阔斧，百折不挠。因此，也是艰辛劳瘁，呕心沥血，倾注了毕生的心血。尤其是这种变法的背景是一片“中国画危机论”的声浪，就更加需要一种击楫中流，闻鸡起舞，临大节而不可夺的气概。实际上，危机不仅存在，而且是非常深刻的，但不是中国画的危机，而是中国画家本身的危机。取经不正的人，正如南田所讥，如同蚩氓贸丝，视以前古法物，目眩五色，挢舌而不能下。这样的人，始终摆脱不了困境，是不言而喻的。正是在这一关键之处，范有信先生弃捷径，斥怪异，折身返入传统，从中国画的精华宝地——山水画中寻求解决问题的方案，并运用长法来表现骆驼。换言之，要借山水画来探求骆驼画的新生命。这比起融合花鸟画的去向来说，依傍可谓深矣，胸襟、识见可谓高矣。门径既阔，堂庑既大，面貌不求异而自异，气象不求新而自新。然而这又何其不易也。我曾听他多次叙述过，为了准确表现骆驼的神韵和精神，反复深入河西戈壁大漠深处，去观察骆驼的习性，用心去采风，用心写生，不惜忍饥挨饿，追求卓越完美的求索心路，听了使我震撼，也更加佩服。的确，笔性、笔势、笔意、笔趣、笔力、笔法是不可分割的笔墨因素，也是画家勤奋、天赋与修养的综合体现。一个真正的书画家既是文化的传承者，又是精神的劳动者，更是迥别于文墨不通、浪漫缺失、艺心驽钝的工匠。从他的艺术追求和实践中，我感悟到，搞书画艺术不能仅着眼于附庸风雅、追名逐利的怪圈里，操技弄势，狐假虎威，而是必经传统的磨莹，务必要有一个大视野、大文化理念，才能皎然益明。

范公的画是很有品位的，以至于唤起了许多的爱好者、追求者和仰慕者，其中不乏省内外、国内外的“粉丝”，以获取一画而骄傲。特别是近些年来，他的画已是随市攀升，还是蛮有价位的，对此他深信不疑。然而，他不以物喜，不以画值而狂傲，依然如踏实的骆驼一样，奋蹄跋涉在艺术的荒漠中，毫无懈怠。每每看到范公笔下那一峰峰传神的骆驼，或引颈高亢，或奋蹄猛进，或拓野荒漠，或艰辛跋涉……从中总能悟出一种精神家园的向望，灵魂的净化。单从这一点看，范公是精神的富有者，堪称吾辈楷模。自到地方工作，我的许多同事知道我和他的交情后，都想去拜访他，因当时工资偏低，囊中羞涩，多少还是有点顾虑的。但每次我带人去之后，他都善待有加，喝着茶，聊着天，画着画，其乐盈盈，轻松愉快，临走时也要送幅画让来者带上，甚至在身患重疾时，也不失其礼。1997年年底，省纪委在滩尖子建了栋家属楼，我也有幸分得了一套。当时范公做完手术时间不长，他听到这个消息后，比我还高兴，竟硬撑着病躯，以牡丹、荷花、菊花、梅花为题材，画了四条屏托人送来以示祝贺，我非常感动，此情铭记五内。过后我去看他，人是消瘦了一圈，可他仍然风趣地说："你看，我现在可是名副其实的'人比黄花瘦'了。"见状，我心里真不是个滋味，但无论如何也没有想到范公会这么快离我们而去。真可谓"人事难逢开口笑"，未上疆场而流遍郊原血，怎不令人肝肠寸断？

呜呼范公！心未死，情未了，愿未尽，骆驼闻此噩耗，悲咽大漠，嚎啕戈壁：从此谁人度我心扉，为我传神？

哀哉范公！壮志未酬，宏图未展，此去只能以明月为纸，以清风为墨，挥舞如椽大笔，化作驼影映人寰，神鬼为公引路忙；彩虹搭桥画为证，天堂任由做道场。

（发表于《中国文化报》1998年6月14日第六版）

＊［《兰州晚报》发布消息］中国美术家协会会员、甘肃省美术家协会理事、甘肃省美术教育研究会会长、兰州市政协常委、兰州市美术家协会副主席、兰州教育学院美术系主任范有信教授因患胃癌医治无效，于1998年3月23日19时50分与世长辞，享年55岁……

平实清和启后程

——追忆尹建鼎先生

尹建鼎先生离开我们已经一年了。在先生离开的这段时日里，我常常想起我们之间所经历的一些事情。每每想起刻骨铭心，着实令人难忘。

记得有一年夏天，我去看尹老。大约到下午 4 点，忽然有人敲门，开门只见两个农民提着一篮子鸡蛋。一问才知道两人系父子，是皋兰县人，慕名而来，想请尹老一幅书法作品回去“给新修的堂屋装点门面”。当时尹老大病初愈不久，那天身体恰巧又不舒服。但尹老二话没说，让老伴铺纸，给那位农民写了幅中堂，并主动配了副对子，写完后已是大汗淋漓，临走还把鸡蛋钱硬塞进农民兜里。当时我很惊讶，尹老可是大名鼎鼎的书法家呀，许多人惜墨如金，他竟是这个样子，便脱口问尹老：“有的人把书法当金砖，不付钱不盖章；也有的人故弄玄虚，挂个纸条‘索要字画者，免开尊口’，以此堵住求字人的嘴，你怎么一点都不吝惜?”尹老笑着说：“任何艺术都是人类的，如果束之高阁了，那不真正成了孤家寡人？再说艺术家钻到钱眼里，那跟商人有什么区别?”尹老是随口说的，可对我触动很大，这就是我们老一辈书法家的品格和精神风范，与那些成天挖空心思、追名逐利的人形成了鲜明的对比。这也难怪为什么会有那么多群众尊敬地称他为“百姓书法家”、“草根书法家”、“人民的书法家”。

与尹老交往没有任何负担，他为人随和，不摆架子，真诚待人。若是肤浅往来你怎么也看不出，他是解放前兰州大学的地下党员，真正意义上的老资格，曾经在新中国成立初期筹建过景泰县委，主政过兰州市城关区，以后又为南北两山的绿化，殚精竭虑。在以后的岁月中，许多亲朋好友为他鸣不平，说他“官越做越小，学问越做越大”。可他不以为然，从不计较，依然是那样的达观畅怀。他是有名的书法大师，又有一肚子的学问，却总是谦虚和蔼，从不张扬，修为人生，困乏其身。我特别喜欢与他交谈，不仅是艺术的享受，而且也是学问的受益，更重要的是能够获得对人生的畅达与彻悟，他经常告诉我们：“即便社会对你不公，可你没有理由对自己不公，那样会一事无成的。”这些话，虽然普普通通，却透着一股精神，今天看来都是非常有价值的语言。

我常暗自庆幸，我是个有福气的人。这福气来自许多老首长的关怀、领导们的爱护、老师们的精心栽培。我由衷地感谢他们，正是他们的培养，才使我一步步成长起来，一步步成熟又一步步成为对社会有用的人。这其中尹老对我的影响是很大的，尤其是在书法研习上。

上世纪 80 年代中期，我刚从外地调回兰州。举目四望，偌大个城市，无亲无友，无处可去，一种难以名状的孤寂时而袭上心头。现在我们一堆朋友聚到一块时，可以开玩笑戏谑地说："多大个事，不就是个兰州市吗?"可当时对我来说，就是在这个"不算个事"的兰州市，感觉大得无边，显得是那样的无助，为了打发业余时间的无聊，借以临习书法自慰，有时间走出军营去看看地方上举办的一些书画展，常常看到尹老的书法作品，信笔由之，没有一点造作打磨的痕迹，通篇既是文韵的表达，又是情志的沟通，看上去非常抢眼。

1989 年深秋的一天上午，我刚开完政工例会回到办公室，摊开看完的报纸，刚写了几个字，只见一老者拄着拐杖站在我办公室门口看，见状我便问老人家："您有什么事吗？请进来说。"老者笑嘻嘻："没事、没事，我在排队等着做 B 超，走到这儿，随便看看你写字。"当时我刚到医直当教导员不到半年，医直党总支分管着 8 个科室的党支部，B 超室设在综检科，而综检科又恰巧在我们总支，我过去给相关医生打了招呼，他们很快安排给那位老者做了 B 超检查。老者过来给我道谢："谢谢你，让我老汉少等了一会。不过，我刚才看你写字时，心不在焉，写字可不能急，心要静下来，要么不写，要写就认认真真。"闻听老者话，觉得真是内行，眼力好厉害呀，肃然起敬，便请教老者："您贵姓?""免贵，我叫尹建鼎。"一听大名鼎鼎，如雷贯耳，虽未谋面，却也仰慕已久。由于喜欢先生书法，之前对先生也做了一些了解，只知道尹建鼎先生在粉碎"四人帮"之后，作为重组和筹备省书法家协会筹备委员会主要成员，为甘肃省的书法事业作出过突出贡献，现在因年事已高，担任省书法家协会名誉主席。这样一个重量级人物居然来到我这“小庙”，我赶快给尹先生让座。“不坐了，我就在你隔壁8床住院治疗，有空欢迎你来。”我便搀着老先生送到病房去。后来我才知道，这是他得了脑血栓大病初愈后的第2年，腿脚还有点不太方便，到我们医院继续进行第2期治疗。

我所供职的解放军第一医院是一所具有光荣传统和历史的医院，1939年创建于革命圣地延安，前身是“白求恩国际和平医院”。著名国际友人白求恩、柯棣华等大夫曾在医院工作过。医院最早隶属于八路军晋察冀军区，解放战争时期归建于西北野战军，解放兰州时随彭德怀元帅驻守在三爱堂。之前，三爱堂是国民党西北长官公署所在地。何谓“三爱堂”？抗战后期，张治中将军任西北军政长官公署长官，曾在颜家沟南侧修建公署礼堂，命名为“爱民、爱兵、爱友军”而得名。解放后此地扩建为陆军医院，人们习惯地称呼为三爱堂陆军医院。住院部二楼南端是干部病房，就在我办公室旁边，很方便，一有空我就到尹老病房去聊天，有时情绪好的时候他也挥毫创作，我则在一旁为他铺纸用印，耳提面命。时间一久，我们之间交谈的范围越来越广，涉及地理、历史、古典文学、城市建设以及他的人生经历，无话不谈，已成为忘年交。当然交流得最多的还是书法，以至受益终身。虽然，我们之间并没有举行过拜师之礼，可在我心目中一直把尹老当成恩师相敬。

秋去春来，我们一老一少肝胆相照，不觉已近10年。而这10年正是尹老与病魔顽强斗争的10年，我也成了他们家的常客，每次去他依然是那样的幽默风趣，一边写一边讲给我听，临了还是由我用印。俗话说：近朱者赤，近墨者污，跟着啥人学啥样。在我的记忆中，这10年他虽然参加外事活动少了，但只要是上门求字的人，他基本予以满足。去年2月初，听说他再度病了，看他时还勉励我："工作再忙也要坚持下去，坚持必有所得。"

人总是要死的，这是客观规律，自然法则，谁都无法抗拒的。可去年2月25日下午尹老的小姑娘电话告诉我尹老辞世的消息，还是觉得突然，如雷彻空，令人悲痛，一时间尹老的音容笑貌常在眼前浮现，真是口泽尚存，辞何匆匆？回想起我们常在一起的事情，追抚轨迹，不忍卒书。尽管如此，面对逝者，面对尊敬的恩师，怎能空向灵前，悲伤的感情犹如崩堤的河水，汹涌澎湃，晚上一气呵成《哀悼尹公》四言长诗，献于奠堂，寄托哀思。没想到，一份真实感情的流露，竟得到了同仁们的一直称赞和共鸣，后来尹老的孩子告诉我，长诗已被兰州市博物馆收藏，并刊发在《九州书画报》1997年3月9日第二版。

我敬重尹公，并不是因为他位高权重，附凤攀龙，如果是这样，他顶多算作个"穷儒"而已。我敬重尹公，并不似那些"拉大旗作虎皮"，借以抬高自己。我之所以敬重，在于他身上表现出的那股子文人的傲骨，不欺不诈，不诡不伪，掷地有声，铮铮忠骨，"生活菜根香，精神苦行僧"、"为人不做亏心事，不怕半夜鬼敲门"，等等，是我辈楷模。他生前的言行告诫我们：一个真正意义上的书法艺术家，是不会单纯停留在书工笔吏的水平上，而是不断地完善自我，超越自我，去探索，去升华，去创新。从这个意义来讲，尹公为我们做出了榜样。他那严于律己、勤于治学、不图名、不计利的品格，给我们许多的思考与启迪，以至于受益匪浅。

人区别于动物在于有情感，人高于动物在于存有感恩之心、感念之情。这也是我值此尹公仙逝一周年之际，忍痛再度追思之心，掬此一段，虽为一孔之见，仍有挂一漏万之嫌，但完完全全是顺其自然，如高山流水一般，似清风行云一样。

（发表于《人民之声报》1998 年 3 月 14 日第三版）

翰墨真情

那是1979年4月中旬的一个清晨，我刚上班到办公室落座，通讯员送来了一卷邮件。我拆开一看，是云卿从云南寄来的一条“安得猛士守四方”的横幅。说实在的，当时我为战友的那不畏牺牲、以身报国的豪迈气概所感动，也为他能争取到如此机会，以展报国志而激动，真想拙笔写去贺词，聊表寸心。

但平静下来后，细细思量，心情陷入极度的矛盾之中。看着横幅上既无多大变化，又欠缺相间照应的文字，虽流露出年轻气盛、不甘人下的朝气，但也外露着天外人稀的孤高狂傲，如果长此下去，会使战友在书写风格上，养成一种霸气。看着战友的字，想着我们的友谊，我将如何是好呢？直言不讳吧，在战友即将开赴前线，去接受血与火的洗礼时，一旦刺伤了他的自尊心，唯恐连解释的机会也没有了，那样岂不留下终身遗恨；婉转相告吧，恰逢此种情况下，又怕战友悟不出其中奥妙，在书学实践中走弯路，致使放弃在困难条件下的坚持与努力。怎样才能使战友不停留在眼前的进步上，去追赶明天的目标呢？我着实犯难了。

我和他是同桌的同学，我们在一块寒窗四年，度过了初中和高中的大好时光。毕业后，我们又一同插队到同一个县，同一个公社，同一个大队和小队。1974 年年底，我们又一同报名当了兵，阔别了我们从未离开的父母之邦，从塞外跨上南下的火车，从此，开始了我们的军旅生涯，使我们的同学友谊升华为战友情。我大他几个月，他高出我一公分，彼此相处，情义浓浓。在学校时，我们极羡慕少剑波和杨子荣等英雄的战友情，甚至在朦胧的遐想中，蒙上了刘、关、张桃园结义的色彩。他尊我为兄，我认他为弟。我面黑微胖，毛发冲顶一派武夫粗犷气；他却白里透着一股秀气，生就书生相。同学们常跟我们开玩笑，形容我们泾渭分明的混合体，也有人戏谑我们为“哼哈”二将。

入伍后，我被分到兰州东面的山沟里，当了一名仓库兵，他却调往山西风陵渡去守大桥，我们的往来，从未感到有分开的悬念，只是觉得交谈的形式比过去更文雅了。他爱好书法和绘画，我喜欢文学闲余也摹几笔，我们相互鼓励，决心要为民族文化振兴添上两朵小花。就这样，我们相互勉励，相互鞭策，迈向理想奋斗的“王国”。想到此，我当即舒笺蘸墨，用陈毅元帅在《中岳庙》诗中的两句“与之言文采，岂不笑死人”的诗句，作为回敬。

谁知，此举不要紧，我却一年多没见到他的来信。我内疚的心，总是摆脱不了抱憾的折磨。有时梦见他在战场上被地雷炸死了；有时又梦见他在战壕里，用缠着绷带的手，蘸着南国的黄泥利用战斗间隙正在习字绘画；有时则梦见，我们相聚在故乡的沙树木中，忽然反目为仇……

后来，他参战凯旋，考进了西安陆军指挥学院，进修参谋业务。在重新通信后的第一封信里，他用潇洒倜傥的行书，在一张16开大小的熟宣纸上，填写了一首诗并附有“人之相识，贵在相知，人之相知，贵在知心”的字句。

今年春节前夕，我又收到了一卷邮件。启开封皮，方知云卿在参加全国书法大奖赛中，荣获中青组一等奖后，专为敬惠我这愚兄。当展开再细琢磨时，那沉稳而不呆板，娴熟而又不落俗套，谦谦而自重的和谐美，透过字里行间展现在眼前，使人耳目一新，心中顿生出几分敬意。急匆匆找来钉子和榔头，挂在屋宇东墙正中。越看，愈美；越看，愈爱。看着这幅字，我嗅到了阵阵翰墨清香，陶醉在诗情画意之中。

（发表于《甘肃工人报》1996年8月1日第三版）

为了不再遗憾

——忆汪志刚同志二三事

那天我们刚到太原，即将开会前，看见报社几位领导着急返回北京，得知汪志刚病故的噩耗，不禁令人沉痛和惋惜。

志刚得病的消息，我知道得很晚，只听说病得很厉害。哪曾想到，近几个月来他的生命正濒临绝境，内心一直在死亡线挣扎，痛苦无以复加地折磨着他。可惜我们已无法看到写在他脸上的忧伤，一切都成为猜想。

就在半个月前，我找通联部请示工作，陈新友恰好去看志刚。志刚听说是我，接过电话要跟我通话："建设老兄，你也不来看我，再不看，我们也许就见不着了，说实在的非常感谢老兄，这么多年来对我工作的支持，对我本人的关爱……"听状，本能的感觉是："怎么会这样呢？4 月份开会时，我们还在一块又说又笑，多么乐观的人一下子病得这么厉害，让人不可思议。"我当即安慰并告诉他："最近我们这里发生了泥石流特大灾害，有些宣传上的事，暂时走不开，等忙过这阵，我一定专程上北京来看您。”听着他有气无力的声音，着实让人心酸不已。

7月初，待接到赴太原参加报社宣传工作座谈会的通知后，原本约好会后与新疆佘站长一道赴北京专程看望。可到太原的第二天清早，即惊悉志刚辞世的噩耗，一切已成枉然，这突如其来的悲情，让许多长期为着共同事业奔走、忙碌和打拼的同事、朋友、站长们为之惋惜，为之悲叹！他毕竟太年轻，许多美好的愿望尚未实现，留下太多的遗憾。

失好友如断臂，我真的好悔呀！悔得肠子发青，一切已于事无补。谁能想到他那样一个意气风发的人，竟说走就走了，而且是那么快就干净彻底地离开人世。让亲朋断肠，令故交心痛。

是《中国纪检监察报》把我们连在一起。记得1999年6月，我到报社实习。当时他就在通联部，也就20多岁，而且非常健谈，英俊潇洒，那个帅气劲让与我同在实习的老同志很是羡慕。那只是萍水相逢，却为我们以后相处奠定了良好的基础。

在以后10多年的接触中，每次记者站的聚会，他总是精力旺盛、朝气蓬勃，风趣睿智感染了许多人，并和他的团队力争把最光亮的一面留给大家，竭尽全力为大家精心安排，提供优质服务，使会议变得轻松愉快，使参观充满欢声笑语，使旅途洋溢着和谐与友谊。

志刚为了一些工作上的事，来过几次甘肃，每次都是行色匆匆，风风火火来，风风火火去，从不拖泥带水。1999年9月3日下午3点，是甘肃记者站挂牌成立的日子，志刚陪报社一位领导前来揭牌。那天到兰州已是当日中午1点多钟，简简单单吃了顿饭便直奔会场。下午听完汇报，第二天一早又驱车河西走廊，赴新疆而去。那可是遥遥几千公里的路程，大有“八千里路云和月”之感。

胸中有个目标，再苦再累又岂在话下？志刚就是这么个人。他就像一把火炬，把寂寞藏在心中，不停地燃烧着自己，照亮他人。

2006 年报社确定开设西北分印点，将陕、甘、宁、青、新（包括西藏在内）出报的分印点安放在兰州。大约在 5 月中旬，志刚刚忙完了一个学习班的事情，又马不停蹄地急匆匆赶到了兰州。短短的两天时间内，对《甘肃日报》印刷厂、新华印刷厂等 4 个印刷单位做了充分调研，照会了邮局、铁路等相关单位和部门，掌握了大量的第一手资料后，又赶赴了成都。

没过多久，他带来了合同，由于事前已做好大量的论证，谈判虽然经过了一些小的反复，但事情总的来看进展得比较顺利。签完合同后，四方单位欢聚一起，一边吃饭，一边把一些相关细节又进一步强调了一番。那天他喝了点酒，饭后他不停地打嗝。

“这个现象有多长时间?”我关切地问。他随口说：“最近老是胃不好，吃完饭后有点胀肚子。”“抽空认真检查一下，找个中医调理调理吧。”“没事，老毛病啦……说老实话，我真想找个机会好好睡几天觉，这一摊子事情太多，哪个环节上出了问题都不行。”

第二天，兰州分印点的事情办好后，他又急急忙忙到成都去了。

后来我们在不同会上又见过几面，每次他都忙得不亦乐乎，来也匆匆，去也匆匆，很少有机会在一块坐坐。记得前年在云南开会时，他显得很疲倦，脸色也不似往常那么有光泽，我在他屋里小坐了一会，他还是时不时地打嗝，有时竟连续不断。我再次问他："没做过检查吗？"

"哪有时间，每天都有做不完的事情等着你，说实在的，我们就是个受苦的命，没那么娇贵。"

然而，遗憾就这样一步步地逼近了……

"安危与谁共？风雨忆同舟。"回想与志刚交往、工作的10多年中，他给我们留下的印象是为人正派，率真义气，以其热情影响和感染着各个记者站，并广泛打成一片，我们相处得和谐融洽，彼此间开诚布公，合作得非常愉快。我佩服他勤于动脑、精于谋划、善于行动，所表现出的那么一股子"精勤不倦、奋斗不息"的精神，正是在这股精神的支撑下，即使是受了委屈和遇到挫折时，仍然对报纸事业的发展倾注一片赤诚，并竭尽全力，奋然不顾当前报业迅猛发展、强手如林、竞争激烈的道道难关，带领着他的一干人马在夹缝中打拼出适合本报发行的成功之路，实在是难能可贵、功不可没。

汪志刚同志遽然溘逝，我们因此痛失一位好同志、好朋友、好弟兄。我为之撰文纪念他，并不因为他曾立下何等不世之功，开创了什么惊天伟业。没错，在偌大的北京城，他只是个普普通通的人，只是在自己的工作岗位上，努力做好自己应该做的事。然而，人之可贵，往往在于经年累月、持之以恒，将许多个平平常常、烦烦琐琐，用力用心做实了、做成了、做强了，这恰恰是力量的象征。我们怀念他，不仅仅是友谊的呼唤，也不只是寻求心灵慰藉，人之可敬总有可敬之处，往往是秉小节而知大义，于细微处见精神！

志刚老弟就这样永远地离开了我们，走上了一条不会再有烦恼和痛苦的道路，让我们陷入一种巨大的悲伤中。无奈黄泉路上无老少。悲君之悲，壮志未酬，英年早逝！叹君之叹，生命竟是如此的脆弱，从此阴阳两隔，彩虹与之做伴，星汉与之为邻。

志刚真的走了，却把音容笑貌留在了人们的记忆中，尽管是零零碎碎，拾一缺万，依然是那样的富有个性，彰显着人格的魅力。人生最美的是过程，最难的是相知，最苦的是等待，最后悔的是错过。为了不再错失，也为了不再遗憾，我们沿用此法，缅怀逝者，更坚定地让我们再一次感受到“活着真好”，我们活着的人一定要珍惜，让生命变得更加有意义。

愿志刚老弟一路走好！

（作于2010年9月3日）

安详，是一种状态

我居住在黄河岸畔，每当华灯初照、繁星闪耀时，伫立在窗前，静静地眺望，看大河东流，琥珀斑斓的灯影翻卷在河面，滚滚水波荡漾，任一湾静谧流泻，忘情于一片静籁，此时恰是一天中最美好的时光。

在静静的屋宇内，远离一切喧嚣，静下来和自己对话，静下来和心灵对话，静下来和生命对话，确切地说是能够按照自己的想法来做自己喜欢的事，静下来读点有意义的书，挥毫泼墨也好，彩绘丹青也可，心怀万分虔诚，纵情享受着一天中难得的安详。

安详是风雨过后的彩虹，呈现出多彩的淡定，昭示人们以平静心态，“不以物喜，不以己悲”，“静观庭前花开花落，满看天外云卷云舒”，畅开胸怀，尽情享受生活带来的美好，欣赏人生美丽的风景。生命是短暂的，总是附着时光匆匆流转。人，可以匆匆一生，平淡一生，也可以轰轰烈烈一生，精彩一生，而这一切完全取决于一个人对生命的态度，对生活持有的状态。一个人可以没有伟大，但不可以没有意义。

安详是一种状态，仿佛摇曳于窗前的竹影，映照着一种清心豁然的精神追求，这种状态会使人遇事更具有社会定力，达观畅怀，泰然处世事，不为浮名浮利遮望眼，心态变得更加平和，心情变得更加开朗，心智更加远虑卓识。安详犹如一剂良药，医者自医，清者自清，驱走愁烦的雾霾与闷热，带来快意的丝丝凉爽，以平常心审视诱惑，脱离斤斤计较的藩篱，克除闷闷不乐的抑郁，静下心来更好地阅读生命。尽管这样的阅读，是仁者见仁、智者见智，不同的处境、不同的眼光、不同的人生都会有不同的解读。

每个人都有选取生活的权利和自由，不同的生活状态往往有着不同的结果。抱着潦草状态生活，只会让生命肤浅，甚至可能会“一失足成千古恨”；而安详则能把优秀作为追求目标，把成功作为副产品，让生命真真实实，从平凡事、平凡情和平凡成长的检索中，积累完善、表现自身的价值，使生命焕发出异彩芬芳！

我总想追求这种状态，工作之余澄净在一片亲情的港湾里，尽可能使自己宽松愉悦，栖息在业余爱好的柳池边，让疲惫的心远离狂躁。此生有许多个爱好，最终能够保持下来的只有读书和研习书法，二者互补，相得益彰。人生可以有多种选择，路却要一步步走下去，正像吃饭，有谁见过一口吞下一碗、一锅饭的？幻想一念独大、一夜辉煌、一事惊世，到头来还不是碰得鼻青脸肿？人应该有理想，既不是幻想，也绝不是狂想。只有脚踏实地，从细微入手，从平凡做起，力求充实地活好，阳光才能照亮每一天。

我已习惯在静静的夜晚来临时，将自己融入夜之静中，选择一本自己喜爱的书，安详地阅读，遨游书海，恣意地走进书本里，贪婪地追求着喜欢的故事，陶醉其中，让历史在眼前流淌，看人生在思绪中独舞，聆听生命的乐章。唯有这样，才能读懂生命，才能将生命升华，才能更好地认识自己，超越自我。让自己的生命在匆匆远逝的岁月里发出金属质地的音响，其实是生命的回响。

我也喜欢在深夜，利用读书的空隙，提起一管残毫，谋篇布局在素宣上，浓淡枯涩、阴阳动挫，调动万峰齐发，笔走龙蛇，气吞山河，放胆天地逐波澜，任由情绪泼洒，用眼睛、用思想，借助手臂的体验，借助悟性的酣畅，把对书本各元的阅读和理解毫无保留地挥舞在四尺宣纸间，借题发挥，远离尘俗，让自己生活得积极乐观，让自己的人生更辉煌，让自己的生命闪耀光芒。

生活是美好的，只有怀揣安详的心态，才能更切实地享受这美好！

（作于 2012 年 8 月 1 日）

茶道趣味长

平生并无多少嗜好，既不能喝酒，也不会吸烟，偶尔吃点肉也没瘾，唯有茶还能饮两杯。

我不太会喝茶，喝茶用的家什也比较简单，不像某些大师总摆出样子来，天一句，地一句，把个茶吹得天花乱坠，其实真正的茶道如人生也，起起浮浮亦本然。

茶多是产自南方潮湿的地方，而我则是地地道道的北方人。小时候家里穷，一年中凭票供应的那点茶，家里还要用作招呼客人，父亲都很少喝，我们兄弟之间就别想了，再说那时供应给居民的茶，质量都不高，偶尔喝两口，又苦又涩，实在是不感兴趣。我真正意义上的喝茶，也就这几年，对茶的认知度也是逐渐提高。

第一次对茶有了亲切感，大概在6年前的5月初，到海南三亚，我们一行去了6个人，三女三男。临离开海南的那顿午餐，给我们上的红烧水牛肉，有白酒有啤酒。因为我不喝酒，就装样子似地喝了点啤酒。因为要赶飞机到福建武夷山去，其他人也都随我样喝的是啤酒。哪知道上了飞机不久，肚子就开始闹腾起来，一路上实在是难受得很。奇怪的是只有我们男的是这样。平时我的身体一直比较结实，出差基本上不带药，只有张掖的一位同志带着黄连素，吃了几片也不见效果，折腾得我们是心境全无。

等到了武夷山，女同志的兴致很高昂，深深地被那美丽的风景吸引着，尽情享受大自然赐予的美景，而我们男同志则甚是狼狈。坚持到大红袍古树山崖下，已是大汗淋漓。恰巧在一搭起的凉棚里，坐着一位妙龄女子，着一身素洁的白底蓝花衣服，案头摆放着茶具，微笑着招呼我们坐下，泡茶给我们喝。她看我满脸的汗珠："这位大哥是不是闹肚子?"我只能如实地告诉她："你怎么知道?"她仿佛经多见广似的："出门在外很多人不小心都会吃坏肚子的。"接着很自信地说："没关系，算你有福气，多喝点我们武夷山产的大红袍茶，尤其是这古树下的茶，保准你没事!"接着她告诉我们："男人吃水牛肉喝啤酒，不闹肚子才怪呢。"还真是有效果，喝了一会儿茶，的确舒服多了。

一高兴买了些茶，回来后坚持喝起来。茶可真是个好东西，写稿子、写材料枯燥或犯困时，沏上杯浓茶，喝上几口，精神头立马就来。特别是炎炎酷暑，喝着绿茶会让人上瘾。一遇闲时约上三五知己、书友、文友，坐在一块，几杯清茶，品茶味之外的味道，东南西北、古今中外，三皇五帝、夏商周秦汉……如世情，如古今，酣畅淋漓又无拘无束，随性，随心，不造作，只觉天宽地阔，神清气爽。

中国地大物博，茶叶品种也多，仅名茶就举不胜举：黄山毛峰、六安瓜片、杭州龙井、四川沱茶、云南普洱、武夷山大红袍、信阳毛尖等等。而我却独爱绿茶，喜欢它的汤色，钟爱它的清香，沸水冲下，叶片上下飞舞，水静止而叶不止，舒展腰身，次第如兰开，良久翩翩下沉，随着袅袅热气的升腾，清香也弥漫开来。茶如人生，个中之妙，回味悠长。其实，我对其中之悟并不深透，真正有点理解是去年中秋在雁荡山的那个晚上。山里的夜晚很迷人，蝉鸣、蛙声一片，杂染无尘，空气里都透着一股芳香。

茫茫夜色下，白日鼎沸的人声已显得稀疏，辽阔的天宇星罗棋布着点点繁星，颗颗清晰，有亮的、暗淡的、眨着眼的，随着人的移步，缓缓走动着，煞是美观。这美观只属于雁荡山，不属于灯市污浊的城中围池。

在导游的带领下，我们饶有兴趣地边走边欣赏着夜景，欣赏仲秋月夜寂籁的天空美景。倏然，一点星光迅速划过天际，落在远方的天幕，犹如落入沉寂的海洋，没有汹涌的波涛，更没有激越的声响，甚至连丁点儿印痕都没留下，便消失得无影无踪了，一切是那样宁静与恒远，似乎什么都不曾发生。生命如此，生命如是，这一切多像众生芸芸，在浩瀚的历史长河中，宛如辽阔的天宇，自然也好，历史也罢，人生也是，不过只是一个生命的过程，走完整个过程也必然消失，能留下历史痕迹的，也只能是寥寥数人而已。环视茫茫人海，那些为了一己私利，尔虞我诈、争斗不休的人，到头来得到了什么？哪些又能带走？君不见一代枭雄曹操，挟天子以令诸侯，图谋江山尽占，怎知天下三分，祖荫二代，尽易他手，直至千百年后，掘出个墓碑还是假冒的。

回到宾馆，冲泡上一杯清茶，仔细揣摩：细尖儿的茶叶在沸水的冲击下，经历好几次上上下下的翻滚后，终于，绽放成一片片绿意盎然的嫩芽，如刚出水冒头的小荷尖尖。它们悬浮于杯中，你挨我挤，争相舒展出一片茂密的森林，在杯中郁郁葱葱，充满了无限的勃勃生机。水蒸气袅袅上升，带着一股清幽的芬芳久久环绕在鼻尖，小啜一口，茶香云集在唇齿间缠缠绕绕；最终，又在心头弥漫开去，渗透进五脏六腑。慢慢品味，淡淡的苦涩过后便是凛冽甘甜。

待茶水冷却，凝视杯中茶叶，此时，它们沉于杯底，归于平静，无惊无碍。

人生大抵如沸水中的茶，年轻时背离故土，总想打拼出前程来，可在生活的巨浪里，起起落落，沉沉浮浮，经历过风雨的冲刷，见没见到过彩虹已没有那么重要了。生命的旅程，亦如四季茶生，绽放春的色彩，放射夏的热浪、秋的炙烈、冬的冷艳，最终却归于平静，仅留幽香、甘洌的滋味永存心头。

（发表于《甘肃日报》2011 年 9 月 16 日第十三版）

梦中的芦苇荡

在我记忆的最深处，故乡那成片成片的芦苇荡，就像一首翻唱不衰的童谣，每每想起刻骨铭心。尽管芦苇荡别处也有，但意义却不同。在梦里，那一望无际的芦苇荡就是扎根在我心灵深处的绿荫，那是我童年的乐园，久久萦怀，跟随我大半生。

其实，我真正走进故乡的芦苇荡是回到农村以后的事，之前虽然远远相见，并没有近距离接触。10 岁那年夏天因“文革”开始，我们家被遣返回到了故乡。从小生活在城里，一下子到乡里还真有点不习惯，感觉故乡的夏天要比城里热得多。“冬天的火亲，夏天的水亲”，这是人对外部环境感知后所作出的本能性保护反应和选择。天再有多热，只要钻进水里就会乐意无穷。好在故乡到处是水，泽国百里，湖水相连，芦苇荡就成了我们避暑的最佳，整个夏日孩子们三五成群，经常光不溜秋在湖水中裸泳，玩一些自己想象中的游戏，别提有多快活。

水是生命之源，我回到故乡能很快与小朋友打得火热，完全是因为水的缘故。故乡有许多个湖，中间是芦苇荡，四边是开阔的水泽，我们小时候常到这里玩。相比之下，黄河里的水太深、太浑，很危险，父母亲不会让我们到那里去玩，如果被发现难免要挨揍的；而湖里的水深浅适度，不仅清凉而且有趣。中午吃过饭，大人们累了都躺着休息了，我们便偷偷地涌向湖边，脱掉衣裤赤裸裸跳进水里，一个个精神得似泥鳅，又好像“混江龙”，“扑腾、扑腾”翻卷着；尽管游泳的姿势并不优美，也不规范，大都是“狗爬式”，可玩得都很开心，边游边玩，依照已经习惯的方式打着水仗。一会儿相互攻击，你泼来，我扬去，嬉戏追逐在水里；一会又转而集中攻击一个人，水花四溅，水浪四溢，人似水蛇，被溅起的水花裹挟着，淹弋在水阵里，笑声、喊声……那个乐劲、那个痛快劲，响彻云霄。闹够了，玩累了，爬到岸上，躺在沙滩上晒着太阳，任火辣辣的阳光把皮肤晒得黝黑。好动是孩子们的天性，只要聚到一起就疯得没个够，躺在沙滩上也总会有人先挑起“战争”，你戳我一下，我还你一下，逗来逗去，打打闹闹；或者讲些大家感兴趣的故事；小孩的好奇心特别强，对什么都感兴趣，总爱打破沙锅问到底。等缓过神来，再下到湖里，你追我赶地游进芦苇荡。

夏天的芦苇荡是绿色的港湾，孩子们的乐园。我们钻进芦苇里分成两拨捉迷藏，窜来窜去，在绿荫下，既不会被太阳晒着，又能尽情地玩，有时还玩一些对打游戏，从湖里掏着泥巴，你打我，我打你，一会儿的工夫满脸满身都是泥，跟泥猴似的，还觉得挺凉爽。有一回玩得忘乎所以时，一个叫复新的小朋友一不留意给掉到深水坑里，大家顿时慌了，哭的叫的，乱作一团，不知所措；还是宁蛋蛋年龄大点，主意正，有办法，立刻拔出芦苇挽接成一条草绳，扔给复新，才使那小子捡了条命。整个夏天我们在湖里，变着法地玩耍，还有滋有味的。湖里有很多的鱼儿，有时躲闪不及会撞得皮肤痒痒的，比小狗舔还舒服。只要我们当中有谁来了兴趣，一示意大家就会围在一起，把鱼赶在浅处，摸上几条鱼，裹上泥巴，用火把泥巴烤干，鱼也就熟了；偶尔我们也会从家里偷点盐和佐料和在泥巴里，这样烤出的鱼特别香。有时也会掏鸭蛋烤着吃，若遇到天阴水凉时，我们便在湖边找着挖一些诸如茨菰、荸荠之类的东西洗净了吃。

芦苇荡更是鸟的天堂，5 月份是鸟繁殖的高峰期，这个时候的鸟特别忙，结草衔泥，筑巢续窝，卵孵子女。故乡大片大片的绿荫湿地招来了大量天南地北的候鸟。有些鸟我是知道名字的，有的鸟至今我都叫不上名。一年四季，这些候鸟随着时令，春天来了，秋天飞走了，循环往复，以至无穷。“春江水暖鸭先知”，每年最先飞回的是各种野鸭，它们就像报春鸟一样，捷足先登；“七九鸭子，八九雁来，九九加一九，鸟儿闹翻天”，春分一过，鸟儿就大量地飞回北方，那遍布四野的湿地到处都是鸟儿，湖中有着足够它们繁衍后代所需丰富的食物链。那年月鸟多得让人并不稀奇，也没有意识到鸟类对人类的重要，主要是社会上还没有提倡保护野生动物的觉悟，有些狠心的人便抓住这一时机，猎杀候鸟。尽管如此，鸟类还是舍命地飞回自己的家园。鸟儿是筑巢的高手，春天它们把巢筑在萌发的芦苇上，随着芦苇的长高，形成层层鸟窝。野鸭子和大雁的窝都在芦苇根部，小鸟的窝则在上端，如此有规则的稀疏分开，彼此互不侵犯。清晨的芦苇荡是鸟儿演唱的“绿色大剧场”，它们之间毫不示弱，争相鸣叫个不停，高低亢奋，竟听不出哪一种声音是多余的。若在此时驻足岸边，听百鸟啼鸣，是那么的清脆，那么的悦耳，又那么的和谐互补，胜过任何人为的演奏。沉浸在这自然音乐的殿堂，简直就是人间最美的享受，任凭人们使出千般、万般手段恐难复现。

像这样规模的芦苇湖，故乡就有好几处，据说在整个县里把分散的芦苇湖加在一块大约有上百处。关于这些湖，老人们说是上天赐予的，也有传说是黄河改道后留下的古河床，但据美、法、德等国考古者对水洞沟遗址考证得出，这里曾经是人类早先生存繁衍的乐土，数万年前一次大的地壳运动，地裂水涌形成了星罗棋布的湖泊水泽，这是科学的说法。有特殊的地形地貌和地理位置，使故乡成为富饶美丽的地方，塞上江南，鱼米之乡。

就在 1974 年年底，应征入伍离开故乡的前一天，我径自环湖走了一圈，湖面上已经结冰了，洁白的冰面被阳光折射出五彩光晕，芦苇荡已然枯黄，金黄的芦苇上结满了芦花，白茫茫一片，在凛冽的寒风中，微微摇曳，仿佛依恋不舍地向我招手，不由得流下了惜别的眼泪，转眼间几十年过去了。

在离开家乡的岁月中，我时常梦见那芦苇荡连同那清澈的湖水，令我魂牵梦绕的地方，圣水般的湖、绿茵茵的芦苇荡、百鸟歌唱的殿堂、我童年的摇篮，清晰的记忆从没有模糊。记得在部队上第一次获知在农业学大寨运动中，故乡已经填湖造田，使那些美梦一般的湖消失殆尽，为此我竟失声痛哭。呜呼哉！一派生机的湖，一处生命欢歌的湖，一幅欣欣向荣的芦苇荡；哀呼哉！清清的湖，美丽的湖，梦中的湖，鸟宿何方？

而今等人们觉醒，再来做水的文章、人工复湖时，已经没有了往昔感觉和原始的生态平衡，更没有了湖中勃勃兴旺的生物链。

故乡的湖，故乡的芦苇荡，只能久久萦绕在我的梦里！

（发表于《宁夏日报》2009 年 7 月 18 日第八版）

伏羲故里说龙

丁亥年“中国·天水伏羲公祭大典”于6月22日如期举行。这天恰好是农历夏至，此前阴雨霏霏，数日连绵，然遇公祭大典之日，天空忽然放晴，万里无云，红日高挂。天水伏羲广场人流如潮，龙旗猎猎，鼓乐齐鸣。海外华人、我国港澳台地区及省内外各界人士纷纷前来朝宗谒拜，寻根祭祖。

甘肃天水作为人文始祖伏羲氏的诞生地和伏羲文化的发祥地，自古就有民祭和公祭的习俗，早在春秋时期秦文公十年（公元前756年）就在渭水流域用三牢之礼祭祀伏羲，以至于历朝历代延绵不绝。在这块皇天后土分布着众多与伏羲、女娲有关的人文遗迹。其中，距今7800多年的大地湾遗址让许多学者着迷，明朝仅存于今规模最大的祭祀伏羲的大殿——伏羲庙，伏羲演化八卦的卦台山、女娲祠以及与伏羲“风姓”有关的地名，吸引着国内外无数学者、专家不懈地探索、研究，也吸引了大批海内外客人前来观光旅游，在这里朝觐祖先，共襄民族发展。

“太昊伏羲祭奠”已于2006年荣列国务院公布的首批国家级非物质文化遗产名录。故而，今年公祭期间各种庆典活动热闹非凡，异彩纷呈。尤其是由中华文明寻根探源组委会提供的根雕作品“九龙汇中华”，更是夺人眼球。老树根整体轮廓酷似中国版图，而且根系从东南向西北延伸，宛若条条江河，又似由西向东腾飞而来的条条巨龙，正面六条，背面三条。此意恰好暗合《易经》卦辞：“乾元用九，天下治也。”

据专家考证，此根为檵木，属多年生灌木。从树干的腐朽程度分析，树根至少有2000多年历史。这种树根内聚力极强，两根相遇相互连接，因为生长在一块岩石板上，所以形成了扁平的网状根盘，号称“龙根”。当然，人们感兴趣的不是因为“龙根”活灵活现，而是“龙根”蕴含的那份寓意。正面六龙齐出，妖娇腾翥，合而成体，正好形成一幅乾卦。“龙根”上的主龙头正好在仰韶文化区方位，而且头似马、眼似虎、角似鹿、鼻似猪、须似鲵、嘴似鳄、身似蛇，形态逼真，栩栩如生。不可思议的是，古代称为元龙的龙头正在甘肃和陕西交界处，此处又正好是古代伏羲氏族活动的中心。另外，黄河出海口的青龙等，其所处位置都与古代传说相吻合。更为奇妙的是根雕上的宝岛台湾与大陆根连着根，观者对大自然的神奇造化和诸多偶然巧合无不惊叹。

传说古代最早把龙作为氏族图腾的是伏羲，故中华民族乃龙的传人。中华文明的历史如同一条奔腾咆哮的汹涌大河，数千年来，跌宕起伏，经久不衰。据近年的考古发现，中华文明的起源期有六大文化区，从各文化区发掘出的史料证明，中华龙文化的发展演变，也体现在历代龙体的造型上。唐宋以后的龙造型，其基本特征主要是猪、马、鱼、鲵、鹿、鹰、蛇、虎、鳄这九种动物的组合形态。具备了各种动物的特性，执万兽之首，臆造成无所不能的神物，将龙形龙态龙腾龙飞，描画成潜行修德，张扬仁爱；内练有规，外见刚毅；伸屈自如，呼风唤雨；力行神武，播富泽惠；气如涛涌，势吞长虹；腾四海威仪，行九天祥瑞……在龙身上集中体现了中华民族的文化基因，承载了中国人数千年来的希冀和求索。

龙文化的出现，与我国农耕社会农业对水的需求有关。《说文解字》称：龙为鳞虫之长，春分而登天，秋分而潜渊。自古龙凤并称，龙为雨，凤为风。因此，才会有龙凤呈祥等诸多词汇的出现，寓意着风调雨顺，福临人间。其实龙是虚拟动物，在天水我们从伏羲、女娲的神话传说故事中，看到龙最早只是人首蛇身，而在以后漫长的历史演进中，人们逐渐对龙寄托了一种精神，正像民间一直把青龙、白虎、朱雀、玄武一起并称“四神兽”一样，以此祈福祈寿，保求平安。长此以往，龙已成中华民族的象征，华夏文明的标志。正是在龙的精神引导和集约下，上下五千年的浩瀚历史长河，多少英雄豪杰、志士仁人，披肝沥胆、孜孜以求，将志愿和抱负汇集在民众的洪流中，振臂演绎着图强与正义的主题，不断推动历史的车轮滚滚向前。

“我上山是虎，我下海是龙，我在人间是堂堂的大英雄。普天下的儿女拧成一股绳，亿万龙种风起云涌，不信幽幽神州，我不领世界风，看东方升腾的中国龙！”在中央电视台“中华情”——相约天水《伏羲颂》大型晚会上，韩磊的一曲《中国龙》，唱出了多少中国人的心声，唱出了万种豪情，唱出了八面威风，也唱出了龙的一种内聚四射的精神魅力。

（发表于《中国纪检检察报》2007 年 7 月 7 日第四版）

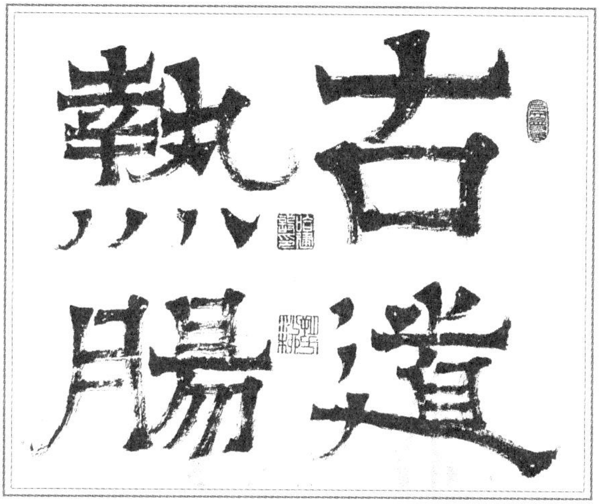

难忘皇天后土

“渭水泱泱，陇坂逶迤。圣哉羲皇，发祥成纪。名冠三皇，五帝之先。丰功伟绩，世代绵延。”

2005 年 7 月 3 日，岁在乙酉年五月二十七日，公祭中华人文始祖伏羲的大典活动在甘肃天水隆重举行。时逢此地，应邀入殿，沐栉临风，幸甚感悟这盛世大典，畅游这皇天后土。

七月的天水，经一场新雨洗礼之后处处苍翠，山明水秀，风光旖旎，生机盎然；天水的七月，载歌载舞喜迎四海嘉宾，到处呈现一派盛况，喜气洋洋，四壁生辉！落迹在公祭大典的人海，置身于此景此情，心被洗礼了，情绪也被激越在历史的隧道翻卷思飞……

天水，古名曰成纪，唐代迭名为秦州，后因“天河注水”的传说而得今名，位于甘肃省东南部，历史悠久，文化灿烂，是人文始祖伏羲、女娲和轩辕黄帝的故乡，素有“羲轩桑梓”之美誉。1992 年 8 月，江泽民同志视察天水时亲笔题词“羲皇故里”。

在历史遗留下来的大量典籍中，伏羲被列为“三皇之首”、“百王之先”、中华民族的人文始祖。研究者认为，伏羲最初是一个氏族或部族首领的名号，这个氏族定居成纪，不断繁衍，以后遂向陈仓、中原及其他地区迁徙，以至于在全国许多地方都有关于伏羲的传说和文化遗存。在中华民族的发展史上，伏羲氏时代开创了中华文明的先河，把先民从蒙昧带入文明，伏羲文化既是中华文化的本源和民族文化的母体，又是中华哲学体系、神秘文化与民间民俗文化的共同宝藏。伏羲文化作为中华文化的本源文化，从物质世界到精神领域，从上层文化到民间习尚，几乎无所不在，深深根植于中华民族的心灵和意识深处，具有博大精深、兼容并包、生生不息、与时俱进的特点，塑造了中国传统文化的基本面貌，是中华文明的灵魂和精髓。

天水不愧为皇天后土，其有史可稽的建置史就有2600多年，千百年沧桑岁月的积淀和一代代人的创造与积累，熔铸了天水悠远深厚的历史文化底蕴。在这片土地上，诞生了众多彪炳史册的历史人物，留下了许多千古传颂的美文佳句，形成了独特的、异彩纷呈的民俗风情，境内星罗棋布的古石窟、陵庙、古石刻、古建筑、古遗址，昭示着天水历史文化的辉煌和历史人物的风采，而伏羲文化、大地湾文化、秦国早期文化、麦积山石窟文化和三国古战场文化等，则是其中的瑰宝。

特殊的地理位置和漫长的沧桑演变造就了许多独特的自然景观，悠久的历史积淀和文化演进形成了众多的人文景观。在这盛世、盛景、盛况与公祭大典浑然一体的天籁里畅游，思绪早已漂泊在广天沃土，飞跃崇山峻岭，从中寻觅到光辉灿烂的民族文化风韵，领略到浓郁的民俗文化风情，感受到历史文化的陶冶和震撼。此时此刻，站在这皇天后土上参拜，用真心感悟着我们先祖勤劳、智慧的结晶，感悟着天、地、人和，情是炽烈，义是深厚，承载着民族之魂，传承延绵，以至于八千年的风雨，筑成山的脊梁，松柏的精神，人的骨气，不朽于天地间。

（发表于《中国纪检监察报》2005 年 2 月 15 日第四版）

信念的丰碑

10 月第一缕金色的阳光，勾起人们无尽的遐思。祖国如画，江山多娇。而在我的心中，祖国是不可撼动的高山，那是先辈们用血肉和理想构筑起的信念高地。

那还是 10 年前的 10 月，我第一次奔赴甘肃河西走廊腹地，整日披着金秋的阳光，穿行在绵延千里迷宫般的黄土沟壑中，从武威到张掖，又从酒泉到安西，工作之余，去凭吊座座西路红军纪念碑。那久经大漠的厉风和狂沙卷过的大漠，总是顽强地向来者昭示着一种精神的存在，一种信念的存在。

河西大地到处都有战争的痕迹，绵延的长城，随处可以看到至今完好的烽燧和屯兵城，还有风烟埋下去的箭镞、弓弩和浩浩忠骨。1936 年 10 月，一支 21800 多人的队伍，从南国长征辗转渡过黄河，与麇集在河西的 11 万马家匪帮周旋、对峙、浴血鏖战。他们没有后援，面对马家匪帮精良的装备和骑兵疯狂、野蛮的围堵，其惨烈的程度可想而知。他们不仅仅是一般意义上的将士，还是一支每个人都心怀同一种信仰的开拓者，是为自己的命运，也为别人的命运的奋起者。不屈不挠的西路军，用激烈的枪声和震天动地的冲杀，把红色的革命种子撒在了祁连山麓、青海草原、天山脚下；他们用年轻的生命和热血坚固了自己的信念，树起一座座磐坚如铁、不容撼动的丰碑。

信念，是一个民族的脊梁。先进的信念，能激活民族自尊，图腾发达，使文明的精神更加昂扬。一个时代总有一个时代的精神，而每个时代的精神所酝酿的时代氛围所创造的时代面貌，往往是用功利的眼光无法稳定的。60多年过去了，河西的厉风和飞沙，河西的良田的宁静安适，可以遮去昔日的血腥和悲壮，但先烈们为理想、为信念、为了一个共同的革命目标，向黑暗的旧社会挑战，向不公平的命运挑战的精神，仍坚强地存在着，犹如祁连山直插云端的嶙峋山脊一样无法被抹去，并激励着一代又一代的后来者，迈向理想彼岸，使他们的信仰延伸、放大，装点着共和国的今天。

置身在这明媚的阳光下，走在长满青苔的小路上，极目四野，每条河、每座山，甚至通向远方的路，都有血红血红的名字呼唤你；面对成千上万的先烈，面对和煦的阳光，面对红色的土地，信念澎湃在心潮的浪尖。这时候，什么名利、恩怨、宠辱、得失、沉重的揣想，都显得无足轻重。我想，面对先烈们崇高如山的信念，真正的共产党人，是没有任何理由不去为人民的利益而奋斗的。

（发表于《中国纪检监察报》2004年10月7日第四版）

在故乡经历的那点事

我常在想，没有经过磨砺的人生是不健全的，没有经历过苦难的人生是不丰富的。至少不是多姿多彩的。

要说苦难，我辈无法与父辈相提并论，他们那一代人，可谓生于苦难，长于苦难，并饱受苦难。而我们生在新中国，长在红旗下，应该是很幸运的。可历史总是如此，以其不可抗拒的力量向前发展。而每个朝代的演进，迫使生于递进时代的人们循着社会的发展，选择自己的生活方式，不同的是未必每个人的生活经历都是一样的。

故乡是每个人心中的结，那儿的经历会给人留下很深的印记。故乡又是生命的摇篮，使人从襁褓中站起来，一步步走得扎实，走向未来。我曾不止一次读过别人记录故乡的文字，也许是受感染，萌生了写点在故乡曾经历过的那点事。然而，记忆深刻的往往是酸楚，不像在有些文字里读到的那般充满幸福感。我能回到故乡，全拜陷害父亲的人所赐，那年月也是迫不得已的。回想起这段经历恍若尘封在老房子里的一坛老酒，无论何时打开，总是在心中回味。

那是1967年7月22日，这个让我终生难忘的日子。那天早上，我们在北方一个熟悉并生于斯、长于斯的城市吃完了最后一顿早饭，跟着母亲匆匆踏上了回乡的路。是五叔赶着马车帮我们搬的家。回乡的路并不遥远，只有90多华里，却忍饥挨饿地走了整整一天，直到晚上9点多才回到爸爸的老家我的原籍——宁夏青铜峡县叶盛公社席庙大队。奶奶和大伯接纳了我们，临时腾出了三间面东的平房总算安顿下来。刚回去一切都感觉新鲜，无边的芦苇荡，风吹稻花香，莺飞鱼跃，确实是个不错的地方。

我的原籍位于朔方平原中段，有“塞上江南”之称。如今但凡看过《汉武大帝》电视连续剧的人，都会知道河朔平原。其实历史上的河朔平原是两个地理概念，即河套平原和朔方平原。鄂尔多斯高原与阴山之间为河套平原，贺兰山以东称朔方平原（泛指现在的宁夏平原），两地均为黄河上游的冲积平原，土地肥沃，有灌溉之利，向为内蒙古和宁夏两地的主要农业产粮区。

“黄河九害，唯富宁夏”。出青铜峡后，就保持了与贺兰山山脉走向一致的流向，将缓慢的脚步留在一片更为开阔的平原地区。从人文角度来说，这里是游牧文化和农耕文化激烈碰撞的交会点，是藏传佛教、汉传佛教以及伊斯兰教一度融汇的地区，也是三大宗教辉映的三大文明的交会点。斯地大部分是乡村，使得整个生活有着浓厚的土的味道。这种味道随着傍晚缓缓升起在一个个乡村的袅袅炊烟，随着阳光下的家常式的恬淡，表现出一种现代社会里很稀缺的诗意。

黄河在宁夏平原上不仅哺育着一个个富于诗意的乡村，也哺育出一个个逐渐具有现代特色的城市。春夏季节，湖边的芦苇开始将绿色铺在水面上，各种水鸟美丽的身影划过湖面，生机盎然。秋天一到，芦苇被霜染得变了色，天蓝水碧，芦苇红的色彩里，成群的候鸟在这里驻留。即便是冬天，也有丰富的内涵和表现，结了冰的湖面成了平原人冬季游玩的一大好去处。多彩的陀螺在冰上旋转着，大人孩子在零下十几度的寒气中打着陀螺的情景，绘出了平原上都市人慢生活的诗情画意。一幅十足的现代生活版写真。

可40多年前，这里的机械化程度是比较落后的，引黄灌区农业耕作仍然还是以人力加畜力。一年四季，春播夏种，秋收冬藏，日复一日，年复一年，循环往复总是不得闲。世人只知道“天下黄河富宁夏”，哪知道平原上引黄灌区的人所付出的那份艰辛。

看景是一回事，生活又是一回事。尤其是一直生活在城市里的人，一下子要在乡下安家落户过日子，可就不是那么回事了，毕竟城乡差别在那个年月是比较鲜明的。城里人只知道大米吃起来很香，可很少有人真正意义上理解农民的艰辛和不易，尽管现代城市里生活的人，超不过五代都来自于农民。

回到农村后的第一个夏天很快过去了，漫长的冬天说来就来。塞北的冬天，常常刮北风，最可怕的是北风里夹着雪，那风像刀子一样令人生畏。在我的记忆中，小时候的冬天特别冷，又特别长，那冷风钻过棉袄冻得人直哆嗦。隆冬正是别的地方“猫冬”的时候，而乡亲们就得起五更赶上毛驴车开始往地里送粪，为春播做好准备。好不容易熬到春节，也只能休息几天就赶紧收拾农具，一过正月二十三，就得开始春播了。那时生产队按工分计酬。大人出工一天为十分，小孩则从九分到三分不等，年底决算分红。我们家孩子多，仅靠父母劳动负担还是比较重。生产队总有一些人要说三道四的，“好好的城里不蹲着，跑到乡下来让我们养活”。尽管是乡里乡亲的，也免不了闲言碎语。为了帮助父母养家糊口，减轻负担，我们家的孩子很小就开始出工，记得我刚10岁过点就已经挣工分了。当时正值复课闹革命，我们很少去学校，因为学校里总有不少学生在议论，我们家是因为父亲犯了什么什么错误，被遣返回来的。在农村的第一个冬天我们没有经验，这个时候号称农闲，主要的活大都是积肥、往地里运粪。没多久，我的手被冻得裂了口子，脚也冻肿了，脸也冻破了。到了晚上手痛、脚痒、脸胀，实在难熬极了。由此也落下病根，每年深秋初冬稍不注意就复发。

“男人怕插秧，女人怕夏收，秋收累倒男子汉。”在宁夏平原生活过的人，对此会有着很深的感受。正月种麦，三月除草，四月整地，五月忙着插稻秧，一天下来，手脚被水泡得生痛，腰疼得就像折了一般，那滋味真是不好受，不少人得了风湿病。六月中旬抢收麦子，号称“龙口夺食”，与天抢时间，与地抢时间，昼夜不停赶在下雨前将颗粒归仓，那个紧张劲仿佛战士打了一场恶仗。金秋，收完稻子，收玉米，收黄豆，披星戴月，手舞镰刀，挥汗如雨，其中辛苦，令许多山区人羡慕平原人“成天吃细米白面”，而一旦做了平原人后，方知“大米好吃苦难受”，有的人要不了多久，又悄悄回到山里去。

最难忘炎炎夏日三伏天，学校虽然放暑假，可农村的孩子哪能闲得住，何况像我等这样的家庭谁还敢在家吃闲饭？而此时麦子已收上场，生产队抓住这段稻子还在生长时的空当，安排男人们白天打砖坯，晚上轮班烧砖，卖出后好增加经济收入。砖烧成后，装窑、出窑的任务就落到我们这些半大小伙子的身上。一窑砖有好几十万块，全凭我们一摞一摞地背，而且要在短时间内抓紧出完，赶着装下一窑。天是火热的，窑里是火热的，背在背上的砖还是火热的，流汗太多，不时有小伙伴晕倒，甚至被砸伤，几天下来，再好的人也得脱层皮。当时出窑的小伙伴也就十三四岁，现在说起当时的经历，也会毛骨悚然。可那时候虽然很苦，出完窑后小伙伴们一起跳进水里，就变成了“活泥鳅”，洗去身上的砖灰，赤裸裸地躺在黄河岸边的沙滩上，做着一些成长时想入非非的游戏，非常惬意的。闹够了，疯够了，小伙伴们总要缠着让我给他们讲故事。他们把听到的故事，回到家再讲给大人听，来来往往，大人们也对我另眼相看了。

农民是最朴实的，处事待人喜欢钉是钉来铆是铆，与他们相处最好不要玩虚的。记得有一年秋后，学校放假，队长安排我跟着大人去挖大沟，这可是个力气活。领工头每天采用划段包工制，谁先干完，谁先收工。开始领工头不知何意，包工时总让我同大人一样，记工分却比大人少。因为力气小，我每次收工都比较晚。过了两天，大人们也看不惯，不忍心，他们做完自己的活就主动来帮我，有的还与领工头发生了争执：“一个小孩子，不能这样待他嘛，难道你从你妈肚里生出来就是长这么大？”或许是“路不平有人修、理不直有人正”的缘故吧，大人们的正义感，真管用，不仅给我加了工分，而且还得到了优待。这件事使我明白了一个道理，一个人只有修行立德，才不会孤立，有道是“德不孤，必有邻”。

平原上的女人要比男人付出的更多，她们真是了不起，白天不仅要与男人们一道忙农活，收工后还要无怨无悔地撑起一个家的全部温馨。尤其是农忙的时候，她们忙完了田间地头，还要拖着疲惫的身子为一家老小做好饭，好让他们吃饱了、睡好了，养足了精神迎接新的一天。她们虽有怨恨，但从不放弃，任光阴荏苒，任青丝染成白发，她们总能追寻生活的乐趣，总能发现美丽的风景，哪怕身心一次次受伤，哪怕生活一次次受挫，义无反顾，反而更加宽容，更加感恩，更加呈现出历经沧桑却依然随遇而安的美丽和淡定。她们如此这般早耕夜织，日复一日的勤奋劳作，却始终没有达到心愿之中的兴旺，反而使日子过得紧巴巴的。在生活最困难的时候，母亲显得异常的坚强，她不但要顶着生活压力和不被外人理解时而吹来的冷嘲热讽，还要护着她的儿女们不受伤害，传承给我们生活的信心和勇气。

为了争口气不被旁人瞧不起，我们兄妹几个每天利用上学前出早工，放学后还要赶晚工，以求多挣点工分，少背点账。母亲总担心我们会因此而耽误学习，尽管当时盛行“读书无用论”，可母亲总是抱定一个决心：一来不希望我们像她一样变成“睁眼瞎”，二来指望着通过学习有机会走出农村，改变命运。为此母亲没少揍我们兄妹。由于生活窘迫，也教会了我们兄妹，懂得珍惜来之不易的学习机会，自觉地做好每天的功课，尽管很苦却从不偷懒，由此我们兄妹几个人的学习成绩一直在班里名列前茅，在北边几个大队还是出了名的。十一届三中全会后，国家恢复了高考制度，我们家的孩子一个个都飞了出去。事到如今母亲谈起这些，都感到很自豪。我们也不得不佩服母亲的远见卓识。这使我用尽了一生才读懂了母亲。

1974 年夏天，父亲又被请回局里工作，我们家的情况又开始好转。这一年年底，我也光荣入伍，远离家乡，从此天涯孤旅。几十年过去了，岁月的流逝，淡漠了许多事，唯独这段经历总也难忘，依稀浮现。每每想起，这段经历究竟对我产生了什么影响，竟如此的深刻？人总是不希望有痛苦的，但痛苦的经历往往能磨炼人的意志，若不是过早地尝到生活的艰辛和不易，经历那么多磨砺，又怎么懂得珍惜生活，敞开胸怀去品味人生？至少在参加强体力劳动的过程中，不仅锻炼了体魄，使我逐渐地硬朗起来，更重要的是，给了我一个坚强的性格，增加了在逆境中生存的本领，学到许多顺利时很难学到的常识，仿佛一坛储藏于心底里醇香的老酒，有它垫底，以至于在以后的人生道路上，虽然经过许多的挫折和困难，再苦再累都能挺过来。

（发表于《中国社会导刊》2003 年第 3 期）

与妻书

国家的安全，人民的安宁，社会的发展，离不开强大的国防，需要热血青年、优秀儿女担负起保卫祖国的神圣使命。从1974年年底参军到1990年年底转业到省纪委，整整16年的军旅生涯，其中分居两地达10年之久。那个年代，交通不便、通信落后、职业所限，与亲人天各一方，两地书、盼家信则构成了吾辈军人特殊的情感世界。“烽火连三月，家书抵万金”，古往今来，概莫如此。静静的夜晚，坐在灯下，有时间看书学习、书写家信也成为所处那个年代的军人精神生活的丰富内容。不仅起到了与亲人的联系、沟通、滋润感情的作用，也是励志修身的有效途径。事隔多年，翻看这些家书，依然令人兴奋，荡气回肠。冒昧选摘1984年6月间一封信，以资佐证，让大家见笑了。

又一个夜晚来临了，刚刚处理完一天的公务，坐在孤灯下，提笔舒笺，梳理情绪，与你畅谈，以吐心中块垒，真是件乐事。

这次回到部队，我心久久不能平静。那天是我不冷静，发生了我们之间最厉害的一次争执，我这厢给你赔礼了！气头上的话有些过分，请见谅。为了冰释不愉快，今天我想沿用这种方式与你交谈，可能于我的爱好有关，总觉得提起笔来，我的思路就格外清晰，情绪也平静了许多，有些话可能就说得透亮些，只是烦劳你费神，逐字逐句品味。不过，这也是坏事变好事嘛，虽然在忍受文字“叮咬”的时候，也可聊以慰藉，驱赶暂时的寂寥和惆怅。

经过反复思量，那天我不应该生气。只要有情，哪个女人不希望自己的丈夫天天守在身边？可你情急之下忽略了一个事实，那就是我目前还是个军人，既然是军人，所担负的职责和使命就决定了我们之间必是聚少分多，这也是没办法的事。当今社会，物华如流，由于价值观的转变，军人的职业已不再看好。因此，做军人难，做军人的妻子就更难，他（她）们付出的辛酸有多少，唯有自己内心知道。特别是和平年代的军人已没了战争年代的那种轰轰烈烈的悲壮，平日里大部分时间都处于养兵阶段。无论社会上人们怎样看待军人，可军人的豪情依旧，他们付出的和牺牲的又何止在战场？这一点你比谁都清楚，因为你有着切身感受。像你我从相识到现在，究竟是前世修来，还是今生缘，在我们尚未弄明白时，一个“小天使”在给我们家增添许多欢乐的同时，因为多数时间由你一个人带孩子，又要上班，还要撑起这个家的全部，的确平添了许多生活压力；再加之社会上一些人对军人的误解和曲解，这一个个矛盾和困难，搅扰得你我心池陡起波澜，难以平静，仿佛横着的一堵墙，又好似压在心头的一块铅，堵得心头难受。我们怎么办？当然没有理由要求任何人都要对我们好，那也是办不到的。商量来，探讨去，两个半月过去了，结果是进也难，退也难，难在我真的不愿意离开老部队、老首长，那是我成长的根，也是我的营养之地。从18岁离开故土，在部队中摸爬滚打，与首长和战友们建立了深厚的友谊，实在是太不寻常了，也实在让我难以割舍。在这个问题，尽管我们站在各自的立场和角度上，作了不少的设想以及构想，甚至充满了幻想，但都是悬念。到底是什么起着作用？彼此都很清楚，大概是各自的心房中都有一个愿望，这个愿望至少目前难以实现。正像寓言故事里所说的那样，人的心房有两间，住着快乐和烦恼。每每快乐到了顶点，总要吵醒隔壁的烦恼，烦恼便粗暴地搅闹快乐，使主人心躁气浮。

我说这些你别误会，更别曲解，我们毕竟是最亲的人，对你的处境和感受我何尝不晓得呢？你是一个非常要强的女人，什么事都力求完美，这本身不是缺点。可我们目前的条件所限，只能思念得多，欢聚得少。特别是家里只剩下你独自一人的时候，偌大个屋宇，独自空守，连个说话的人都没有，每当夜晚来临，漫漫无尽的思恋；每当细雨敲窗，无边的恐惧袭来；每当节假日，看到别人成双成对，孤寂像潮水一样涌上心头……你诉说，每当这些时候你总盼着我、渴望着我立刻坐在你身边，驱赶忧愁。对此我又何尝不在渴望着？

我记得每次的相聚，虽然短暂得近乎繁星一闪，却使人终生难忘。这相聚是经过漫长思念、跨过无数黑夜的，因此相聚则更有意义，更充满了激情。这相聚是真实的美，美得让人陶醉，美得大慰平生，美得让人忘了一切，忘了平日的诸般煎熬。可有限的休假，走得太快，好景不长。军人的路有多条，唯独这路走得令人充满惆怅，令人沮丧，将天各一方深深地烙在心灵。离去相见难，写不完的两地书，成了我们生活的重要内容；遇到星期天为了打个电话，徒步十几里路到乡镇邮局，排很长时间的队，每次拿起电话听筒，似乎能听到你的心跳，我清晰地明白，那是我的家，我的后方，我的期许。人有约天知否？企盼相见，企盼重逢，企盼天地之恩，虽苦犹乐，虽苦犹荣。训练和工作是繁重的，古人云：好男不当兵，好铁不打钉。但每天辛苦的训练和工作之余，听到战友对你的赞美，我心里乐开了花。我真心地感谢上苍，给了我人生亮丽和美好，让我成为世界上最富有的人。人的富有，不是对金钱占有了多少，而是享有一种心理愉悦的感受，从这个意义上看，我们全身心的相爱，爱得如此强烈，又如此艰辛，犹如寒天里傲放的腊梅，清香却有精神。

然而，近两个月来，我们的幸福不知是打翻了潘多拉的魔盒，还是被一种扑火的流萤干扰，每次相逢总要争吵不休，甚至恶语相向，这种伤害使我心烦意乱，因为你我都太在乎对方的存在和反应了。你心里烦，我知道，不仅是来自厂里个别不理解借以制造麻烦的人，还有家的重担一人独挑，而我又爱莫能助，只能在一旁干着急，苦无良策。此等经历既无助又无奈而又难得，当然也是苦涩的。生活的磨难，就像一把钝锉，不经意间会锉平锐气，锉伤了柔情，粗暴地摩擦出极不和谐的音符，使优美的旋律跑调。

有时听你说起，车间里的同事总是在你耳边念叨什么“鞋子舒服不舒服，只有脚知道”。我承认这话是有一定道理的，它从另一侧面说明“婚姻幸福不幸福只有心知道”。可我更明白一个道理，那就是自然法则告诉人们一个常理，即任何生命都需经过严冬的考验，才更具有生命力，婚姻恐怕也不例外，社会上不是有那么一句话：不经风雨何以见彩虹？人的一生没有一帆风顺，也没有平坦的路可走。有顺风而呼的张狂，就会有逆水行舟的疲累。按照苏东坡老先生“人生不如意事常八九”的说法，逆水行舟的时候可能要多一些。为了吃饭穿衣、为了精神需求、为了实现人生理想，去做，去闯，去拼，一路悲歌，两耳风雨，有时鼻青脸肿，甚至头破血流，都在所难免。人的身心是有强性限度的，物质有穷，个体的欲望无穷，即使囊括了现实世界的一切，那么未来世界呢？还是落了个意不伸，欲不达。人生的归宿究竟在何处？坐下来缓口气时就想，人固有一死，生不带来，死不带去。就说为儿孙吧，也是儿孙自有儿孙福，此生此世的事都理不完，还管得了那许多，何必自寻烦恼呢？清朝有个官员说得好：“儿孙不如我，要钱有何益？儿孙比我强，要钱又何用？”这时《红楼梦》中跛足道人的“好了歌”就在心头訇然响起。人生来去一场空，心下无免泫然。不了！不了！就此歇住，得过且过。关键是不要苦了自己的心。从入伍的那天起，我就牢牢地记住这样一句话：人凭志气虎凭威，说透了，人活得就是个心气，身累不算累，心苦苦死人，一切还是顺其自然吧。说一千道一万，我并不是说你该做什么，或不该做什么，更不会去强迫你顺从什么，而是想通过大量的道理说明一点，困难是暂时的，不要为眼前的事惆怅。请你坚信：“面包会有的，牛奶会有的”，我有这个能力，这一点我深信不疑。

亚里士多德说过，追求是人的本性。这位哲人可算是真正的认识人的。实际情形果真如此，人真会和自己开玩笑，明知道世界无涯而人生有涯，物有穷尽而欲无穷尽，却还要以短暂去追求永恒。吃了五谷想六谷，吃了萝卜想豆腐，占领了地球登月球，站在月球望火星。个人欲壑难填，公共舆论则认为是上进的表现，而表现自己，最大限度地实现个人的社会价值，又是每个人都无法解脱的宿命，人生难得几回搏，不建功立业，不匡济天下复为人欤！于是还得丢掉伤心悲悼，擦干血泪，抚平伤痕，挥去旅途迷雾上路前行，这又是不了。不了，人生永远的不了情。

我说这些疯话，不知你听明白了没有。我只想说明一点，我也是个有抱负的人，不会平平庸庸，更不会浑浑噩噩，那不是我的为人。别说你不甘，我也不会认命的。但事要一件一件地办，饭要一口一口地吃，善谋者谋一世，又何必在乎一日之长短？有道是欲速则不达。这就是我此时的心情，无非就想弄清楚我们到底追求什么，什么样的生活才更有意义。不能因为一时之气，迷失方向，丢掉本我。

夜已深了，我要说的话还很多，下次再畅谈，今天只好暂此止笔。

（作于1984年6月24日晚武山）

敬业是一种境界

在省里从事反腐倡廉舆论宣传工作已越过11年，为此付出的心智唯有内心自知。且不说一大把年龄还要坚持“爬格子”滋味有多苦，也不说因此被人“横挑鼻子、竖挑眼”而遭人评说，只想道出其中收获，也算苦中取乐，乐此不疲。

记得1999年元月，我刚到宣教室筹建记者站时，恰值《中国纪检监察报》创刊5周年。当时粗略统计，我省总共只发了3篇稿件，报纸的发行工作也只有1000多份。尽管如此，委厅领导还是提出了很高的要求。面对这种局面，感到了很大压力。一晃10多年过去了，不仅经受住了考验，开辟了一方“天地”，先后在《中国纪检监察报》和国家级报刊发表稿件达1700多篇，有近40篇获得省和国家级新闻奖，而且报纸发行也每年稳中有增，取得了可喜成绩。

新闻舆论宣传，是一个社会敏感度极高的职业，而反腐倡廉新闻舆论宣传又处在这个职业的前沿。针对这一特点，依据形势、任务和工作实际，我们想了很多办法。首先从内强素质入手，认真学习政治理论和业务知识，努力拓宽知识面，注重提升自身的政治素养，注重理论联系实际，运用到自己的工作实践中去，提高工作能力。在实际工作中，充分认识反腐倡廉新闻舆论宣传的重要性和紧迫性，增强政治敏感性，把握住全省党风廉政建设和反腐败重点工作、重要部署、重大活动，采取了许多办法，协调各方面的力量，有效地建起一支反腐倡廉新闻宣传报道队伍，健全和完善了适合省里实际的三级宣传报道网和信息反馈网络。即以记者站牵头，协调市州通联站并在各县市区确定通讯员，形成各省互动、上下连通，从一篇一篇稿件抓起，使反腐倡廉新闻宣传报道数量逐年增加，质量有了明显提升，基本上改变了被动局面，形成良性循环的工作机制，发挥了优势作用，及时、有效地对外宣传和报道了省里党风廉政建设和反腐败工作。

但由于种种原因，记者站一直处于“名不正、言不顺”的境地，在无编制、无经费、设备简陋的情况下，始终“单打一”地开展着工作。在工作实践中，自己往往扮演着多个角色。对中国纪检监察报社来说，既是记者，又是站长，从处理报社安排布置和交办的事务到采写稿件、组织策划市州通联站活动；从接待来省人员和领导到每年一度的报纸发行征订工作，都要事必躬亲，竭尽全力，不容懈怠。对省纪委来说，分管着面上的对外宣传，从接送记者到策划、审稿以及提供通稿、协调发稿，还要处理大量领导交办的事项，接待基层到省上办事的同志和领导。经常加班加点、默默放弃了多少节假日，已记不清楚了。虽然很辛苦，可尽到了应尽的职责，在开辟宣传阵地、搭建宣传平台、拓展宣传渠道、扩大宣传影响的工作实践中得到了锻炼和提高，做到了别人做不到的事情，心里是充实的。

当夜深人静，远离一切喧嚣，每每徜徉在静如止水的明月夜，伴着清新的空气，伴着丝丝茶香，伴着轻音乐，沐着书页的墨香，让思绪在深夜里独舞，而我只是一观众，陶醉其中，看生命的舞蹈，贪婪地追寻着自己喜欢做的翰墨事……静下来和自己对话，静下来和心灵对话，静下来和生命对话，确切地说是能够静下来阅读生命。生命短暂，总是附着时光匆匆流转。人，可以匆匆一生、平淡一生，也可以轰轰烈烈一生，精彩一生……而这一切，取决于一个人对待生命的态度。

我喜欢这种方式。与其说是阅读书本，倒不如说是阅读生命。在静夜阅读生命，将自己融入夜之静中，唯有这样，才能读懂生命，才能将生命升华，才能更好地认识自己、超脱自己。让自己的生命在匆匆远逝的岁月里发出金属质地的音响，其实是生命的回响。

人人都有心灵的家园，这有两层含义。一种是内在的，就是丰富的心灵，丰富的精神生活。还有一种是外在的，就是你在这个世界上一定要有自己喜欢的事情。你做的所有的事情，不能全是上司指挥、生活安排的。有时候人的职业和事业，可能不吻合。你的职业可能并不是你喜欢的，只是为了生存必须做的，但也千万不能放弃内心真正喜欢的事。

渐渐地我明白：敬业是一种境界，需要操守和智慧。只有读懂生活的人，才能从充实的工作中，找寻多彩的人生，使生命奏出响亮的乐章。正如每个人都在工作，往往所取得的效果却不同。然而，等待运气的人，未必都能抓到运气，而机会总是属于那些有准备的人。追求至善至美，开启智慧的闸门，让热情奔涌，在工作中创造出佳绩，以此阅读生命，想清楚自己的内心所向，加上知识的扎实积淀，你的人生不会暗淡，你的灵魂不会浮躁。

其实阅读生命，就是在寻找方向，在人生坐标里寻找自己的位置，在平凡的生活中体验生命的不凡。要相信每个生命都是一个奇迹，都是一部传奇，都是一声华丽的绝响。生活中，我们用眼睛、用嘴唇、用思想，借助于体验，借助于书本进行多元的阅读，其实只是让自己生活得更好，让自己的人生更辉煌，让自己的生命闪耀光芒。

尽管这样的阅读是见仁见智的，不同的处境不同的眼光，不同的人都会有不同的解读，潦草的阅读让生命肤浅，平静的阅读让生命真实，精彩的阅读让生命芬芳。

阅读生命，让人清醒，泰然处世，增强社会定力，使顺利时不轻飘，不癫狂，不偏废；逆境时，不气馁，不放弃，愈挫愈勇。这既是一种精神，又是一种气质，更是一种境界。

（发表于《中国监察》2011 年第 9 期）

续写骆驼魂的人

在西部生活过或有过西部生活经历的人，对骆驼总会存有不容忘却，甚至是刻骨铭心的情结。

我真正意义地走近骆驼，那还是在1990年11月中旬，当时刚从部队转业到省纪委工作不久，被派去与几位老同志赴敦煌调查有关问题。一路上翻山越岭，穿过漫漫戈壁，就在我们一行过了酒泉快到安西县时，忽然狂风大作，飞沙走石，直吹得天昏地暗，能见度很低。我们只能停下来，任狂风肆虐地吹着。就在我们躲在车里，百无聊赖时，“叮当啷，叮当啷……”远处传来阵阵悠扬的驼铃声。我们的兴趣顿时被吸引着。“这骆驼真是了不起，能在狂风中不迷失方向，勇往直前。”朱老感慨地先开腔，他从筹备恢复纪委时，由省委组织部抽调到纪委工作，就要退休了，此行是他最后的一站。

“一个想要有所作为、有所成就的人，不应该受社会上有些观点和世俗偏见的影响而改变自己做人的初衷和追求，就要像骆驼一样，不被狂沙迷眼，有苦不叫，有气不说，脚踏实地。”搭腔的是酒泉地纪委副书记——一位从酒泉军分区政治部主任转业到地纪委工作的“老转”……他们的对话很有穿透力，摄人魂魄，一直持续到狂沙停止。在一旁，默默听着他们对话的我被感染了，即兴作了一首小诗：“任尔妖风逞凶狂，认定前方足未闲。”

光阴荏苒，岁月如梭，转瞬间我已到省纪委工作近20个年头。这中间，起起伏伏，经历了许多的事情，也遭遇过坎坷和挫折。当然，又去过许多次河西走廊，但每次见到骆驼，总有一种说不出的亲切感，总能品出个中底蕴，总能读出一种精神之所在。由此一发不可收拾，聊发狂想，尽写出17首“歪诗”。都悉数被甘肃省著名画家，号称“骆驼王”的范有信大师，收入画中点跋点题，促成了我们的一段书友情。在与大师的交往中，每每看到大师笔下那一峰峰骆驼，或引颈高亢，或奋蹄猛进，或拓野荒漠，或不畏艰辛……从中也使我更清晰地明白了：做人不能妄自尊大，更不可好高骛远，只要躬身耕耘，收获总还是会有的。

我知道，每逢跟人谈起这些收获时，总有那么一些人会嗤之以鼻。因为在他们眼中，骆驼实在是再平凡不过的世间俗物，有什么值得可称谓的？是的，他们的确既没有孔雀的华丽，也没有老虎的威风，更不能叱咤风云。然而，正是骆驼那不奢求、不浮华、不放弃、不言败的一派忠骨，令狂沙汗颜，让戈壁折服。一旦走进它们的世界，顿会使你虚怀若谷，领悟到以顽强的秉性，搏击狂沙的勇敢，傲视乌云的执着，不避严寒奋进的坚强，在践行着人生信条的路上行走，去体验生活，感悟生活，不至于去追求不属于自己的浮华而随波逐流。

不知为什么，每当我看到骆驼，总会联想到辛勤战斗在反腐一线的战友们，他们为了党的纯洁，为着人民的利益，而往往自己背负着许多的艰辛、非议，看惯了白眼，甚至遭到打击报复，仍对党的事业忠诚无悔。在我敬重的许多领导中，有一位将使我终生难忘。他在知天命之年，服从组织的安排，毅然从天府之国来到了大西北，气候的差异、环境的差异、生活的差异以及条件的差异，对他来说都不在话下。他一赴任，便如一个勇猛的战士一样，无所顾忌，勇往直前，大刀阔斧收拾起遗留的难事，抓纪律，抓作风，抓机关，抓班子，抓队伍，抓落实，抓创新……一招一式皆发威在“软肋”上。他以他的人格魅力，感染着属下，感染着工作在他周围的每一个人，以及影响到了上级机关的同志们和领导；他无疑赢得了同事、同志的称赞，也赢得了大家的拥戴和信赖，使干部职工情绪从一度陷入低迷状态而走出维谷，以至于好几项工作在他接任前，始终处于全国之后，一跃成为强项，并被作为经验推广。他锐意创新的开拓精神，最终留下了一片好名声，博得了众人的称颂。

我有一个好战友，他也供职于纪检监察战线。之前，他在军区检察院已尽职了9个春秋。认识他或跟他一道工作过的人，无不评价他为人耿直，恪尽职守，是个十足的工作狂，人们送他一个雅号“憨骆驼”。正是由于他的踏实，奉公敬业，使所经手的工作总能推出新意。后来有个俱乐部贪污团伙案“东窗事发”，组织上令他牵头组织调查。案件调查还算是顺利，可让他没想到的是，拔出萝卜也带出泥，有的甚至是自己往日里要好的战友和朋友。他为之痛苦过，懊恼过，也内疚过。但尽职、尽情和尽忠，在他心中有杆公平的秤，有面公正的镜子。在痛苦的煎熬中，他经手的案件，没有因人情挟私舞弊，更不会以案谋私做交易；他用忠诚经受住了一次次的诱惑，守住清贫，守住寂寞，捍卫了党性的神圣。由此也为自己引来了许多的麻烦。不了解他的人，骂他是个“老倔头”；不理解他的人，搜罗“黑材料”，诬蔑他，想搬倒他……

他们的修为，使我明白了一个道理：有德行、有能力的人，总会驱散阴霾，照亮别人；而阴损自私的人，往往揣于心机，以无端指责别人来抬高自己。

然而，骆驼的可贵就在于坚忍不拔，不轻易迷失方向，如勇往直前的战士。我当然知道，眼中的战友，尽管他们所处的岗位有不同，职务有高低，能力有大小；或许在他们中间还存在这样、那样的缺点和不足，但正如鲁迅先生曾经描写过的那样：“再完美的苍蝇，毕竟是苍蝇；而再有缺点的战士，总比苍蝇完美百倍。”

浩瀚沙漠中，夕阳的余晖勾勒出骆驼坚毅的脊梁，风沙将驼铃声送向远方，骆驼魂鼓舞着人们执着地面对理想，面对生命，面对前路。“不抛弃，不放弃”，便是骆驼魂最精辟的描述。

（发表于《中国纪检监察报》2009 年 10 月 12 日第四版）

十五载日月无悔

《中国纪检监察报》迈着矫健的步伐，走过了掷地有声的15年。因从事记者站工作的缘故，我们和着报纸的节奏应运而生，一路走来，春秋如旅，岁月如歌。

记得1999年6月，我已在甘肃省纪委工作了8年，由于平时闲暇来写点小杂文、诗歌、散文和随笔之类的东西，所以被领导从案件室调遣筹建《中国纪检监察报》甘肃记者站。为尽快进入“角色”，组织上派我到报社学习。尽管报社尽最大努力为我和一位陕西老同志挤出了一间房，实话说条件的确不怎么样，但当时那已经是相当不错了。那时的报社属于艰苦创业阶段。几十号人，10来间房，挤在一座狭窄的3层小楼内，而且第2层两间大一点的房子还属炊事班的人，不时飘散着一股久未洗澡的味。6月的北京，骄阳似火，整座楼内不仅拥挤而且闷热，这便是起步时的报社。然而，工作在这个小楼的人们，却在恪尽职守、紧张高效地运转着，周而复始已经5年。

短短一月，与报社的同仁建立了深厚的友谊，每天生活、学习和工作在他们中间，进出于报社。报社的门并不大，准确地说是个小门，门旁两边挺立着一小片竹林，蓬勃地吐着新绿。每逢豪雨过后，平地冒出些许新笋，只需几天就可直插茂林，跻身于修竹之间，油然姿生出一派朝气。真情实感，由衷而发，匆匆于傍晚呵成散文《竹韵》，被四版刊发，博得不少好评。人有时还是很古怪的，强迫要记住的东西往往最先被忘却，而那些留在脑海里的总是印象最深刻的。由此，我廓清了一个道理：人的存在，只要踏踏实实做好每一天，但求耕耘，不问收获，最终总有一片云会化为彩虹，这或许就是价值。所谓价值，不只是看你占有了多少物质享受，而是衡量你关键为社会、为众生付出了多少，作出了多大贡献，为历史留下点什么，这才是最最重要的。

15 年过去了，在历史的长河中，只是弹指一瞬。可对于一个团队——伴随着创业艰辛走过的人，无疑是一部厚重的历史，路有多长，山有多高，脚下的泡全知道，出水才见两腿泥。回想 15 年前，《中国纪检监察报》创刊时，就其创业的艰难姑且不论，但从客观上看，当时正处在网络兴起、众多资深媒体日臻成熟、全球传播和信息过剩的时代，虽不是荆棘丛生，却也是强手如林。加之我国媒体制度改革的帷幕业已拉开，媒体进入了产业化、商业化、集团化、股份化，致使多数媒体走向市场化。尤其是近年来，由于网络媒体、手机短信和网络短信等新媒体服务提供商之间的激烈竞争，传播内容更变得一味以吸引眼球、追求第一时间、追求点击率为议程设置之要旨。在此情况下，《中国纪检监察报》始终坚持党报地位和党报性质不变，“喉舌”地位不变，宣传主题不变，读者对象不变，正视困难，直面挑战，赢得机遇，不断改进质量，不断扩充内容，不断攀登高峰，使报纸由小到大，逐渐地多姿多彩，走出了一条个性鲜明且又适合反腐倡廉工作发展的路子，令同行刮目相看。

回看15年心力路程，尽收我们眼底的也只不过是挂一漏万，内中甘苦唯报社同仁自知。这恰如登山，始于兴致，复于履计，持之以恒，越近佳境则更须毅力。待到山巅临绝顶，风光无限好。此时，环顾四野，几番酸甜苦辣，几分艰辛搏击，都化作无怨无悔！

（发表于《中国纪检监察报》2009年8月8日第三版，
同年11月被评为全国优秀散文二等奖）

深入灾区的日日夜夜

2008年5月12日14时28分，四川汶川发生8.0级地震，与四川北部接壤的甘肃陇南市也成为重灾区。面对突如其来的地震灾难，甘肃省纪委要求，各级纪检监察机关和干部要以实际行动，在抗震救灾一线认真开展“做党的忠诚卫士，当群众的贴心人”主题实践活动。灾区纪检监察干部临危不惧，冲锋在前，舍小家顾大家，体现出了高度的政治责任感和无私无畏的奉献精神。为了及时总结宣传他们的先进事迹，省纪委决定组成专门采访组赴抗震救灾一线进行采访报道。

临危受命，我们一行三人略作准备，于5月14日中午1:40便开赴灾区，所见所闻，感人至深。

绿色通道，畅通无阻

从兰州通往陇南灾区的路上，不时遇到贴着“团结一心、众志成城”、“同舟共济、抗震救灾”标语的各单位运送救灾物资的车辆和运送奔赴震区救灾的人民子弟兵、武警战士的军用车辆。为了让救灾物资和人员尽快到达灾区，沿途各收费站、检查站开通了“绿色通道”，所有救灾车辆一路畅通无阻。

通往陇南的道路一边是高山，一边是悬崖，道路险峻，不时可见因地震而滚落的巨石和溃塌的泥土堆积在路上，使本来就狭窄的道路更加艰险，护路工人正灰头土脸地利用车辆通行的间隙抢修道路。

晚 9 时 40 分，采访组的车辆在凸凹不平、时有碎石滑落的道路山颠簸几个小时后，终于冲破夜幕到达了陇南的第一个受灾县——成县。成县是陇南因地震受损程度列在第四位的地区，震感十分强烈。据初步测定，成县地震破坏烈度为 7 度，灾情遍布全县，截至 14 日 20 时已死亡 16 人，重伤 10 人，伤 119 人，倒塌房屋 18160 间。

进入县城，映入眼帘的是璀璨的灯光、热闹的夜市，一切显得井井有条、安定祥和，要不是街头随处可见的防震棚和楼房赫然张开的裂缝，从人们的眼神里和行动中，你根本看不出这里刚刚发生过大地震！

县委扩大会议“转题”

带着“为什么”的疑问，我们一下车立即找到了该县纪检监察机关的同志。成县县委常委、纪委书记张永忠风尘仆仆刚刚从乡镇检查抗震工作回来，带着一身的尘土和倦容，眼睛里布满血丝。他用沙哑的声音为我们解答了疑问。成县的抗震救灾效果明显，得益于一个字——“快”。原来在地震发生之时，县委正召集各乡镇和各部门主要领导拟召开全委扩大会，地震发生后，县委果断作出决策：各常委、各部门及各乡镇领导立即分头奔赴各乡镇了解灾情、组织疏散救援。地震发生在下午2:28分，所有领导于3点前已全部出发。由于受灾群众在最短的时间内、在最恐慌的时刻见到了县乡干部，情绪很快得到安慰，从容应对灾难，最大限度减少了损失。张永忠于12日15时即赶到了索池乡，组织群众转移到了开阔地带，初步掌握了人员伤亡和房屋等财产损失情况后，又于16时30分赶到黄陈镇。张永忠家在这次受灾更为严重的陇南市武都区，上有80多岁的老父、78岁的老母，下有刚刚大腿骨折的孩子，震后长时间通信中断，与家人失去联系，但他还是在抗震一线忠实履行自己的职责，直到震后第3天才给家中打通了电话。露宿在街头防震棚的老父亲没有埋怨，反而鼓励他："你是公家人，赶快救群众，不要管小家，一心一意去顾大家。"

县纪委监察局全体干部组成了5个督查组，大家都顾不上小家和安危，立即深入到各单位各乡镇，督促检查党员干部到岗到位情况，是否在一线坚守岗位，是否执行24小时值班制度，保障了抗震救灾工作紧张有序开展。

当晚，为了赶写稿件，采访组不得不住进有电同时也有危险的楼房，夜里零时许和清晨6时左右，成县又发生3次明显余震，记者看到房间的吊灯在摇晃，窗户发出阵阵响声。

一个纪委书记与400多个孩子

在采访中我们了解到这样一件事，更加表明了"快"的价值和意义。地震发生之时，成县黄陈乡纪委书记戚永利正下到所包的村——苇子沟村落实计划生育工作。地震发生后，戚永利没有惊慌失措，闪现在头脑里的第一个念头，不是跑回去或打电话了解家人的安危，而是意识到村学校里的几百个孩子缺乏自救能力，是最危险的。几乎在地震发生的同时，他就拔腿向学校冲去，以最快的速度、最短的时间赶到学校，组织老师们将正在教室里乱作一团的学生疏散到空旷地带，就在他们身后，相隔仅几秒钟，但见陈旧的平房教室屋顶冒出团团烟尘——所有教室在大家的注视中倾斜坍塌，400 多个年幼的生命保住了，学生们无一伤亡!

离开苇子沟学校，戚永利又立即奔赴其他 7 个村，逐一对学校进行排查，确认学生们都撤离到安全地带才放心。

一个乡镇纪委书记用高度的责任感和临危不惧的冷静，保全了 400 多个孩子的生命，生动践行了胡锦涛同志提出的“灾情就是命令，时间就是生命”的抗震救灾要求。

一座城市的震后街景

16 日及近中午，我们的采访组进入陇南市市政府所在地武都区。武都城区地域狭小，四面环山，山为黄土，土质松散，地震造成大量山体滑坡，是陇南市的重灾区之一。未入市区，就见马路两边连片成排、用各种尼龙布搭建的防震棚，受灾的人们或在里面休息，或在棚外用小煤炉做饭，也有学生坐在防震棚前专心读书，看上去大家情绪平稳。

进入市区，街道两边、街心花园和广场布满了防震棚，加上各地运送救援物资和人员的车辆集中涌入城区，街道交通显得比较忙乱，焦急的喇叭声鸣成一片。

我们驱车来到市纪委监察局机关，只见院内搭建起几排临时帐篷。地震发生后，纪委监察局的办公大楼成了危楼，他们的临时办公室和值班室就设在帐篷里。在帐篷里，我们听市纪委的同志介绍了基本情况。地震发生后，陇南市纪委充分发挥职能作用加强监督检查，冲锋在前，带头做好表率。市纪委监察局于第2天即发出《关于在抗震救灾工作中严格执行纪律的通知》，市纪委监察局立即将所有干部分成四股力量分头开展工作，一股对市级机关干部到岗到位情况进行监督检查；一股配合监督分发救灾物资；一股深入到包片的鱼龙镇驻点参与具体救灾；一股留守在机关院子里24小时值班。

地震发生当天，群众一片恐慌，许多人抢购生活必需品，个别商贩趁机哄抬物价，一包方便面涨到10元钱。市纪委立即会同物价、工商、公安等部门连夜开展突击检查，对乱涨价行为进行严厉制止，第2天向全市发出了《关于地震灾后严厉打击价格违法行为的通告》，涨价之风很快得到平息。在广大干部尽职尽责地努力下，灾后的武都城区，干部们工作紧张忙乱，而百姓们生活安定有序。

致富路成了救命路

16日下午，在马街乡党委副书记、纪委书记王海龙的带领下，我们前往武都区马街乡受灾最重的蒿坪村采访。

蒿坪村是武都区的一个山区村，干旱贫瘠，村民的主要收入来源是种植花椒和外出务工。这次地震，使全村75户人家的房屋大部分倒塌，未倒的也全都成了千疮百孔、摇摇欲坠的危房，几代人的辛勤积累瞬间化为一堆废墟。地震造成1死7伤。

蒿坪村建在一个山头上，通往村子的一条土路一边是悬崖，一边是峭壁，路延伸到村庄脚下就到了尽头，我们弃车步行，艰难地爬上山头，眼前是一片废墟——整个村庄在这次地震中被夷为平地，村民们已住进救灾专用帐篷。村党支部书记、纪检小组组长李文林正在忙活着给帐篷上贴政府的慰问信。见到我们，村民们从帐篷里跑出来，对他们的支部书记竖起大拇指连声夸奖，说要不是他带领大家修起这条路，村里这次的损失就更大了。

原来整个村子只有一条羊肠小道，村支书、纪检组长李文林是村里的致富带头人，他自己致富后，放下在外地承包的工程，返回村子发誓要带领村民给村里修一条致富路。路刚修到村子脚下还未进村，就遇到这次地震灾难，李文林与第一时间赶到村里的乡纪委书记王海龙一起冲进村子，从废墟中刨出受伤的群众，和村民一起抬下陡峭的山坡，来到村下新修的路上，然后用乡上赶来的车和李文林自家的客货车，及时把伤者于3点多就送到了山下的医院。

虽然受伤的人中仍有1人死亡，但村民们说："要不是李支书带我们修通了这条路，七八公里长的山路要全靠人抬下去，后果就更严重了。没想到这条致富路今天成了救命路。"

马街乡纪委也在这次抗震救灾中当了排头兵。他们要求纪委干部把救灾当做战场，重温入党誓词，发挥模范带头作用。所有纪委干部在地震发生后必须驻在村里，尽快组织群众转移到安全地带，发动群众尽快开通道路救治伤员；在一切通信中断、与外界失去联系的情况下，召集村民会议及时传达党和政府的关怀，稳定群众情绪。乡纪委书记王海龙的家安化乡也是重灾区，三天不通电话，兄弟找来说家里房屋快塌了，要他回去帮着照顾老父母。王海龙对兄弟说：你回去告诉爹妈，我现在顾不上家里，我是干部，是党员，要顾大家。

一个女纪委书记的坚强与脆弱

17 日下午 3:30，采访组到达文县县城。

文县与四川地震重灾区青川县相接，是陇南受灾最重的地方，地震造成 92 人死亡，7 人失踪，366 人受伤，所有 20 个乡镇普遍受灾，震后所有乡村道路、通信全部中断，长时期内余震不断，泥石流反复将修通的道路阻断，给抗震救灾工作造成重重困难。

震灾发生后，在通信中断的情况下，县纪委监察局全体干部自觉于第一时间赶到单位领任务。他们一方面积极参与救灾，一方面开展督查，对个别行动迟缓的干部进行诫勉谈话，会同有关部门很快抑制了乱涨价之风，保持了社会、市场稳定。为了全身心投入抗震救灾，许多干部将孩子和家属送到同样是灾区的老家，自己搬到帐篷里的临时办公室全天候投入工作。

17 日傍晚，文县电闪雷鸣，天降大雨，简易防震棚遭雨淋，被褥皆湿。大雨引发泥石流，将城内三辆汽车冲入河谷。

深夜，采访组正在三楼赶写稿件，突然整幢楼房剧烈抖动起来，持续近 10 秒钟，楼内一片惊叫，人们纷纷夺门而逃，一对年轻的情侣裹着毯子紧紧依偎着站在院里。我们不得不放下工作，在路边搭起帐篷度过了风雨交加的后半夜。

18日晨，采访组赶赴文县受灾最重的乡——中庙乡。

中庙乡是县纪委的包片乡。通往中庙乡的道路，一边是悬崖下滔滔的白龙江，一边是怪石突兀的陡峭山坡，因昨晚的暴雨和余震，路上布满滑落的大小石块，不时可见路面因地震而开裂的长长缝隙。我们的车艰难地前行，一些路段被泥石流堵塞，大型清障车正在紧张地清道，我们只好停在随时有可能落下石块的山坡下耐心等候。

中午12时50分，我们到达中庙乡抗震救灾临时指挥部。指挥部设在公路边的一块空地上，是用彩条布和塑料布搭建起来的。该乡已收到100多顶救灾的正规帐篷，但指挥部一顶都没有用，全给了受灾后的老人、孕产妇和伤亡户。

县委常委、县纪委书记杜登芳是中庙乡抗震救灾指挥部的总指挥，其时她正坐在马路边的小凳上端着大碗吃面条。头戴草帽，脚穿球鞋，一身合体的运动服，面容的疲惫与憔悴仍掩盖不住她的干练。随她下乡的4个县纪委干部，个个满身尘土，面容黝黑，嘴唇干裂。看见我们，杜登芳书记放下碗筷，招呼大家给我们盛面条。杜登芳说，你们运气好，这是地震以来我们指挥部的工作人员吃的第一顿自己做的饭，此前全是方便面。

看到马路边煮面条的大锅旁围了不少还端着空碗的人，我们不忍心抢他们的第一顿饭，就在马路边吃开水泡方便面。

就在我们吃饭的空儿，来了几个村干部向杜登芳反映灾情和救灾中遇到的问题，杜登芳放下碗筷，耐心地询问情况并向他们做解释工作。

送走了他们，杜登芳歉意地对我们说，你们看，我忙得连吃饭的时间都没有，没有专门的时间给你们介绍情况，我们还是在路上说吧。杜登芳当天下午的原定安排是到侯家沟村察看灾情。为了不影响她紧张的工作，我们邀请她坐在我们的车上沿途对她进行采访。

车子向侯家沟村出发了。车上，我们向她问了几个问题，杜登芳没有回答。一阵短时的沉默后，杜登芳突然抽泣起来，在我们惊异的目光下，她边擦眼泪边不好意思地解释：我压抑了很长时间了，多少天来，我走村入户，看到那么多家破人亡的群众，那么多乡亲父老用一生的心血建起的家一夜间化为废墟，那么多受灾群众栖息在难遮风雨的临时搭的帐篷里，我几次伤心得要哭，但我没有，我忍住了，因为我是他们的主心骨，我要在他们面前尽量表现出镇定和坚强，让灾民们看到希望。今天见到你们，就像见到了娘家人，我就忍不住了，我不光是干部，也是一个女人。

地震发生之后，杜登芳作为一个女领导干部，处处表现出了应有的坚强和软弱。地震发生之时，杜登芳正在由武都返回文县的路上，她立即驱车往回赶，行至米仓山时，遇到几个村民拦路挡车。杜登芳停下车，村民们围上来焦急地说，地震了，家里人不知是死是活，急死人了，求你送我们下吧。杜登芳二话没说，用车将他们送到了甘泉乡。

车行至距文县县城约100公里处，遇到大面积滑坡阻塞了道路，杜登芳下车察看后发现一时半会通不了，心急如焚的她抛下车，孤身一人吊在溜索上滑过白龙江，从对岸的山道上步行30

多公里又从桥上回到公路，才被随后赶上来的车带上连夜赶赴中庙乡组织干部群众转移，抢救伤员，安置群众，抢修道路水电。

中庙乡有 19 个行政村。此前，杜登芳已走完了 16 个，今天带我们去的侯家沟村，是她察看的第 17 个村。这些村子都是山区村，山大沟深，道路崎岖，距离遥远，加之地震毁坏，一些道路已无法通行，要走完一个村子，往往一天的时间都不够。为了尽快查遍各村的情况，杜登芳与随来的 4 名干部自地震发生后就夜以继日地跑，再没有回过县城，更没有回过家，而他们的家大都在这次地震中受灾。

通往侯家沟的土路多处被震落的巨石挡住，我们车上的人和当地村民一起，边搬移石头艰难前行，边进村察看灾情，后来，一块巨大的石头无法搬动，我们只好步行到分散在山沟里的自然村，许多村庄房屋整片倒塌，一片狼藉。

傍晚回到临时指挥部，在我们的要求下，杜登芳找了一间比较清净的小楼给我们介绍情况，就在我们谈话的十几分钟内，随着轰隆隆的响声，先后发生了三次强烈余震，小楼也剧烈抖动起来，不少人冲出了房屋，但杜登芳却面不改色，镇定自若，毫不惊慌地继续介绍情况。她说，这样的情况几乎每天都发生，都习以为常了。

这，就是抗震救灾一线一个女纪委书记的作风：面对受灾群众，她心存感同身受的温柔和悲悯；而面对灾难和险恶，她处处表现出了一个党员干部的责任和坚强。

灾情就是命令

5 月 19 日，采访组来到又一个重灾区——康县。

在康县县城，我们遇到了陇南市纪委的几位领导和干部，他们将于明天配合乡村干部进村入户，排摸每家每户的具体受灾情况，为发放救灾物资打基础。

在这里，我们没有见到县委常委、县纪委书记张立平，他几天前就跑到乡下救灾去了。据了解，地震发生的当天，正是张立平去省安全厅挂职的第二天，他原分管的县上的工作已移交给别人。灾情就是命令，接到震情后，张立平没有犹豫，第一个念头就是尽快回去帮乡亲们救灾。他向安全厅领导请了假，从兰州坐长途班车往回赶，同时让单位的车去天水迎，这样可以最大限度地节约时间。他到天水后，县里来迎的车因路况不好仍未赶到，他又让天水朋友用车将他送到成县。张立平的家就在成县，他也没顾上回去看看，立即乘单位的车继续跑，回到县里已是第二天凌晨 1:30。天亮后，他又马不停蹄地跑到乡镇察看灾情，仅用一天时间就跑了全县 80% 的乡镇。第三天，他就到平洛镇住了下来，指挥干部进村入户帮助群众救灾。19 日，当接到近期有可能发生强余震的预报后，为了保证在通信不畅的情况下让每一户村民做好预防，他专门印制了通知单，发动所有干部挨家挨户通知并让村民亲自签字画押。

县纪委还发出通知，要求县、乡、村三级纪检监察干部全部到抗震救灾一线工作。组成三个督查组对党员干部到岗到位情况、党员干部到一线发挥作用情况、灾后市场物价情况、救灾物资的发放情况开展督察，坚决关闭了3家哄抬物价的商店。

在有效的管理和积极引导下，这里灾区秩序井然，群众情绪稳定，一些受灾群众甚至将自家的蔬菜、粮食主动捐献给更困难的群众，一些商户主动捐献出用于搭建帐篷的防雨布等物品。

在灾区的几天，尽管了解到的只是星星点点，挂一漏万，但采访组在深入乡镇，深入抗震救灾一线时，看到了灾害对当地群众造成的生命财产的巨大损失，看到了在党委、政府和当地干部群众的共同努力下抗震救灾工作的高效有序开展，看到了灾区群众在全社会的支持帮助下内心踏实、情绪稳定、理智面对灾难的平和心态，更看到了灾区纪检监察干部不辱使命，不畏艰险，不怕困难，无私奉献，全身心投入抗震救灾的可贵品质和精神风貌。特别是我们所到之处，纪委的主要领导全都在乡村一线直接参与救灾，给我们留下深刻印象。

（发表于《中国纪检监察报》2008年6月21日第一、二版）

几经风雨不横斜

在有些人的眼中，很难把纪检监察工作同诗情画意联系在一起。就单一从工作内容而论，确实有许多不被人们理解的“枯燥”和“乏味”。然而，当你躬身于内，个中甘苦，个中“心酸”，是从事其他行业无法比拟的。18 年的纪检监察工作经历，使我逐渐领悟到，“没有热情的人只能算庸才，而缺乏激情的人总会被苦恼自扰”。

我是 1990 年 9 月从解放军第一医院转业到甘肃省纪委的。记得刚上班时一切从零开始，工资降了不少，爱妻也被车魔夺去生命，儿子年幼不到 9 岁，那可真是厄运缠身，流言压顶，一时间我的命运落到了平生的最低点。然而，我的老主任—— 一个性格很急、心肠很热的人，当然也少不了一帮好同事和好战友的帮助，他们投掷的热情，如湍流中的踏脚石，似雾海里的航标灯，让我鼓起勇气蹚过苦难，去追求美好的明天。那天一激动研墨舒纸，草就楹联“存正气何惧流言压顶，求真理哪怕谗议指背”。时时想起他们，每每心中总有一股热血冲破懦弱，使自信变得坚挺。

有一次，应邀去参加一个书画拍卖会。在签到时，两旁的礼仪小姐窥视到我来自纪委，当即脱口："纪委也有书法家?"一种维护自尊的本能，竟令我忘了"好男不与女斗"的古训，当即正色道："小姐请你记住，纪委不仅食人间烟火，而且是一派血肉丰满的汉子!"

还有一次，去参加省书法家协会组织的在某高校举行的笔会。当时我正在奉命参与调查一个案件，衣着不甚讲究。礼仪小姐不认识我，一看我那个"穷酸样"，挡在门下："这里是书法家的研讨会，你进去干什么?"我一愣，随即想起苏东坡的一句名诗，脱口而出："粗缯大布裹生涯，腹有诗书气自华。"另一位姑娘一听，很客气地问我："叔叔您也是来参加这个活动的?"人家客气，我也不能无礼呀，便诙谐地告诉她："本叔不才，附庸风雅，这厢有礼了。"

进得大厅，七八张摆放着笔墨纸砚的桌案错落有致地分布开来，"老朋新友，群贤毕至"，在一起舞文弄墨，谈天说地，吐古纳今，其乐盈盈。其间，我赋诗一首，赢得一片喝彩声。

稍憩时，一老战友发问："老哈，你到地方都这么多年啦，死守着纪委那么个清水衙门图个啥?"一石激起千层浪，许多事涌上心头。是啊，生活中有许多路摆在眼前，有的是弯路，有的是绝路，有的是正路。也许纪委赶不上一些部门升官快，可涌动在我们中间的那股正气，总也阻不断人们对春天的美好向往。记得我有个同事，父亲病危送进医院，而他当时在外地办案，案情也恰到关键时刻，待案件突破赶回之日，年迈的父亲却离开了人世。他双膝跪地，硬是一步步跪扑到灵柩前，放声大哭……此情令在场的人，无不动容。类似事情，不胜枚举。有一次我到兴隆山参观，看到那满山的松柏昂然挺立，不禁肃然景仰，不知怎的就联想到我那许多的同事们，激情之下，写了一篇散文《行山看松色》，后来在《中国纪检监察报》和《甘肃日报》上发表。读过此文的同行和战友，大都交口称赞。

放飞的思绪，一如脱缰的战马，在陇原大地上奔驰。或许是工作已经形成的思维定式，还是有一种情愫在牵引着，总让人放不下。此时我想到了那些生活在陇中干旱山区的老百姓。甘肃中部干旱山区，水贵如油，素有“苦瘠甲天下”之说。有一年，我随党风廉政建设巡视组深入基层巡视，见到这样一户老夫妇：本来他们有两个可爱的儿子，但命运多舛，一个在前些年平整土地时，因点放“山炮”被炸死；另一个没过几年在领取回销粮的路上，牲口受惊被车碾死。老两口就这样无依无靠地生活了多年。当我们安慰老夫妇时，他们却知足地说：“不苦，不苦，比起前些年，现在又不饿肚子了，苦什么!”一路上，老夫妇的音容总在脑海浮现，是啊，比起他们的生活，我们不知强了多少倍。这一趟巡视，感触颇多，使我感到责任重大。我回到宿舍，急切提笔，一篇名叫《山榆树》的散文跃然纸上。发表后，有不少陇中的乡亲或在陇中生活过的人，提及此文，总要投之以敬意的目光。

身处改革攻坚的年代，时代的责任使我们深感其重。作为党的忠诚卫士——我常常问自己：如果我是一线阳光，能否照亮一片黑暗？如果我是一滴清水，是否滋润了一片土地？如果我是一颗粮食，是否哺育了有用的生命？正如鲁迅所描写的那样：“生命的路总是进步，总要沿着无限的精神三角形的斜面向上走，什么都阻止他不得。尽管自然赋予人们的不调和还很多，人们自己畏缩堕落退步的也还很多。然而生命决不会因此回头。无论什么黑暗来防范思潮，什么悲惨来袭击社会，什么罪恶来亵渎人道，人类渴仰完全的潜力，总是踏了这些铁蒺藜向前进。”

“以天下为量者不计细耻，以四海为任者不拘小节。”这或许就是纪检监察干部的情愫，一种难以了却的情结……想到此，忽然看到窗外的一片竹林，一首小诗悠然跃上指间：“平生无意傲烟霞，独抱虚心阅岁华；挺立数竿标节劲，几经风雨不横斜。”

（发表于《中国监察》2008 年第 11 期）

竹　韵

在我实习的报社门径旁，挺立着数竿翠竹。每次路过，我总要多看几眼，仿佛一缕清风扑面，给人以清新、快慰。

由此，我想到了许多的竹，不论是翠烟阳回的新竹，褐色斑斑的老竹，清新映日的晴竹，荡畔潇湘的雨竹，还是那亭亭玉立的江南水竹，傲然坚劲的山野风竹，莫不赋予耿直的性格和生命朝气。尽管他们既非梧桐可人，也无松柏伟岸；既无路人的心高气傲，更没迁客的颓唐自叹。可在文人、墨客笔下，它们被升华成君子，谦谦直上。然而在常人心中，竹依然是平凡的竹。平凡也罢，君子也好，但竹总归是竹，不以人言而生，不以人好而长，总是竿直身正，节节直上，根却深深地扎在大地；无心造作，还碧绿如玉；无意傲物，却总也让人不可小视。这大概正是竹区别于旁物之处。

当沥沥豪雨淋过，棵棵新笋破土而出，以其特有的个性，喜迎风雨的洗礼，攒攒挤挤，比肩而上，蔚然成林，奏响生命的乐章，无论其根植山川茂林，还是流落于都市一角，总是独抱虚心，亭亭向上，不为风斜，不为雨低。仿佛千竿万枝、风梢露叶，婉媚中见刚正，柔活中见骨力，自然挺拔，不失其本，不坠其志，如刚强的卫士，捍卫着大地的绿荫，还人间以清风，给人们以正直。正如一首古诗云："冰霜正惨凄，终岁常端正；岂不罹凝寒，翠竹有本性。"

每次漫步于竹林前，总能受到点启发，油然生出许多遐思，想起那些经年累月奔波、劳作在反腐倡廉第一线的同事们。他们长期以来，甘愿清苦，甘受寂寞，忍辱负重。他们本人乃至家人都付出了别人难以遇到的艰辛和磨难，默默承受了来自多方的压力、麻烦和不快。可他们历经磨难不颓废，横遭挫折而无悔，以其对党和人民的忠诚，架起了联结民心的桥梁，成为捍卫党的事业的忠诚卫士。从他们身上，我看到了山的脊梁，做人的骨气，竹的清韵。他们似竹一般坚韧，如竹一样清正，像竹那样几经风雨不横斜，捍卫着党的事业。

不觉，一阵微风轻轻拂过额头，我的思绪又回到报社门径旁那片小竹林，它们依然是那般清新，那般挺拔，那般富有朝气，蓬勃直上。

（发表于《中国纪检监察报》1999 年 6 月 27 日第四版）

感受南湖

此行我是幸运的，不仅在最美的 4 月融入人间天堂杭州，而且先是枕眠西湖畔，后又足登南湖红船，零距离地观瞻了中国共产党第一次代表大会召开时乘用的船舫，聆听历史，景逸神情，沐浴缕缕春风。

嘉兴南湖不仅以秀丽的烟雨风光享有盛名，而且还因中国共产党第一次全国代表大会在这里胜利闭幕而备受世人瞩目，成为我国近代史上重要的革命纪念地。1921 年 7 月 23 日，中国共产党第一次全国代表大会在上海法租界望志路 106 号（今兴业路 76 号）秘密召开。参加会议的代表一共 13 人，分别代表全国 7 个早期共产主义组织、50 多名党员。会议进行至中途，遭法租界巡捕的袭扰而被迫停会。

根据上海代表李达的夫人王会悟的建议，“一大”会议转移到嘉兴南湖的一条游船上继续举行。王会悟是嘉兴桐乡乌镇人，曾在嘉兴女子师范念过书，对嘉兴以及南湖的情况非常熟悉，“一大”转到南湖开会的事务工作也是由她安排的。8 月初，代表们从上海北站坐早班火车来嘉兴，当即由王会悟带领，坐摆渡船到湖心岛，再由小拖梢船接上王会悟预雇的开会游船。这条游船是一条单夹弄丝网船，长约 16 米，宽 3 米，船头宽平，内有前舱、中舱、房舱和后舱，右边有一条夹弄贯通，会议就在中舱举行。王会悟则坐在船头放哨。

代表们以游湖为名，让船主把船停泊在离烟雨楼东南方向 200 米左右僻静的水域，上午 11 点左右，“一大”南湖会议正式开始。会议首先审议并通过了中国共产党第一个纲领和中国共产党第一个决议。经过无记名投票，选举陈独秀、张国焘、李达 3 人组成党的全国领导机构——中央局，陈独秀任中央局书记，张国焘分管组织，李达分管宣传。下午 6 点多钟，会议完成了全部议程，胜利闭幕，庄严宣告中国共产党成立！大会在闭会时全体代表轻声地呼出了时代的最强音：“共产党万岁！”会议结束后，代表们先后悄悄离船，当夜分散离开了嘉兴，他们把革命的火种带向全国各地，中国的历史从此写出全新的篇章。

岁月沧桑，桑田巨变，而今我来到嘉兴南湖时，已是春光旖旎，碧绿的草坪青翠欲滴，鲜艳的花丛芳香四溢，映衬着南湖革命纪念馆巍然屹立，与之相呼应的还有会景园、湖心岛、南湖革命纪念馆、四季园、英雄园、揽秀园、壕股塔、小瀛洲、放鹤洲、鸳湖生态绿洲等风景名胜 10 多处，自然景观与人文景观交相辉映，其中中共一大嘉兴南湖会址是全国重点文物保护单位。

此时的南湖，正值草长莺飞，落英缤纷，是一年里最美的季节，太阳高高地挂在天上，像一团热情奔放的火，唤醒了万物，激活了生灵，它那丝丝缕缕的光芒渗入大地，到处生机勃发。合着春的节拍，我们移步在革命纪念馆内，循着革命前辈的足迹，心情随着满眼的历史遗照和历史事件，在颠簸起伏中感受着曾经发生过的不凡，历史被这里浓缩重现。南湖革命纪念馆重新修建于1991年6月，旨为纪念中国共产党第一次全国代表大会在浙江嘉兴南湖胜利闭幕这一重大历史事件，气势恢宏，结构独特，俯瞰主体建筑呈镰刀铁锤党徽形状，顶部矗立高6米井字形外方内园的丰功牌坊，门楣镶嵌邓小平同志题写“南湖革命纪念馆”7个金色大字。馆内系统地介绍了1840年鸦片战争以后中国人民为寻求救国救民的道路而不断探索、抗争以及中国工人阶级的壮大、马克思主义在中国的传播、共产主义小组的建立直至中国共产党的成立这一历史史实。其中，着重介绍了中国共产党成立的历史过程。此外，还有“中国共产党的七十年”、“党和国家领导人对南湖的关怀”两个辅助陈列。自新馆开放以来，共接待观众达千余万人次，其中还有十几个国家的外宾。

从渡口乘上一叶轻舟，划过碧波荡漾的湖海，任阳光照在脸上，似有一双温暖的手在轻轻抚摩，那是春风，是太阳的使者，她安抚着树木，宽慰着草儿，也安慰着曾经疲惫的我。让我再度鼓起勇气，把阳光吸入体内，心中的阴霾随之散去，从此远离平庸，平平凡凡地走在守望幸福的道路上，摆脱世俗的困扰，踏踏实实地过属于自己的甜蜜生活。

片刻飘摇后，我登上湖心岛，看到的是另一番景致。湖心岛位于南湖中心，全岛面积17亩。是明嘉靖二十七年（1548年）嘉兴知府赵瀛组织疏浚城河，将淤泥垒土成岛，次年移建烟雨楼于岛上。清以后又相继建成清晖堂、孤云簃、小蓬莱、来许亭、鉴亭、宝梅亭、东和西御碑亭、访踪亭等建筑，形成了以烟雨楼为主体的古园林建筑群，亭台楼阁、假山回廊、古树碑刻，错落有致，是典型的江南园林。岛内到处林荫步道、古桥流水，青松苍翠，秋枫红醉；池中荷花，岸边杨柳；面对滮湖，北背城壕，园楼相对，形成了一个由水系为纽带的建筑群体，环境相当幽雅，自古以来吸引过多少名士贤达来此游览。各景点和谐相拥，保持了四面环湖、中多曲水、平岸杂树的自然地形地貌，以静憩赏景为主体功能，辅以荷池、菱塘、鱼池、果园等，沿湖门坊、亭榭、楼阁点缀其中，布局随势而建，力求自然美观。南湖东北部有个湖中小岛，与湖心岛上烟雨楼南北相望，旧称小瀛洲，俗称小南湖、小烟雨楼。清康熙时疏浚市河，堆泥于此，初为渔民晒网之地，后渐成游览胜处。更为独特的是 4 月的香樟木，已将绿叶奉献给严冬后，在春天到来时，又萌发出新嫩的同时，落掉橙红色的旧叶，走在绿荫蔽日、洒满落叶的路径上，由春光、春荫、春花相伴，柳莺在树间不停地清脆鸣唱，不时有片片落叶漫漫飘下，恍若间似春、似秋，仿佛超出了凡间世界，那感觉好生美妙。不到嘉兴南湖，很难感受到落叶铺径与繁花似锦同在春意盎然的 4 月并存，使人产生无尽的遐想。

岛依然是那个岛，却注入了新的活力，承载着新的内涵，焕发出新的春姿，洋溢着新的魅力；湖还是那个湖，春波荡漾舞涟漪，秀水丽景惹人行。踏上湖心岛，一条仿制当年“一大”开会的纪念船（当年南湖的游船已经在抗战时期绝迹了），停泊在烟雨楼前水面上，向人们生动展现了中国共产党诞生的历史场景，供游人前来观瞻。这是条不同寻常的小船，是一艘代表中国共产党起点的红船，人们亲切地称为“南湖红船”，中国革命由此起航，劈波斩浪，驶进新中国。正像彭真同志登临纪念船时深情地说：“这船不大，但前途远大，有了这艘船，才诞生了社会主义中华人民共和国。”

今天，我终于登上了这艘象征纪念意义极强的红船，并经介绍知晓了南湖革命纪念馆，原来设在嘉兴南湖湖心岛烟雨楼内，许多中央领导人和知名人士曾来南湖观光。馆内珍藏了许多中央领导同志题词及刘海粟、沙孟海等著名书画家作品。董必武、郭沫若等专程视察、巡视南湖登上革命纪念船，并专此题诗。

南湖，美丽的湖、灵性的湖、兴旺的湖，那绿色的滩地和挺拔的树林，呈现出一幅佳境和谐、清秀诱人的世外桃源浮雕，使看惯了城市繁华与喧嚣的人们，到嘉兴南湖郊游踏青、野趣休闲，到树林深处感受天籁之声，到花海中与花蝶齐舞，到小河边看鱼虾嬉戏，泛舟青波，渔歌晚唱，真是一处放牧心灵的好地方，在这里收获的是心情，得到的是快乐，领略的是惬意。

在美丽的春天，徜徉在往昔的峥嵘岁月里，徜徉在今朝的改革春潮中，仿佛一切都在改变，又仿佛一切从未改变。改变的是那山那水那生活，不变的是百折不挠敢为天下先的锐意进取。南湖依旧静谧，波澜不兴；红船依旧守候，等待着有志者轻舟再拓新征程。

（发表于《中国纪检监察报》2012年6月13日第四版）

古田，撬动中国红色命运的支点

2011 年 4 月一个春光明媚的日子里，我们一行来到了红色圣地古田。尽管对这个地方向往久矣，之前也有过许多的试想，盼睹的夙愿，久久萦绕着，一搁就是几十年。当我真真切切地走进她时，已是两鬓斑白享尽五十五个暮春之际，心中依然有种按捺不住的激情澎湃着，一吐快哉。

如今的古田是一派祥和气象，已没有了往昔的炮火连天，更没有血雨腥风，呈现在我们眼前的是另一种风光。在一片宽阔平整的田野上，空留下一幢坐东朝西而庄严肃穆的祠堂，仍在佐证着昨天发生的事情，著名的古田会议就是在这里召开。它位于福建省龙岩市上杭县古田村采眉岭笔架山下。这是一幢始建于 1848 年的单层歇山四合院式清朝宗祠建筑，原称廖氏宗祠。

后山坡上，森林茂密，古树参天，森林掩映处“古田会议永放光芒”8 个红色大字十分耀眼。树林背后是高耸的笔架山，当地百姓称之为“毛公山”（因酷似毛主席卧姿而得名）。祠堂是一组砖木结构建筑，由前后厅和左右厢房组成。4 根圆柱上张贴着字纸标语“中国共产党万岁”，“反对机会主义”，“反对盲动主义”，“反对逃跑主义”。大厅6列学生桌椅陈旧而整洁，左边主席台上摆着两张四方桌和一排长凳，墙上架着一块黑板。黑板上方中央挂着石印的马克思和列宁像，再上方挂着红色会标“中国共产党第四军第九次代表大会”，会场下厅的三合地板有好几处斑斑黑迹。这是当年古田会议召开期间，天气寒冷，红军代表们衣裳单薄，烤火取暖留下的痕迹。左右两边的厢房，右侧的第一间是毛泽东的临时办公室，房间陈设极为简陋，只有一桌两凳。当年毛泽东同志就在这里批阅文件，接见与会代表。左侧厢房第二间是朱德同志的临时办公室。

祠堂外面是古田会议广场，左侧就是当年红军的阅兵场，场上设有司令台。1930年元旦，红四军在此召开了别开生面的军民联欢会，演出结束后，朱德军长还给了每位演员两个铜板的压岁钱，古田会址广场的右侧有一口饮水井和荷花池，这是当年毛泽东散步、休息、思考问题的地方。

大片大片的翠绿中稍见黄花，长满了青青的油菜。老乡告诉我们，这里原来是一片宽阔平整的稻田，春天秧苗青青，绿意扑面；夏秋稻浪滚滚，满目金黄。右边的草地北端设有阅兵台，是当年红四军阅兵和举行军民联欢晚会的场所。而今虽已物是人非，可那高大的碑撰历历记录着它的不凡。昨日的红色，已变成今天的绿荫花香，青青世界，唯有红军精神代代相传，令前来观瞻的人肃然起敬。

严格地说，对古田的向往还是缘自古田会议，孩提读书时老师就在课堂上着重讲过，但真正被深深烙在心田里，也是从军以后在部队上接受政治教育时，《古田会议决议》是从一个普通老百姓向革命军人转化的必修课。古田会议是党史和人民军队建设史上的一个重要里程碑，它就像一个不容绕过的支点，在中国革命历史上起到了非常特殊的作用。正如“给一个支点能撬动世界”一样，古田这个红色支点奠定了人民军队的性质，给人民军队插上了正义的翅膀，一步步走向正规，走过千山万水，走过千难万险，从胜利走向胜利，为中华民族的独立、人民的自由解放，打出了一个红彤彤的新中国。

事隔几十年，我们循着革命前辈的足迹来到这里，身临其境，百感交集。循着历史遗迹的长廊，边走边看，移步在优美的环境中，参观了古田会议纪念馆，领略了会议旧址。我竭尽全力试图透过那一件件发黄的历史遗物和一幅幅图片，寻找着精神向往的航标灯，仿佛亲临那战火纷飞的岁月，追忆往昔老一辈无产阶级革命家们率领红军浴血奋战的艰难历程。

1928 年 4 月，毛泽东率领秋收起义的工农革命军与朱德、陈毅率领的湘南起义部队在井冈山胜利会师，合编为工农革命军第四军，5 月改编为中国工农红军第四军，简称红四军，朱德任军长，毛泽东任党代表，陈毅任政治部主任。11 月，红四军前敌委员会成立，毛泽东任书记。随后，红四军打破了敌人对井冈山革命根据地的多次围攻，并于 1929 年 1 月起向赣南、闽西进军，开创了赣南、闽西革命根据地，奠定了后来的中央革命根据地的基础。随着形势的发展和革命队伍的扩大，红四军及其党组织内加入了大量农民和其他小资产阶级出身的同志，加上环境险恶，战斗频繁，生活艰苦，部队得不到及时教育和整训。因此，极端民主化、重军事轻政治、不重视建立巩固的根据地、流寇思想和军阀主义等非无产阶级思想在红四军内滋长严重。作为红四军党前委书记的毛泽东曾力图纠正这些错误的思想倾向。但是，由于当时的历史条件，红四军党内特别是领导层内在创建根据地、在红军中实行民主集中等原则问题上存在着认识上的分歧和争论，因而，毛泽东的正确主张没有能够为红四军领导层的大多数同志所接受。1929 年 8 月下旬，陈毅抵达上海，向党中央如实汇报了红四军的工作。29 日，中央政治局专门召开会议，听取了陈毅关于红四军全部情况的详细汇报，决定由周恩来、李立三、陈毅 3 人组成专门委员会，深入研究讨论红四军的问题。经过 1 个月的讨论，形成了陈毅起草、周恩来审定的《中共中央给红四军前委的指示信》，即著名的九月来信。九月来信肯定了红四军建立以来所取得的成绩和经验，要求红四军前委和全体干部战士维护朱德、毛泽东的领导，明确指出毛泽东“应仍为前委书记”。

新泉整训则为古田会议的胜利召开奠定了基础。新泉是连城南部的重镇，境内山峦重叠，土地肥沃，物产丰富，民风淳朴。著名的连南十三乡工农武装暴动在这里举行，建立了农会、赤色武装和连成县第一个红色政权——连南区革命委员会，成为闽西革命根据地的腹地。1929 年，毛泽东、朱德、陈毅率领红四军三克龙岩城，歼敌2000 多人，于12 月3 日开赴新泉整训，到20 日结束，3 人都住在“望云草室”，朱德同志抓军队整训，陈毅抓思想政治工作，毛泽东同志集中精力搞调查研究，召开各纵队领导人和连队支部书记及士兵座谈会、农民座谈会。与会人员都毫无顾忌地发言，揭发红四军党内存在的各种非无产阶级思想。士兵座谈会上提到一个叫陈铁民的副大队长三天两头打骂士兵，士兵给他起外号叫“铁匠”，有的士兵经受不住打骂只好开小差回家。毛泽东同志抓住这些典型事例进行启发教育，并和同志们一起分析这些思想作风的根源和危害，研究纠正和解决的办法，为部队于1929年12月28日至29日，在福建上杭县古田村召开红四军党的第九次代表大会奠定了牢固的思想基础。而今睹物思人，依稀可见，在那天寒地冻的闽西山区，120多位红四军代表聚集在古田镇社下山前，会场中间数堆熊熊炭火，驱散了寒冷，映红了与会红军的脸庞。两天里，会议聆听了毛泽东、朱德、陈毅的报告，并展开热烈的讨论，最后通过了毛泽东起草的《古田会议决议》。古田会议认真总结了南昌起义以来建军建党的经验，规定了红军的性质、宗旨和任务，重申了党对红军实行绝对领导，解决了事关党的事业兴衰成败和军队建设的根本原则问题，成为建党建军的纲领性文献，先后在红四军和各地工农红军中贯彻执行，使中国共产党领导的军队成了一支新型的人民军队。而古田会议会址被誉为人民解放军的“军魂”所在地，吸引了无数人前来参观、瞻仰。

历史的硝烟已然散尽，而古田会议也过去80多年，但人民解放军在古田会议精神的光芒照耀下，由星星之火燃成燎原之势，战胜了国内外强大的敌人，确保人民共和国巍然屹立于世界的东方。今天，人民解放军永葆人民军队的性质、本色和作风，肩负着新世纪新阶段历史使命，担负着积极推进中国特色军事变革，建设信息化军队、打赢信息化战争，实现军队建设又好又快发展的艰巨任务，必将无往而不胜。

由于殊勋的历史地位，古田镇作为古田会议旧址所在地，一直受到历届中央领导人的关注。1961 年 3 月，国务院将古田会议旧址列为国家重点文物保护单位。据介绍，至今已有 70 多位中央领导人亲临瞻仰古田会议旧址，对在新形势下继承和发扬古田会议精神作出了许多重要指示。

五龙村是一个典型的客家村庄，它依山傍水，由五个自然村组成。村民淳朴好客，见我们到来，主动迎到家里，倒茶并端上油团糕、糍粑让我们吃。我们品尝了米酒、糖枣、艾叶等客家佳肴后，在村里的民俗广场欣赏了村民的民俗表演。“勤俭布娘”、“鼛鼓盈楼”、“金龙呈祥迎贵客”等自编自演的节目，艺术再现了客家人的生活和节庆活动，并将各种客家民俗活动遍布城乡，各具风姿。客家民俗大多来自中原，并被很好地传承下来，被誉为中原古文化的活化石、客家文化的瑰宝。

世事苍茫，桑田巨变，而今的古田真可谓“风雨过后见彩虹”，别有洞天展新姿，以其不凡的气度昭告后人：大道行于义，小梦起于舍，面对历史，丰功永垂。

（发表于《中国监察》2012 年第 12 期）

走进延安

平生只去过两次延安，那也是近两年的事。一次是前年的5月，从西安出发，通常人们多是从这条路抵达延安，沿途可经过皇陵、宜川、洛川、南泥湾，时而可见的山丹丹花，不经意间飘过车窗，让我有种真实的感受。另一次是去年10月，从庆阳华池驱车，越过吴起、安塞和志丹县，据说当年中央红军就是打此经过，一路上忽而行进在山梁，忽而又穿行在峡谷间，那山山水水、沟沟峁峁无不透露出一种苍凉、悠远、雄健的风韵和灵气。

延安居陕北之首，虽说与庆阳分属陕甘两省，其实相距很近，庆阳地处陕甘宁三省交会处，华池的南梁正是早期陕甘边区的重镇，与陕北边区互为犄角，相守相顾，成为当时全国硕果仅存的红色根据地。中央红军长征到达西北后，将两块根据地连成一片，创立了陕甘宁边区政府，延安成为中央机关所在地。

说来也真是巧，去延安的两次，虽然季节节点不一样，但同是晚上到，同是住进杨家岭旁的窑洞宾馆。宾馆四周墙上挂满了红彤彤的灯笼，晚上看去红红火火，霞光晚照，那感觉是在别处难以找到的。窑洞大餐厅里聚拢了来自各方的客人，一边吃着小米干饭和地道的陕北菜肴，一边听着纯正的陕北民歌，欣赏着热情洋溢的秧歌舞，别有一番情趣。

大多数中国人，不仅是来旅游的，可能同我一样是带着某种心结来的。延安纪念馆气势恢宏，我们跟着讲解员，边听边看，一幅幅老照片、一件件历史遗物，佐证还原历史，再现历史车轮留下的印迹，复述着那段波澜壮阔的革命斗争史，艰难困苦的创业史，彰显着大无畏的革命英雄主义精神。其中我看见了一幅是“红军开进延安城”，在跟岁月一样有些模糊的黑白片上，一队整齐的人马正在向延安城墙的门洞中进入；另一幅是“爱国青年奔向延安”，同样的黑白片上，几个男女走在一条土路上，他们的脸面无法看清，身影向前，显得疲惫却执着，一个女青年的手里拄着长长的棍子；还有一幅是“组织武装起来的农民，有的扛着红缨枪，有的背着鸟枪，急赴前线”……站在这些老照片前，我想到了一个久违的话题。延安曾经是中国革命的圣地，影响了几代人。与其说延安有名，倒不如说在这里培植出的信仰之树，召唤成一个民族图强奋发的精神世界，追求着捍卫民族自尊，捍卫民主光明。正是在这种精神的支撑下，中华儿女优秀的子孙，集结在信仰的旗帜下，前赴后继，抛头颅，洒热血，最终赶走了日本强盗，推翻了国民党的反动统治，埋葬了蒋家王朝，建立了一个崭新的中国。历史已经雄辩地告诉人们一个不争的事实：一个民族、一个国家一旦被信仰激活，就会焕发出强大无比的力量，这种力量是什么也战胜不了的。由此可见，信仰对一个民族乃至一个国家是多么的重要。

回溯上个世纪30年代中期，由于王明“左倾”教条主义错误的严重危害，南方大部分革命根据地都相继丧失，唯陕甘、陕北红色根据地红旗不倒，对于保存和发展党领导的革命武装力量，迎接革命高潮的到来，发挥了独特的重要作用。抗日战争时期，延安成为党领导抗日战争的重要政治中心和战略后方。可刚到延安的红军，人枪不过3万，物资极度匮乏，敌人多次重兵“围剿”、“经济封锁围困”，都没有吓倒和压垮边区军民，延安巍然屹立，成为象征着光明和进步力量的红色之都。人们着迷似的竞相往之，毫不犹豫地选择了共产党，如此真诚地拥护共产党，真心爱戴人民的领袖。

有一幅著名的照片，毛泽东同志穿着“补丁”衣服，为抗大学员讲课，他把党同人民群众的关系形象地比喻为鱼和水；以后又在别的场合，提出：“我们共产党人好比种子，人民好比土地，……在人民中间生根、开花。”正是由于鱼儿尽情地游动在人民大众的江河湖海中，种子深深地扎根在人民大众肥沃的土壤里，我们的党才能从小到大、从弱到强发展起来，之所以能战胜各种艰难险阻、团结带领各族人民取得一个又一个胜利，根本原因就在于始终保持着同人民群众的鱼水关系、血肉联系。如果丧失了这一切，就失去了存在和发展的根基。在革命战争年代，我们党靠“砍头不要紧，只要主义真”的坚定信仰凝聚民心，靠“打土豪、分田地”、“减租减息”的利益关系唤起民心，靠“关心群众生活，注意工作方法”的优良作风感召民心，完成了新民主主义革命。

时光似水，岁月如歌。

延河东去，延安屹立!

几十年的岁月过去了，我也循着前辈的足迹走进延安，这里已经发生了翻天覆地的变化。当地政府正在努力实施着一项现代许多城市都采用的橡皮坝揽水工程，以保证延河不会干涸。傍晚时分，我走上凤凰山，山下就是正在施工并且裸露着大片河床的延河，东南边一座沿河大桥一座宝塔桥，桥的东边就是宝塔山，古塔已被亮化，烁烁闪光，显得非常壮观。朝西望去，已是一城灯火了。

我一步一步登上了宝塔山。上山的游人布满了山道。我想，跟我一样走进延安的人，肯定会像我一样，首先寻找的是宝塔山的身影，因为那是在许多文字里、电影电视里、歌曲里被描述过、歌唱过的，那是激动了无数人的，一个充满了神圣的山岭。宝塔山，又称嘉岭山，位于延安城东南方，海拔 1135.5 米。山上高耸的宝塔始建于公元 766—779 年，距今已有 1200 多年，宋代曾经重修，金、明两代又予以修葺，现存塔高 44 米，塔基周长 36.8 米，为八角九级楼阁式砖塔。明清时候，这座塔称为“古塔”。1937 年，党中央进驻延安后，古塔成为圣地的象征、延安的标志，有了“延安宝塔”之称，古老的“嘉岭山”之名也被“宝塔山”所代替。自明代以来，宝塔历经风雨侵蚀和战火洗礼，到 1949 年后，已是弹痕累累，遍体鳞伤，陕西省、延安市政府于 1959 年和 1984 年两次拨专款，对宝塔进行了全面维修，替换了塔体风烛残砖，填补了弹洞，装设了楼梯，加砌了基座。这是我从当地一位作家介绍延安的有关书里，读到的介绍宝塔山的文字。

“当、当”，钟声在山上回荡着，我眼前的古钟不再是警钟，而是游人在悠闲地敲着它，声音不是飞机到来时的急促，而是缓慢柔和的，加入到了眼前延安的安宁、平和中。

夜色渐渐漫上了宝塔山。宝塔被现代设施装饰的灯光亮透了整座山梁，发出金碧辉煌的光芒。站在塔下，山下的延安城五彩的霓虹灯一派鲜艳、灿烂，延河大桥像一座彩虹连接着城南城北，宝塔山对面的清凉山轮廓分明，陈毅写的一句诗词“万众瞩目清凉山”几个大字在山体上闪着彩光。

我向宝塔山顶走去。山的高处，有一座北宋政治家、文学家范仲淹镇守延安（延州）时（1040—1041 年）所建的烽火台。再往上走，到了摘星楼。摘星楼也是范仲淹镇守延安时所建，用来观察敌情，又名望寇台，位于宝塔山最高点，每到夜晚，登上楼台，满天星星举手可摘，故名摘星楼。原楼在岁月风雨、战乱中被毁，1987 年在原址复建，2009 年重建为 4 层宋式建筑。楼里面有一面大鼓，名为平安鼓，直径 2. 1 米，高 1. 1 米，是延安人民在 20 世纪末所造，寓意新世纪的到来。鼓上方的墙上，挂着一幅温家宝总理到此处时敲鼓的照片。有人敲起了鼓，咚咚的鼓声在夜色中的宝塔山上回响着。

现在的烽火台已经不是那个时候的烽火台，延安没有了“敌情”，不会再燃起“狼烟”。摘星楼再也不是“望寇台”，它们被战乱所毁，延安人民修复它们，是为了恢复一个旧景，供游人来观赏。

我站在摘星楼台往下看去，满眼是灯火灿烂的延安，从那灯火中传来人们扭秧歌的嘹亮唢呐声和雄厚的腰鼓声，连绵不断。

此时的延安，不是我在文学作品、电影电视里看到过的延安，是享受着安宁、平和的延安。我生活在一个安宁、平和的时代，天天处在安宁、平和中，却从没有意识到自己处在安宁、平和中，更不要说为它而激动了。在这个与别的地方不同的地方，那一刻，我意识到了，我心底为眼前的灿烂灯火，为那安宁、平和而激动了。我想，从此以后，我会为自己处在安宁、平和中而感到幸福的。

在延安城里逗留的几日，只有夜间休息才能回到现实生活中，其实白天多是在历史里穿梭。从延安革命纪念馆到宝塔山，从凤凰山下的抗大旧址到枣园张思德纪念广场，从杨家岭七大会址到清凉山下窑洞延安新闻纪念馆，看到的、听到的都是毛泽东、朱德等老一辈无产阶级革命家率领军队抗日和解放全中国的故事。看到那一处处、一所所当时中央机关和八路军以及边区政府各部门的办事机构和场所，我简直不敢相信，在这样简陋而又小的办公地方，竟然能指挥千军万马，竟然会成为全中国进步势力的圣地。从一件件、一个个简简单单的遗物用品中，看到了一个清廉的政党和政府，一个全心全意为人民的政党和政府，一个代表着先进文化和先进思想的政党和政府，一个这样的政党和政府，人民不拥护，那才见鬼啦！一个这样的政党和政府，自然能拥有天下。

在延安，我竭尽所能，想多沐浴点历史遗风，多吸收点历史思雨，多感受点历史洗礼。然而，当聚拢一处时，使我真真切切地感受到：这里曾经是共产党人的家，一处建筑在劳苦大众广袤土地上牢不可破的家，由此也吸引着诸如史沫特莱、斯特朗、斯诺等一批外国记者来此追逐、找寻和探求答案的舞台。杨家岭毛泽东旧居院外的大树下，毛泽东与记者们长谈的石桌、石凳依然“健在”。不远处，毛泽东种过的菜地至今依然绿意浓浓。

从这里的一切，我似乎看明白了。延安是共产党人的精神家园，耸立在人民心中的丰碑。这里曾经是一个时代最活跃的“地核”，集中地吸纳了民族之魂、民族之力，聚合成强大无比的爆发力，足可排山倒海。这力量来自许许多多的共产党人坚定不移地走群众路线，把人民的利益举得高过一切，用真心善待人民群众，用真诚打动人民群众，用真情感动人民群众，这大概就是延安精神的实质所在。

在走进枣园参观的路上，一街边小店飞出了一首非常熟悉的红歌，再次激起了我的思绪，不由得驻足欣赏，“毛主席在延安十三年，土窑洞的灯光照红了天……”是啊，共产党的江山是依靠人民大众打出来的，这江山从井冈山培植，在延安重生壮大，从这里一步步走向胜利，最终建立起人民共和国。在世情、国情、党情发生深刻变化的新形势下，我们党面临着众多新情况、新问题、新挑战。执政的考验、改革开放的考验、市场经济的考验、外部环境的考验是长期的、复杂的、严峻的，精神懈怠、能力不足、脱离群众、消极腐败“四大危险”更加尖锐地摆在全党面前，能否始终保持党同人民群众的血肉联系也成为党在长期执政过程中面临的最大政治考验。

现如今的物质基础比当年的延安时期，不知丰厚了多少倍，社会虽然进步了，发展了，前进了，可延安时期建立起来的鱼水关系不能丢。对此，历史的经验已告诉我们：理想的动摇是最危险的动摇，信仰的滑坡是最致命的滑坡，群众的背离是最可怕的背离，民心不可违，民心不可欺，有道是“千古江山民心定”。

走进延安，缅怀历史，不忘历史，也是正视现实，挑战未来的必需。

延安，还将会有更多的人走进！

（发表于《中国纪检监察报》2011 年 11 月 25 日第四版、
《甘肃日报》2012 年 2 月 27 日第十六版）

红色南梁，理想高峰

时值6月中旬，斯人来到素有“陇东粮仓”之美誉的革命老区庆阳，有幸参观了南梁红色革命纪念馆。

坐落于甘肃省华池县南梁乡荔园堡的南梁革命纪念馆建成至今已有25年，这里，正是陕甘边苏维埃政府所在地。纪念馆占地33亩，总建筑面积2281平方米，馆内藏有丰富的历史资料和革命文物，生动再现了刘志丹、谢子长、习仲勋等老一辈无产阶级革命家开辟陕甘革命根据地的英雄气概，和他们所表现出对革命事业的坚定信念、无私奉献的精神。

20世纪20年代末，西北共产党人在国民党反动派的血腥镇压中，一次次地寻找着革命之路、解放之路。从1930年10月刘志丹领导的太白起义开始，到1933年第一次反“围剿”斗争前夕，由于初建时革命力量还比较弱小以及“左倾”路线干扰，先后在永宁、正宁、保安、韩城、王郎坡、五顷塬、三嘉塬、终南山等战役中多次失利。但革命的火种始终没有熄灭，而是越烧越旺，以至到1935年第二次反“围剿”斗争结束，解放了延长、延川、安塞、安定、保安、靖边6座县城，把陕北、陕甘两个根据地完全连成一片，在20多个县建立了工农民主政权，游击区扩大到30多个县，主力红军发展到两个军约7000多人，游击队发展达4000人，创建了以南梁为中心的陕甘边区。

陕甘边区远离国民党的统治中心，山大林密、资源匮乏、土匪横行、反动民团林立，革命队伍常常面临吃不饱、穿不暖，还一直受到了反动军阀和反动民团的围追堵截，先后经历了大小战斗上千次，革命根据地的干部和群众也时常受到敌人的血腥屠杀和迫害。1934年第一次反“围剿”时，红军主力转至外线作战，国民党军窜入南梁，烧杀抢掠，残暴的敌人用铡刀杀害6名、活埋36名干部群众。面对恶劣的自然环境和当时严峻复杂的形势，革命者的斗志始终没有被削弱，根据地军民的抗争始终没有停止。刘志丹、习仲勋等老一辈革命家追求信念从不放弃，对待失败永不低头，用百折不挠的铮铮铁骨撑起了共产党人不怕流血牺牲、勇往直前的精神脊梁。他们参加革命时，最大的二十出头，最小的只有十三四岁，他们对革命理想和事业的追求无比忠诚坚定，犹如磐石坚不可摧。习仲勋当选陕甘边苏维埃政府主席时只有21岁，边区老百姓亲切称呼他“娃娃主席”。刘志丹在入党时说：“要为自己的信仰奋斗到底，作为个人来说，就是奋斗到死。”他牺牲时只有34岁，非常年轻。在纪念院内的烈士纪念塔上，刻着从1929年到1934年为创建和保卫南梁革命根据地而牺牲的608位烈士，他们大多数都很年轻，为了追求理想信念，毫不犹豫地把自己的生命献给了中国人民的解放事业，以自己的生命兑现了对党的誓言。

革命队伍内部，还面临着“左倾”路线的干扰和意志薄弱者的叛逃等问题。1932 年到 1935 年的短短 3 年时间里，王明“左倾”路线错误的推行致使革命队伍和革命根据地遭受了重大损失。在极端错误的“肃反运动”中，刘志丹、习仲勋等红二十六军营以上干部及陕甘边苏区县以上干部几乎全被关押，200 多人被杀害，刘志丹也被投入了监狱。中央红军到来后及时制止了“肃反”，刘志丹对受迫害的同志讲“过去的事都不要放在心上，这不是哪一个人的问题。要相信党中央毛主席会解决好，要听从中央分配，到各自岗位上去积极工作”。他向部队讲话时，每次都要强调：革命利益高于一切，要顾大局识大体，绝对服从中央的领导，听从中央的调遣，要向中央红军学习，加强团结。在他的影响下，许多受害同志都不计个人恩怨，勤恳为党工作，在抗日战争、解放战争和社会主义建设中都作出了卓越贡献。

先烈和前辈们抛头颅、洒热血的革命实践告诉我们：一人、一组织、一团体只要牢固地树立远大理想和信念，就会变得无比坚强，雷打不动，风吹不摇，顽强地为真理而斗争。以刘志丹为首的西北革命根据地党政军领导曾经多次遭到不公正对待，但他们都能以坚定的无产阶级党性正确对待这些遭遇，顾全大局，忍辱负重，积极工作，维护了党和群众的利益。而一个人要实现理想和目标，不仅要有坚不可摧的信念，同时还必须具备高尚的品格、优良的作风和博大的胸怀，才能不脱离群众，不脱离实际，融入时代的洪流中，有所作为。在红军游击队建立之初，党组织就在红军部队中建立了士兵委员会，大小事情都由士兵委员会决定。部队很民主，经济也完全公开，当时红军干部和战士完全是平等的关系，指挥员们天天与战士们生活在一起，战斗在一起。当时“部队里没有炊事员、饲养员，指挥员也和大家一起做饭、喂马。马都是骑兵、交通员、病号们骑的，指挥员从来不骑马”。同时建立了民主生活的制度和机构，使红军真正做到了军民一致、军政一致、官兵一致。刘志丹、谢子长等革命先烈作风民主，团结同志，和蔼可亲，他们质朴无华、平易近人，常同战士们坐在一起，吸着旱烟袋，谈笑风生，大家都亲切地称他们“老刘”、“老谢”，与他们的关系密切，有什么意见和建议都愿向他们说。刘志丹常说：“要避免错误就要讲民主，善于听取大家意见。”1932 年，省委派代表李艮到部队任政治委员，批评游击队是梢山主义（所谓“梢山主义”，是指刘志丹坚持农村割据，开展游击战，不攻打大城市）。刘志丹知道李艮很年轻（只有 24 岁）、是大学生、革命热情高，但实践经验少，所以很能原谅他。一个月后李艮到陕南去搞武装斗争，他对人说：“还是志丹同志对。”刘志丹高尚品格赢得了边区人民的爱戴，边区人民用民歌来歌颂他。他牺牲后，中共中央对他的一生给予了高度概括和评价。毛泽东称他是“群众领袖，民族英雄”。朱德赞誉他是“红军模范”。周恩来为他赋诗：“上下五千年，英雄万万千。人民的英雄，要数刘志丹。”

“千里雷声万里闪，上来些红军闹共产。共了安边共横山，南梁川里扎营盘。红旗插上寨子沟，刘志丹名声传得远……”时至今日，这样的信天游仍在南梁乡传唱不息。

壮哉，南梁！先烈以短暂生命和鲜血开创的革命事业，筑起了不朽的理想高峰，正放射出无比的辉煌，永留人间！

（发表于《中国纪检监察报》2011 年 6 月 3 日第四版）

拨动心弦的老歌

“解放区（呀么嗬咳）大生产（呀么嗬咳）……”前不久，因廉政教育基地评审挂牌，来到了位于陕甘宁边区的大凤川，这首久违了的老歌伴行伴趋，如今听来仍然是那么的亲切，那么的激动不已。

我们这一代人，对于类似耳熟能详的老歌，再熟悉不过了。可以说，我们是听着老歌出生，唱着老歌成长，以至于而今也只会唱唱老歌。也许是代沟的缘故吧，我总觉着而今的一些歌，台上唱得很卖力，让人听起来却一头雾水，那词总让人难以记住，似风儿一样，流行一阵儿便不知去向，总不像那些流传许久而久唱不衰的老歌，听起来总能让人振奋。

听着老歌和讲解员的解说，我们参观了陕甘宁边区时期的陇东军民大生产基地。这里位于子午岭林区，植被丰厚，风光旖旎。在上个世纪40年代，一支英雄的部队进驻这里，一边战斗，一边开展了轰轰烈烈的大生产运动，开创了陇东的“南泥湾”。这是一支什么样的队伍，在这里竟创造了如此了不起的业绩？亦步亦趋，我们终于找到了答案。

1941 年到 1942 年，国民党对陕甘宁边区加紧军事和经济封锁，意图困死这里的八路军。当时，自然条件恶劣，大批难民逃入边区，同时由于边区留守部队工作人员的不断增加，更是加大了边区的经济负担。毛主席曾这样评价了当时的生活：“我们曾经弄到几乎没有衣穿，没有油吃，没有纸，没有菜，战士没有鞋袜，工作人员在冬天没有被盖。”面对这样的情况，1942 年 2 月，中央军委向全军发出指示，要求全军各部队做到一面战斗、一面生产、一面学习，依据不同的环境条件开展生产运动。毛主席提出了“自己动手、丰衣足食”的号召。从此，大生产运动就在陕甘宁边区轰轰烈烈地展开了。

1943 年春，留驻陇东的八路军一二九师三八五旅由庆阳来到华池勘察地形，在大凤川设立了拓荒生产处。将士们在这里开展劳动竞赛，虽然条件非常艰苦，但是他们挖野菜当饭吃，挖窑洞当房住，克服一切困难，开展劳动竞赛活动。在短短的时间内，开荒 34000 亩，修建营房 400 多间，并且办起了山货加工作坊 12 个，各种副业 10 多种。他们还利用当地水源相对充足的条件种植出了北方稀有的水稻。当时，《解放日报》上刊登出了这样的消息：《大凤川槐树庄驻军完成春耕开始学习，整风成为整军重要环节》。从这篇新闻稿件我们可以看出，虽然当时学习、生产和战斗非常紧张，但部队从没有放弃和忽视纪律教育，经常开展整风和整军运动。

当时的这里交通不便，一切物资全靠肩挑手提，为了便于运输，将士们还在大凤川内修了行车大道和一座石桥，当地群众将这座桥亲切地称为“七七桥”。在两年的生产生活中，指战员和当地的老百姓建立了深厚的鱼水深情。1943 年的春节前夕，雪下得特别大，当地的群众冒雪前往大凤川慰问八路军，给部队送去了活羊 55 只，猪肉 2000 斤，鸡 12 只，现金 30 万元（边币）。老乡说，宁肯自己生活得差一点，也要让将士们过个好年。

在部队进驻山区开展生产运动的同时，抗大学校的学员也积极响应党中央号召，在学习的同时投入到生产运动中。当时坐落在陇东的是中国人民抗日军政大学第七分校，旧址就位于华池县林镇乡的东华池村，离军民大生产基地 9 公里。当时有教职工 2700 多人，学员 4800 多人，全体师生携带着党中央发给他们的“笔杆、枪杆、镢头”三件宝，边学习、边劳动、边生产，在这里挖窑建舍、开荒种地、学习文化。在这种高涨的生产热情当中，学员们自己创作了劳动诗词《开荒》、《捻线歌》、《烧炭》。在全体军民、学员的共同努力下，昔日野山僻壤、人烟无几、野兽遍行的大凤川变成了牛羊满圈、蔬菜有余、粮食满仓的丰裕景象，成为了人们向往的“万宝川”，被称为陇上“南泥湾”。

通过大生产运动，边区基本解决了军民的吃饭、穿衣问题，达到了自己动手，丰衣足食的目的，从而战胜了经济困难，打破了国民党的经济封锁。

艺术源于生活，艺术源于劳动。1943 年，著名的音乐家张寒晖（河北定州市人，1922 年加入中国共产党，1930 年在北平加入中国左翼作家联盟。1936 年创作了中国抗战史上的经典名曲《松花江上》。1942年任陕甘宁边区文协秘书长兼组织部部长）从延安来到华池采风，华池军民热火朝天的生产场面，激发了他的创作热情。有一天，他在创作中偶然听见一位妇女哼唱着华池民歌《推炒面》，深受感染，将这首地地道道的民间小调改编成了《边区十唱》，由此这首紧扣时代脉搏、铿锵有力的歌曲，很快传遍了陕甘宁边区。新中国成立后，遵照周恩来总理的指示，大型音乐舞蹈史诗《东方红》将它搬上了舞台，并改名为《军民大生产》。从此这首源于华池的民歌，带着大生产运动的澎湃热情唱遍了大江南北，长城内外，唱响了全中国。

好歌不厌百回唱。当身临其境，再听老歌，那感觉是在别的地方很难找到的。也许是条件反射，这个时候一连串的老歌不由得涌动在耳边，我听到了曾经流传于军营里那鼓舞士气的军歌，听到了劳苦大众感谢党和领袖的心声，听到了翻身农奴发自内心的欢唱，听到了不同时期劳动人民改造山河的勇气……

毫不隐瞒，斯人就是特别喜欢那些充满生命力的老歌，那不仅仅是对生活的塑造，而且是一个时代的缩影、民族精神的传承。尤其是在各个不同革命历史阶段中形成的艰苦奋斗、不屈不挠、自力更生的精神，已经成为人民宝贵的精神财富和不竭动力。在这种精神的鼓舞下，一代代的中华儿女也将秉承光荣传统，继承发扬革命精神，用自己的双手和智慧建设美好的家园。

（发表于《中国监察》2011年第6期）

追寻南梁

在中国的地理版图上，南梁是一个名不见经传的小地方，但在中国革命史上，南梁却以他卓越的功绩着实让后世敬仰。纵观南梁革命历史，既是一部气势恢宏的艰苦创业史，也是一部波澜壮阔的廉政史。

地处子午岭桥山山脉中段大梁山南麓的荔园堡，曾是南梁红色革命根据地的重镇，陕甘边区中心之所在。虽历经风雨，至今仍然风采依旧。穿过坡道，一座镌刻着“南梁革命纪念馆”的石牌坊，立刻跃入眼帘，牌坊正对着的是英雄纪念碑。纪念碑高耸入云，正面镌刻着“革命烈士永垂不朽”大字，碑座东西北三侧镌刻的是从 1929 年到 1934 年为创建和保卫这块革命根据地而牺牲的 608 位烈士的英名。

在纪念建党 90 周年前夕，我们来到了南梁。当寻访这块红色圣地，拜谒革命先烈，便会被这里的一切所震撼，思绪追寻着先烈和前辈们翻山越岭、餐风宿露的身影，在山谷中穿行回荡。

1927 年，大革命失败后，中国共产党人在血泊中站起来，领导发动了全国各地的武装暴动。在西北荒瘠的土地上，刘志丹、谢子长、习仲勋等老一辈无产阶级革命家冒着枪林弹雨，前赴后继，英勇不屈。他们用足够的坚定，践行着对共产主义理想的忠诚，塑造了一个无私的精神世界，锻造出一支革命的队伍，一支纯洁的队伍，一支战无不胜的队伍，开辟了西北第一个工农民主政权——陕甘边区苏维埃政府，从 1934 年创建陕甘边区政府到 1949 年全国解放，这块根据地从未丢失过，是我党唯一保留完整的一块根据地。被党史称为：第二次国内革命后期我党“硕果仅存”的一块革命根据地，为长征中的党中央和中央红军提供了落脚点，为红军北上抗日提供了出发地。

纪念碑右侧是清音楼，曾是荔园堡古城内的一个戏台。讲解员通过播放光电投影，不仅还原了历史，也给我们上了一堂生动的政治教育课。

1934 年 11 月 4 日到 6 日，陕甘边区工农兵代表大会就在清音楼对面的“关帝庙”内召开，大会通过民主选举产生了边区苏维埃政府及各工作委员会和军事委员会。年仅 21 岁的习仲勋当选苏维埃政府主席，刘志丹很高兴，他说：“民众自己选出的政府，党和红军都要支持拥护，使革命政府有威信。”11 月 7 日，陕甘边区苏维埃政府成立庆祝大会隆重召开，清音楼就是庆祝大会的主席台。刘志丹、习仲勋在上面发表了激动人心的讲话，刘志丹代表边区群众给习仲勋颁发了“陕甘边区苏维埃政府”印章。

在严酷革命岁月，刘志丹就致力于清正廉洁教育，从源头上预防和铲除腐败产生的根源，他说：“群众最痛恨反动政权不廉洁、无官不贪，我们一开始就要注意这个问题，穷要有骨气，要讲贞操，受冻挨饿也不能取不义之财。”

当时，由于红军刚刚整编，部队在作战后有战士抢老百姓的东西。谢子长、刘志丹知道后十分生气地说：“这简直是土匪行为！哪里像共产党领导的部队！这样下去，脱离群众，要不了几天就会失败，我们共产党领导的军队绝不允许这么干！”有一次，司令部的一个马夫拿了正宁群众的一条布腰带，抓了一只鸡，群众跑来告状。刘志丹知道后，召开全体军人公审大会，宣布了这个马夫违犯群众纪律的行为，并根据他一直表现不好的情况，经战士讨论，决定立即予以枪决。

在创建根据地时，既要时刻准备粉碎敌人的“围剿”，又要防止“左”倾冒险主义带来的灾难。就在1933年6月下旬，中共陕西省委负责人杜衡（后叛变投敌）强令红二十六军南下西安附近的渭华一带开展革命活动，扩大根据地，增加革命影响。由于敌我力量悬殊，遭遇国民党军的伏击，红二十六军官兵英勇奋战，终因寡不敌众，兵败终南山，几乎全军覆没。

1933年11月3日到5日，中共陕甘边区特委和红军临时总指挥部在甘肃合水包家寨召开联席会议，作出了三项重大决策：开辟以南梁为中心的陕甘边革命根据地，恢复红二十六军并创建四十二师，建立一、二、三路游击队，开辟关中、南梁、陕北三路游击区，南梁居中策应。包家寨会议，挽救了陕甘边区党和红军，是陕甘边革命斗争的历史转折点，被誉为西北的“遵义会议”。从此，转入创建以南梁为中心的陕甘边革命根据地时期。

根据包家寨会议精神，红军在合水县莲花寺进行了整编，重新组建了红二十六军四十二师。同时，积极发动地方武装力量，形成了主力红军、地方游击队和赤卫队三位一体的武装力量格局。在军事斗争如火如荼的同时，根据地的政权建设也得到了前所未有的发展，引起了国民党的极度恐慌。1934 年 2—5 月，国民党调集近 2 万兵力，进剿陕甘边革命根据地。刘志丹率领主力红军和游击队撤离南梁转移到外线作战，习仲勋带领边区政府、群众和赤卫队坚壁清野，有力配合。从 2 月到 5 月，陕甘边区军民历时 3 个月，经过大小 30 多次战斗，歼敌 3000 余人，解放了 10 多个县城，取得了九战九捷的辉煌胜利，巩固了根据地。

在建立政权的过程中，陕甘边党和政府始终坚持实事求是、勇于探索、清正廉洁、亲民爱兵的作风，制定了“暂行条令十八条”，条令规定：临阵脱逃者处以死刑，破坏枪支者处以死刑，强奸妇女者处以死刑，缴获胜利品不归公者处以死刑，凡一切党政军干部，如有贪污公款 10 块大洋以上者处以死刑，贪污 5 块大洋以上者开除党籍，贪污 5 块大洋以下者开除军籍。1934 年，原任土地委员长张步清，自己开了许多荒地，并开始雇工，工作拖沓不积极，当刘志丹等人批评他时，他却说：“白手起家，自食其力嘛!”刘志丹听后非常生气，就研究撤销了张步清的土地委员长职务，任命李生华为土地委员长。有了稳固的政权，根据地也得到了迅猛的发展，到 1935 年 5、6 月间，以南梁为中心的苏区已有 30 多个县，挥戈直指关中，并将陕甘和陕北连成了一片，“南北走，有 2000 多里；东西走，有 1000 多里；北到长城，西到环江，南到淳化，东到黄河”。

1935 年 9 月 11 日，党中央率领红一方面军一、三军团和军委直属纵队，由四川进入甘肃。9 月 12 日，在迭部县俄界召开了政治局扩大会议，决定采用游击战术打通与共产国际联系，在与苏联接近地区创建新根据地。9 月 18 日，红军突破天险腊子口，到达哈达铺。从一张《大公报》报纸上得悉陕甘红军和根据地发展壮大的情况，决定向陕甘革命根据地前进，并将红一方面军第一、三军团及军委纵队改编为中国工农红军陕甘支队。9 月 27 日，中共中央政治局在甘肃通渭县榜罗镇召开常委会议，改变俄界会议原定战略方针，作出把中央红军长征落脚点放在陕甘根据地的正确决策。

就在党中央决定转道陕甘之际，陕甘根据地内部发生了严重的错误“肃反”。刘志丹、习仲勋等红二十六军营以上干部及陕甘边苏区县以上干部几乎全部被关押，200 多人被杀害，陕甘革命根据地又一次陷入严重危机。

1935 年 10 月 19 日，党中央率领中国工农红军陕甘支队到达吴起镇。22 日，中共中央在吴起镇召开政治局扩大会议，决定党和红军今后的战略任务是“建立西北苏区，领导全国大革命”。当中央红军到达吴起镇，毛泽东得知陕北“肃反”的情况后，当即下令“停止逮捕，停止审查，停止杀人，一切听候中央解决”。并派王首道、贾拓夫前往瓦窑堡，刘志丹、习仲勋等一干被关押的同志陆续获释。随后，毛泽东、周恩来等中央领导在瓦窑堡接见了刘志丹。这是刘志丹第一次见到毛主席，也是一生中唯一的一次。

1935 年 11 月，中共中央决定：撤销陕甘晋省委，成立中共陕甘省委、陕北省委、关中和神府特区，将以南梁为中心的陕甘边根据地划分为陕甘省。根据中央的指示和当时的形势，陕甘省委的主要任务就是发展游击战争，巩固和扩大陕甘苏区，做好战勤保障工作。1935 年 12 月 17 日至 25 日，中共中央政治局在瓦窑堡召开会议，确定了党内抗日民族统一战线的策略。1936 年 2 月 18 日，中国工农红军抗日先锋军司令员彭德怀、政委毛泽东发布东征作战命令，刘志丹任红二十八军军长率部东征。1936 年 4 月 14 日，刘志丹在指挥山西省中阳县三交镇战斗中不幸中弹牺牲，时年 34 岁。刘志丹在率军东征的时候，沿途的老百姓听说刘志丹来了，都扶老携幼出门相迎，有一位盲人老大娘对刘志丹说："让我摸一摸你，孩子。摸摸你我就知道你长什么样了，我就踏实了。"刘志丹一生清贫，牺牲之后，身上只有几份党内文件和 6 支缴获来的香烟。1936 年 5 月 18 日，西北革命军事委员会决定，组成西方野战军西征。7 月下旬，西方野战军解放了曲子、环县、定边、同心等 4 座县城，西征开辟了陕甘宁边界新苏区，为三军大会师创造了条件。

1936 年 5 月，中共中央决定撤销陕甘省，成立陕甘宁省，马锡五任陕甘宁省政府主席。1936 年 6 月，省政府迁驻今天甘肃环县的河连湾。原甘洛、鄜县、宜川、红泉、肤施、中宜等各县一律划归陕北省领导。

《西行漫记》的作者美国友人埃德加·斯诺，随西征的部队来到河连湾，并且在这部红色的著作中留下了记叙河连湾的文字。

1936 年 10 月，西征的红一方面军和历经长征的红二、四方面军，在甘肃会宁会师。1936 年 11 月 21 日，红一、二、四方面军在环县山城堡打响了土地革命战争的最后一战——山城堡战役。此役是红军三大主力会师后取得的第一次胜利，沉重打击了国民党的军事进攻，巩固了陕甘宁根据地，对抗日民族统一战线的形成，起到了积极的促进作用。至此，陕甘边革命根据地完成了他的历史使命，进入了陕甘宁边区时期。

西安事变和平解决，国共两党达成共同抗日协议。1937 年 8 月 25 日，中共中央革命军事委员会发布命令将红军改编为国民革命军第八路军，（朱德任总指挥，彭德怀任副总指挥，）改编后的八路军在陇东休整两个月之后奔赴陕西的云阳镇、桥里镇和庄底镇，改编为 120 师、129 师、115 师三支主力红军之后，东渡黄河奔赴抗日前线，为八路军北上抗日提供了出发点。

历史的硝烟已然散去，今日已难寻往昔的喧闹。只有南梁革命纪念馆道是人来人往，络绎不绝，形成了人流。在这追寻的人流中何止我等，而是成千上万的人，人们在这里重温历史，缅怀先烈，传承精神，铭记江山来之不易。这种追寻将如接力棒一样传下去，一代又一代的追寻，一代又一代的感悟，只缘让这块黄土地变得更新更美，更加富有活力。

（发表于《中国纪检监察报》2010 年 12 月 30 日第四版）

老区琐记

9 月的庆阳，到处瓜果飘香，呈现出一派丰收景象。当我第一次踏上这块土地，就被这里经久流淌的淳厚和热情所感染，更被那厚重的历史所牵引着。

庆阳位于甘肃省最东部，甘肃历史称陇，庆阳位于甘肃省最东部，所以又素有陇东之称。其地形分为中南部黄土高原沟壑区、北部黄土丘陵沟壑区、东部黄土丘陵区；山、川、塬兼有，沟、峁、梁相间，高原风貌雄浑独特。全境有 10 万亩以上大塬 12 条，面积 382 万亩。有名的董志塬平畴沃野，一望无垠，是世界上面积最大、土层最厚、保存最完整的黄土塬面，堪称“天下黄土第一塬”。400 多万亩子午岭横贯秦岭，林草茂密，为中国黄土高原上面积最大、植被最好的水源涵养林，有“天然水库”之美誉。

庆阳又是革命老区，这片红色的热土上，1927 年在宁县建立了甘肃第一个农村党组织，1930 年创建了革命武装——南梁游击队，1934 年建立了西北最早的陕甘边区苏维埃政权。陕甘边区是我党在第二次国内革命战争时期从没有丢失过的一块保存最完整、最巩固的革命根据地。后与陕北革命根据地连成一片，组成西北革命根据地，为北上的中央红军和党中央提供了落脚点。这片热土，养育了中国革命，也造就了一大批革命干部，原陇东地委书记马文瑞、专员马锡五、华池县长李丕福皆为楷模，毛泽东曾分别为他们题词：“密切联系群众”、“一刻也离不开群众”、“面向群众”。现存的华池“南梁政府”旧址、环县河连湾陕甘宁省委省政府旧址、山城堡战役等革命遗址，是国家确定的爱国主义和革命传统教育基地。在这块红色热土上所流传着的庆阳民歌，更有享誉“黄土歌魂”之称，其唱遍全国的《咱们的领袖毛泽东》、《绣金匾》、《军民大生产》等革命歌曲，就是庆阳人孙万福、汪庭有等农民歌手的佳作。艺术奇葩《刘巧儿》，是依据华池县农民封芝琴青年时期争取婚姻自主的真实故事而创作的评剧精品。

说来真是惭愧，我虽生于西北，自小长于斯且又供职于此，走进这块圣地，那也是最近的事。走进圣地，观瞻这块有着红色记忆的土地，你会被它千折百转、回肠荡气的历史所震撼。在这块美丽的黄土地上，到处流传着神奇的传说及动人的故事。行走之间，去领略那一处处遗迹遗址，掩卷历史厚重的画册，轻拂千年落定的尘埃，无不昭示着曾经有过的辉煌，或变成一种不朽，或蕴藏着深厚的历史底蕴。

抚摸史鼎，20 万年前人类就在这里繁衍生息，7000 多年前就有了早期农耕。据《史记》记载，人文始祖轩辕黄帝在此曾与中医鼻祖岐伯论医，有《黄帝内经》行世，岐黄故里，由此得名。周先祖不窋曾率族人“奔戎狄（今庆阳）之间”，与子鞠陶、孙公刘等“教民稼穑”，“务耕种，行地宜”，开启中华民族早期农耕文化之先河，史称“周道之兴自此始”。屹立于庆城东山之巅的周祖陵，殿宇巍峨，是华夏儿女祭拜先祖的圣地，也是观光游览的好去处。位于西峰区温泉乡的老公殿被中国民俗学会命名为“华夏公刘第一庙”。

在这块高天厚土上，到处散落着璀璨的古代遗珍瑰宝，有世界瞩目的“环江翼龙”和“黄河古象”化石，均发掘于境内马莲河流域。标志中国旧石器时代考古肇始的华夏第一块旧石器，出土于华池县赵家岔。新石器时代的仰韶、齐家文化遗址和历代古建筑、石刻、墓葬及古生物化石点有近千处。战国秦长城横跨华池、环县、镇原三县。秦直道沿子午岭穿越正宁、宁县、合水、华池四县。开凿于北魏时期的北石窟寺为甘肃四大石窟之一。这里既是钟灵毓秀、物华天宝的福地，又是一片人杰地灵的热土，历代名人辈出。这块福地上诞生了傅介子、甘延寿这些威震华夏的武将，也孕育了光耀星斗的文才巨匠，东汉思想家王符的《潜夫论》、西晋学者傅玄的《傅子》和明代文学家李梦阳的《空同集》，在中国思想史、文学史上都具有重要影响。

人事有代谢，往来成古今。经历数千年沧桑巨变的庆阳，留有许多巧夺天工的建筑，有着丰富多彩的饮食文化，更有着敦厚淳朴的民风。那独树一帜的民俗文化不仅记录着历史的文明与进取，而且也传承着一种人脉精神，它们既是地缘的，也是世界的。随着对外开放，源远流长、底蕴深厚堪称庆阳“五绝”的香包、陇绣、民间剪纸、道情皮影和陇东民歌，已蜚声海内外，成为认识悠久历史、解读远古文化之纹样，也为庆阳赢得了周祖农耕文化之乡、香包刺绣之乡、徒手秧歌之乡、民间剪纸之乡、窑洞民居之乡、荷花舞之乡和中国民间民俗文化调研基地的美誉，评为“最具艺术气质的西部名城”，命名环县为皮影道情之乡。

老区人民十分珍惜在血与火的斗争中铸就的老区精神，已鼓舞人们为改造大自然、建设美好家园宝贵精神财富，并为之不遗余力地作着不屈不挠的斗争，乘着改革开放的东风，紧紧抓住西部大开发的历史机遇，认真落实科学发展观，精心绘制出一幅幅宏伟蓝图，使发展方兴未艾。

面对新世纪新阶段全面建设小康社会的新形势、新任务，老区人民以崭新的姿态，围绕着提速发展、科学发展、和谐发展，坚持发展抓项目，产业抓开发，改革抓创新，和谐抓民生，根本抓人才，主攻石油和煤炭资源开发、绿色农产品生产加工、民俗文化旅游三大产业开发，加快陇东能源石化基地、绿色农产品生产加工创汇基地和文化旅游胜地三大基地建设，全力推进产业化、工业化、城镇化进程，推动物质文明、政治文明，促进城乡、区域、经济社会协调发展，努力实现经济社会又好又快发展。

展望未来，我们完全有理由相信，未来的庆阳将更加魅力四射！

（发表于《中国纪检监察报》2007 年 11 月 7 日第四版）

韶山行

每次去韶山的感觉都不一样，总被一种浓浓的情牵引着，那份情仿佛根植在心中，总是难以释怀。细究其因，还不完全是时代的烙印，更是一种心结，抑或是心念的驱使。

2010 年暮春的一天，我专程乘车沿着湘宁高速向东南一路直达，真实地与韶山亲密相融。这已是我第三次来到韶山，最早的一次是 1976 年的夏天，之后的一次是在 1988 年 5 月，那时还没有通高速公路，每天就那么几班车，得赶早赶时要好几个小时。这以后，没曾想一别 10 多年，时间的昼夜更替，年轮的洗涤沉淀，不但没有模糊韶山在自己心灵深处的印记，反而让我在说不清的思绪里平添了层层新的沧桑感悟。直到最近在长沙开会，我决定利用空隙再次到韶山去。坡高林密挡不住风驰电掣的心情，心切意急般抵达岸地。推开车门，阳光洒在脸上，温暖袭上心头，那一瞬间立时产生了一种久别重逢的感觉。

韶山的变化真大，虽然还是以前的村落，可面貌一新，在绿的山绿的树的掩映下，白墙黛瓦的房舍，檐牙高啄的祠堂，马头墙的错落有致，使这里依然呈现出优美的纯净，弥漫着厚重的乡土气息，豪迈灵动与温婉清秀的山水之间，如诗一般酿造着人们的情怀，激发起人们的思想，我迫不及待地走向那山水间，徘徊在攀缘直上的山间小道中，细细地打量着令我日思夜想、魂牵梦系的韶山。

韶山是伟大的马克思主义者，无产阶级革命家、战略家和理论家诗人，中国共产党、中国人民解放军和中华人民共和国的主要缔造者和领袖，毛泽东思想的主要创立者。毛泽东同志青少年时期生活、学习、劳动和从事革命活动的地方。一到韶山就被浓浓的伟人文化氛围所包围着、所吸引着、所感染着。以毛泽东故居、毛氏宗祠、韶山烈士陵园为主线，此外韶山还新建了毛泽东纪念馆、毛泽东铜像、毛泽东诗词碑林等，吸引着亿万人敬仰。

我们这些50年代出生的人有个“通病”。自从记事起，就受到父母亲耳濡目染的影响，到读书时学校教育我们要做“毛主席的好学生”、“好好学习，天天向上”，当兵后部队广泛开展“读毛主席的书，听毛主席的话，做毛主席的好战士”的活动，看到的文学作品和听到的歌曲，深深地影响着我们。由于对伟大领袖的崇敬，韶山也就自然在我们心中占据了重要位置。直到后来，社会上曾一度发生过一些纷扰起伏的争论，此时回过头再来系统研读“毛泽东文选”，对毛泽东思想的认知只会有增无减，韶山也就更加清晰了。

此次行至韶山，看到的、听到的最多依然是毛泽东主席为了中华民族的自由、独立和解放，舍弃一生乃至6位亲人，苦苦探寻，不求私利，他的伟大与日月同辉，与祖国河山同寿。因为毛泽东主席的历史地位，韶山被称为红太阳升起的地方，山山水水都披上耀眼的霞光，吸引着国际国内的许多人们竞相向往之，前来观瞻。人们如涌动的潮水，流向各个景点，使韶山到处人声鼎沸，欢声笑语。

韶山位于湖南省中部偏东的湘乡、宁乡、湘潭交界处，史载：相传舜帝南巡到此，见风景优美，遂奏韶乐，引凤来仪，百鸟和鸣，又传“韶氏三女得道于此，有凤鸟衔天书到，女皆仙去”。韶山故此得名。

虞舜，号有虞氏，名重生，远古时代父系氏族社会后期的部落联盟首领。他是继尧之后被中华民族世代推崇的又一明君圣主。他为尧所器重，尧不但把盟主的尊位禅让于他，还把两位爱女娥皇、女英许配与他。舜继位之后，为造福人们，辞别爱侣，甘冒苦辛，渡黄河，涉长江，深入荆楚蛮荒之地，探测山川利弊，规划拓垦宏图。南下途中舜与侍从宿营韶山，侍从们为舜帝载歌载舞，随着优美的音乐舞蹈，山崖翕然，山鸣谷应，声震林木，凤凰闻乐展翅，嘤嘤和鸣。山间胜境，人间盛会，亘古传诵。日后人们便把舜帝欣赏过的音乐称为韶乐，把他赏韶乐的山岭叫韶山。

秦至西汉属湘南县，东汉至晋未变。南齐废湘南县，遂属湘西县。隋开皇九年（589 年）入衡山县。唐天宝八年（749 年），改衡山县为湘潭县；自此至宋，属湘潭县。元湘潭县升湘潭州，韶山属湘潭州。明代属湘潭县移风乡居义里；清代为湘潭县的第七部。光绪十九年（1893 年）12 月 26 日，毛泽东诞生于湘潭县七都韶山冲上屋场。

毛泽东故居东头13间半瓦房，是毛泽东家的，西头5间半土砖茅房是邻居家的。1893年12月26日毛泽东同志就诞生在这栋房子的东头。这栋普通农舍曾几经沧桑，它的修缮和扩建凝结着毛泽东的祖辈、父辈和他们兄弟的心血和汗水。从1878年毛泽东祖父定居时的5间半茅屋，经过前后三代人的艰苦创业，修修补补，其间遭火灾，遇抢劫，1918年才掀茅盖瓦，加修后院，扩建成13间半瓦房（内含杂屋，其中半间指两家合用的堂屋）。1929年4月，反动派曾没收毛泽东在韶山的全部房屋和家产。于是，这栋房子和里面的家具，又遭到了严重破坏。解放后，人民政府进行过多次修葺，使之基本上恢复了当年原貌。进到故居院内，一眼望见由邓小平同志亲笔题写“毛泽东同志故居”7个黑底镏金大字。当我再次寻访韶山，与我30多年前到此的情景相比，这里已发生了巨大的变化，道路是平坦的，村容村貌整洁了许多，农民的新型小洋楼，让我这个重游的北方来客有种似曾相识而又新鲜的感觉。

放眼望去，韶山山脉由南往北，虎踞龙盘，曲折延伸，韶山冲被重重群山环抱，峰峦耸峙，气势磅礴，翠竹苍松，田园俊秀，山川相趣。如果用当下时髦的语言来描述，这里应该是块风水宝地，山势奇峻，水脉蜿蜒，显得婉约妩媚，以一种超然的笃定和从容，向游人展示着韶山的不凡和傲人的风采。行走在山间小道上，环视四周，韶峰景色飞入眼底。青年水库融蓝天，映青山，碧波荡漾；慈悦庵的六朝松，神秘的“西方山洞”——滴水洞、虎歇坪、滴水洞八景屏等著名景观，点缀灵秀山川。据介绍：春天，可以欣赏韶山的青山绿树，还有满山的红杜鹃；夏天，滴水洞是避暑纳凉的好地方；秋天，细雨绵绵，秋高气爽，登高赏菊踏月，那丰收景色令人陶醉；到了冬天因为山的屏障，显得暖和，瑞雪初降，玉树琼花，煞是好看。

韶峰景区位于毛主席故居西面，距故居景区 2 公里，主要景点有韶山毛泽东诗词碑林、韶峰游览索道、韶峰寺等。韶峰古称仙女峰、仙顶灵峰，神奇险峻，风景秀丽，是南岳七十二峰之一，为韶山第一高峰。塔岭晴霞，石屋清风，梦公顿石古迹顿石成门、鱼龙女凿石找泉拯救百姓的石壁流泉等韶峰八景和六朝松、实心竹、白石泉、飞来船等韶峰四绝，以及五龙朝圣、双龙戏珠、鲲鹏展翅、金龟汲水等自然景观为韶峰增添了一道道靓丽的奇观。位于韶峰山顶的韶峰寺，建于唐朝贞观年间，有着悠久的历史和神奇的传说。毛泽东少年时代常登韶峰，观日出，看夕阳，抒发豪情壮志。

由毛泽东铜像向西行至狭谷中便是闻名遐迩的滴水洞，与主席故居相距 3 公里。滴水洞天，是韶山风景中一个著名的景点群，由滴水幽壑、虎歇坪、龙头山等自然风光与滴水洞一号等建筑组成。滴水洞长约 2.8 公里，洞内有小溪，曲曲弯弯，幽壑口朝东北而开。小溪沿岸林木繁茂，挺拔的松林中夹杂着茂密的楠竹，而上百种野花漫山遍野地生长着。这里的珍贵林木有银杏、女贞、铁树等 30 多种，这里的花卉有映山红、梅、芙蓉、月季、菊花等上百种，这里的珍贵药材有金银花、甘草、沉香、白果等 20 余种，境幽景优是滴水洞幽壑的一大特点，人在景中如置身仙境。此处集造化之神秀，萃人文之盛事，因而蜚声海内外，吸引游人如织，洞中碧峰翠岭，茂林修竹，山花野草，舞蝶鸣禽，自然景观清雅绝伦。《毛氏族谱》赞之曰："一钩流水一拳山，虎踞龙盘在此间；灵秀聚钟人莫识，石桥如锁几重关。"

1959年6月，毛泽东回到阔别32年的故乡，来到了滴水洞口的韶山水库游泳，兴之所至，随口对湖南省委书记周小舟说："小舟，在这个山沟里修几间茅房子，我老了来住一住。中南局有些小型会议……"于是有滴水洞别墅之建。

别墅始建于1960年，房屋建筑形式与北京中南海房屋的结构相近似。1966年6月，毛泽东南下视察到韶山，在一号楼住了11天。他于这年7月8日在武汉写信称此处为"西方的一个山洞"。西面以毛家祖坟、虎雕、虎亭、滴水清音为主的虎歇坪景观系列；东面以毛泽东曾祖父母坟、龙泉三叠、奔龙泉池、观音远眺为主的龙头山景观系列。这个被人们喻为湖南"山水明珠"的"西方山洞"开放20年来，先后接待国内外游客1500多万人次。

我急切地穿行在人流中，尽可能地多走走，多看看，以企别有遗漏。好在韶山的景观较为集中，离毛泽东故居西侧约500米的层山叠岭之上即是毛泽东纪念园，最初定名为"毛泽东之路景园"，构思显然受到了全国许多大城市"世界之窗"微缩景观的启示，整座景园大小建筑近百处，集纪念、教育、游览等多种功能于一体，寓于复制实物，让人们于游园之中感受历史进程。毛泽东诗词碑林，位于韶峰半山腰，园中由100块汉白玉、大理石、花岗岩等组成，收录了毛泽东的50首诗词，以纪念毛主席诞辰100周年所建。整个景园按照毛泽东的革命生涯分为5个部分，按照时间顺序分为4个时期：第一区为毛泽东青年时代所写的诗词。第二区为大革命和第二次国内革命战争时期。第三区为红军长征，抗日战争及解放战争时期。第四区为新中国成立以后的毛泽东诗词。园中的诗碑，造型各异，变化无穷。既突出古朴、单纯的传统特色，又追求新颖别致、大胆变化，使诗碑与韶峰的自然美景浑然一体，令观者流连忘返。

器大者声必闳，志高者意必远。韶山告诉我们，千秋大业，实干为基，只要抱定信念、只要奋进、只要不懈的努力，有智慧总能在勤奋中闪烁，有勇气总会在困难中升腾，光荣凝聚力量，使命催人奋进，时间将曾经的辉煌留作历史，也将无限的希望带给未来。因为最接近梦想的地方，往往是积蓄力量、展拓空间、坚固信念，激起前行的动力。

（发表于《甘肃日报》2007 年 9 月 9 日第十版）

壮哉，红安

一个愿望在胸中萌发已久，有机会一定要到红安去看看，那块为共和国滋养过200多名将军的热土，时而呼唤着我，总是不能平静。

预约在先，那一瞬间，恨不能生出双翅即刻飞往，索性去了却这个多年的夙愿吧。

此行真可谓“游江观山”，我们从重庆转而乘船沿江而下。来到武汉时，天公作美，一场豪雨，洗去了几天的燥热和烦闷，踏上了凉爽的红安之行。一路上，热情的同仁如数家珍般地介绍着这里曾经出现过的人和事，曾经拥有过的光荣和骄傲。我们且走且看，两旁葱葱郁郁的绿色映入视野，再望远些，是一眼望不穿的层峦叠嶂、丛草怪石。随着南风频频吹动，任斜风细雨“沙、沙、沙”磨过，泛起似雨似雾的波涛。这绿色的浪潮，随着风的强弱、雨的起歇，如同涟漪般渐渐扩散，一波又一波，起起伏伏，摇摆不定……那一刻，我被眼前的景色感动了。

红安，原名黄安，位于鄂东北大别山麓，自然风光秀丽，历史文化底蕴深厚。境内有峰峦巍峨的天台山，风景怡人的香山湖，传说神奇的九焰山，更有众多的革命遗址遗迹和古建筑，每年都吸引着国内外大量游客前来参观游览。当我们涉足这片红色的土地，即刻被那流传的革命传统所吸引。据该县的同志介绍，红安是人民共和国唯一用“红”字更名的县。在80多年前，那个血雨腥风的岁月，这里既是著名的“黄麻起义”策源地，又是鄂豫皖革命根据地的中心区域。中国工农红军第四方面军、红二十五军、红二十八军在这里诞生。红安人为中国革命牺牲了14万优秀儿女，在中国工农红军的队列中，曾经每3个人中就有一个红安人；每4名英烈中，就有一名属红安籍。这里人杰地灵，是董必武、李先念两位国家领导人和韩先楚、陈锡联、秦基伟等223位将军的故乡。听着这些，怎能不肃然起敬？

边走边看，走走停停，绵绵细雨仿佛已知道我们这些来自北方的人怕热，淅淅沥沥下个不停。伴着凉爽的风，人体的机能整合到最佳状态，虽一路劳顿，却神采飞扬。我们先是参观了七里坪长胜街。这条不足千米的小巷，从兵工厂到银行，从军事指挥机关到政府以及商行、学校，应有尽有，浓缩了红色政权的全部。

红安人以拥有光荣的革命传统而自豪，为永葆红色的精神代代相传，他们在财政并不充足的情况下，多方筹措资金，修建了董必武、李先念纪念馆，修建了烈士陵园。当亲临其境，感受到前辈们在不同革命时期，始终坚持坚定的革命信仰，始终保持不畏艰险敢于压倒一切困难的勇气，俭约办事、为民呕心沥血的精神风范，艰苦奋斗、不屈不挠的工作作风，严于律己、不欺不诈的品格，心仿佛被洗礼了，灵魂也得到一次净化。

拾阶千米，行走于斜风细雨中，来到了烈士陵园。好一处人文与环境争美，历史同现实交融的所在。且看鲜花满坡，绿荫拥翠，一个个从此走出而又长眠于此的将军们，落叶归根；有的是我过去熟识的领导，有的则在书本里拜读过他们的事迹……他们个个能征惯战，为民族的独立、自由和解放，建立过不朽的功勋。他们自始至终都热恋着这片土地，尽管他们中不乏高官显爵，但经过半个多世纪漂泊和奋斗，依然选择在故乡落叶归根，从这一点看，他们倒是幸运的。而那些倒在长征路上，倒在抗日战争、解放战争中的先烈们，却只能永远地栖息在他乡的土地上……

“小小红安，个个好汉；铜锣一响，四十八万；男儿打仗，女人送饭！”红安人民为中国革命献出的是无数优秀儿女、一腔热血，挺起的是民族的脊梁。何其壮哉，何其壮哉！

（发表于《中国纪检监察报》2006年6月23日第四版）

青清的集安

到集安去，是临时动议。没有去过吉林的人，首先选择去看长白山天池，可之前我已去过。在几个好友的一再动员下，于是乎我们结伴去了集安。

汽车飞奔在茫茫林海，大片铅色的云压着地面追来，蜿蜒起伏的公路两旁，到处是绿色的山林，覆盖着连绵不断的山脉，怎么也望不到边。我的心像一匹昂扬的烈马，向前方奔驰。3 个小时后，穿过一个很长的隧道，有人介绍：“我们现在过的是老岭隧道。”老岭山脉自东北向西南形成一道巨大的天然屏障，横贯全市，抵御北来寒风，使温暖湿润的海洋气流，沿鸭绿江溯源而来，造就了集安市岭南、岭北两个小气候区。岭南气候温和、空气湿润、降雨充沛、风力弱小的特点极为突出。过了老爷岭隧道，那边的山水顿觉鲜活，碧绿的山，清凉的水，格外养眼。看着风景，一路前行，集安便在那林间深处。

在我们与这个小镇不期而约之前，淅淅沥沥的雨就已经下个不停，一直伴随着为我们洗去风尘。“你们好！你们辛苦了！”伴着热情的笑容，早已等候在宾馆的集安人好客地将我们迎进来。晚饭后，伴着淡淡的夜色和浓浓的雨丝，我们饶有兴趣地游走于莲花公园、政务广场，来到了鸭绿江边。对面就是朝鲜民主主义人民共和国，可此时已是雾锁大江，云漫峰峦，看到的只是团团云雾，变化万端。说来真是奇怪，恰在此时，江中仿佛山峦堆砌，云团盘旋于山顶，久久不忍离去，其壮观之象，令我等一行四人齐声叫绝。刚刚垂暮的鸭绿江畔，已是人迹稀少，偶见几个年轻人嬉戏在江畔，只有我们四个外来客，却兴致高昂地伫立江边指指点点。柔曼的雨雾缭绕，是集安夏夜最后的梦境，怎不让人想入非非？

清晨醒来，推窗望去，豪雨迎面，雨丝飞舞，晨雾在山林的怀抱里，舒舒缓缓地浮现，轻轻柔柔地漂移，那份恬淡，那种静谧，就连顽皮的晨风也被深深地迷住。葱郁的山林，在缥缈的晨雾中告别又一个夜晚，静静地迎来了温润清新的一天。小城被洗得干干净净，恍若人间仙境一般，让人有种似醉似醒的感觉。像我等久居都市很容易在沉沉阴霾和碌碌奔波中变得心烦意乱，无精打采，难得有心静下来去欣赏大自然的壮丽景色。窗外的雨依然下个不停，凉风纷纷顺着窗户奔泻而来，一扫燥热烦绪。这雨真是来得及时，为我们行将参观平添许多惬意。说到雨，我则更喜欢春雨和秋雨，夏日的雨总是这样猛烈，痛快淋漓，不似春雨、秋雨那般温文尔雅，柔情绵长。借着雨声在静谧屋宇翻开一本介绍地方的画册，跃入眼帘的文字吸引着我。集安市位于吉林省东南部，与朝鲜民主主义人民共和国隔鸭绿江相望，对朝三大铁路口岸之一；西南与辽宁省相连，气候宜人，四季分明，风景秀丽，物产丰饶，素有“东北小江南”之称。

吃过早饭，我们冒雨与集安开始了近距离的接触。集安的历史博物馆很有特色，特别是那位博学善言的馆长以其丰厚的地域历史知识，吸引着我们。我曾去过一些博物馆，能在短时间内将一个地方上下五千年的变迁史说得清、道得明、讲得透的实属不多。他的讲解把我们带进历史的隧道，聆听悠久，追溯变迁，耳提那人初猿祖，繁衍生息，打制石器叩蛮荒，不耐城头周王旗；意会那碑碣高句丽，领书刻传奇，经秦汉，历隋唐，九都烽火鏖战急。日月鉴，惊天地，鬼神泣，一江碧水西流去。这里的确一方古老的热土，早在新旧石器时代就有人在这里繁衍生息，也是华夏文明的发祥地之一。公元3年，高句丽的第二代国王琉璃王迁都集安。集安作为高句丽的国都历时425年，经历了十九代王，是当时东北政治、文化、经济交流的中心。古代的灿烂文化在集安境内留下了许多文物古迹，如高句丽王城、王陵及贵族墓葬（世界级）、洞沟古墓群、丸都山城（国家级），其中高句丽古墓群75座、古墓万余座，号称“东方金字塔”的大型王陵十余座——其中将军坟最为雄伟。还有号称“海东第一碑”的好太王碑，号称“东北亚艺术宝库”的壁画墓20余座，其中数五盔坟的壁画最绚丽多彩。集安文物古迹对研究中国历史与考古有着重要的学术价值和现实意义。

从博物馆出来，雨还在下着，天气倒是凉爽了许多。我们迫不及待地投身于大自然的怀抱，尽目力所及，领略秀美景色，遍布各处的历史遗址、遗迹、巨大的刻石无不宛如珍宝，佐证着昨日的辉煌和不凡。中国人自古爱美景，千百年来，留下许多壮美的诗文和绘画，为风景名胜注入了人文思想和美好活力，经久不衰，传承相延。随着时光流转，人类很多概念，就像地球上的万千生物一样，都必须经过时间的打磨，最后有一些消失了，有一些钙化了，有一些长成了新的物种。那些繁华的王城，忙碌的驿站，风情万种的城镇与乡村，在时间的沧海桑田中依然如此。追求返璞归真是人们一以贯之的向往，那是一种境界，而我更钟情于这山这水，似这巍峨的山，清凉的水，绿得海洋一般，成为集安这方人间净土的精华所在。激情的河水，在山谷中奔涌前行，清越的旋律中保存着自然纯朴、清远绝俗的气息，清澈的天空下奏响了气势磅礴的自然乐章，平和从容，处旷野之际而不矜持，又不失高贵雅致、风华超群的品质。山水的音韵，自然的交响，欢快的溪流，在林丛间起伏跳荡，弹奏出快乐无忧的音符，于是山林中有了悠长婉约的生命旋律。山水是大地最为深情的自然景观，他们彼此守望在漫长岁月，共同经受茫茫冰雪的覆盖而不离不弃，流露出真醇无染的情意。山水是世间最为真切的自然画卷，他们相互存在苍茫的空间，一起营造欣欣向荣的盛景而相依相伴，展示出震撼心灵的力量。

我们尽情地跋涉在山水间，贪婪地汲取着“空气维生素”——负离子，让身心得到放松，而定格在镜头中的光影，也会成为自己一生的珍贵记忆。集安人很精神，尤其是女孩的秀色，靓丽透着健美，这与季风性湿润气候有直接关系。这里光照充足，四季分明，气候宜人，山野植物分布均衡，是中草药的宝库，有天下闻名的人参、鹿茸。这儿的人参体长，形高，质好，“人参之乡”由此得名。集安还有灵芝、党参、贝母、蘑菇、木耳、山野菜、花生、芋头、蜂蜜、哈什蚂等中药材和土特产。据说集安生产的大米在清朝是贡米，专门供皇帝和皇室家族食用，若再配上境内盛产的公鱼、鲤鱼、鲑鱼、鲫鱼和江虾，神仙遇见都会垂涎。不啻如此，这里还是中华秋沙鸭的乐园，秋沙鸭是国家一级保护动物，全球仅存不足1000只。集安又是一座英雄的城市，在日本人侵略东北时，这里曾是革命的根据地和会师地。抗日英雄杨靖宇曾在这里召开了著名的“老岭会议”，抗日英雄可歌可泣的事迹将永垂千古。

这是一片诱人的乐土，自然天成、清新洁净、温润和谐，山峦林海，沟谷纵横，遍处红松、柞、杨为主的针阔混交原始森林密布在重山叠岭间，全境森林覆盖率达到83.5%。五女峰国家森林公园里，以五女峰、小江南、洞天皓月、美容泉、大峡谷、老虎岩、抗联遗址、植物园、仙人台、观峰台、老岭松涛、一线天、高句丽古代采石场、枫叶岭14大景区、56处景点形成了以原始生态为特色的自然风景旅游区，林荫古道、小桥流水、迤峰叠岭、云雾缭绕，尽展神姿仙态；天高云淡、风清气爽、红叶披秋、冬暖夏凉、气候宜人，胜览江南绝色，似一幅永恒的画卷展示在世人面前。在这迷人的边陲小城，寻找独具特色的异域风光，欣赏少数民族古老的习俗、淳厚的民风、灿烂的文化，陶醉在不言中。我们乐此不疲地行迹其间，那真山真水真情，会让你真真实实地感受到：原来美景藏深山，归去尽收满目秀，确实不虚此行。

美景无限，人生苦短，随着归途渐近，我们不得不与集安暂别，但缘起心澜，我会时常想起，努力让神情往还，游弋在五女峰下听溪，荡舟在鸭绿江上打鱼。

啊，青清的集安，难忘的集安！

（发表于《吉林日报》2012 年 8 月 30 日第六版）

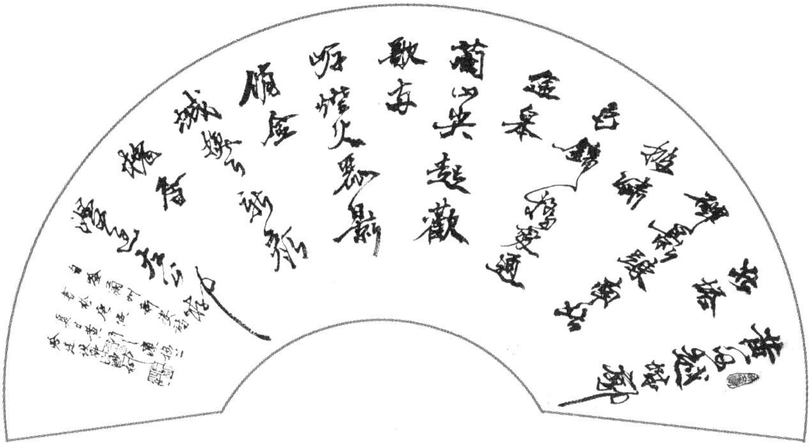

七月的马蹄寺

去马蹄寺已好几趟，大都在7月。那地儿总有满地的芳香等着你，最美的歌声献给你，醇香的美酒拥抱你，那粗放的热情就似美人的妖娆，纵我不忍推拒，这霸道的热情让我喜欢。

那个纳凉放飞心情的地方，就位于甘肃肃南裕固族自治县境内（裕固族为甘肃张掖所特有少数民族）的马蹄山，林木茂密，环境秀丽，峰顶四季白雪皑皑，山青、水秀、峰奇、洞异堪称四绝。山上有古寺和诸多摩崖石窟，因传说天马在此饮水落有马蹄印而得名马蹄寺。

马蹄寺，也叫普光寺，相传的马蹄印迹现存于殿内，成为镇寺之宝。建寺于十六国时期的北凉，距今已逾1600年。马蹄寺在北凉时期，最早为汉传佛教寺院，后来逐渐成为藏传佛教寺院，属于藏传佛教格鲁派青海东科尔寺的属寺。寺中石窟群以其悠久的历史、灿烂的文化屹立于石窟艺术之林。那气势恢宏的“三十三天”，以5层21窟呈宝塔形开凿于悬崖峭壁，令人叹为观止；金塔寺那飘然欲仙的高肉雕泥塑飞天，在全国实属罕见；

藏佛殿石窟规格之宏大，千佛洞石窟雕刻之精巧，虽非鬼斧神工，却也有梦挂魂牵之魅力。是历史悠久、艺术价值很高的文物古迹之一，同敦煌的莫高窟、安西的榆林窟齐称为河西佛教圣地的三大艺术宝窟。

自建寺以来，香火就极为鼎盛，最盛时的僧众可达 1000 余人，足可见历史上马蹄寺的辉煌。然而令人痛惜的是，由于当时的北方军阀割据，混乱一片，加之历代王朝更替，战火绵延，马蹄寺原有规模宏大的建筑群多被毁于战火之中，这其中就包括金塔寺、千佛洞、南北马蹄寺、观音洞以及众多石窟等。

现在的马蹄寺所存的三十三天石窟、马蹄印石窟、藏佛殿石窟、胜果寺、千佛洞石窟等，多为改革开放之后重新修缮，而寺中主要的建筑如大雄宝殿、站佛殿、观音殿、药师殿等多为明万历年间旧迹，实为不幸中之大幸，这些殿阁虽经历百年风雨侵袭，但仍巍峨屹立于百丈悬崖之上，令人不禁惊叹古人卓越的建筑技艺，给人以视觉与心灵的巨大震撼，而寺中收藏的晋代的站佛、北魏时的文殊菩萨宝剑、清康熙帝的龙袍、乾隆帝的马鞍等众多文物，更令人感叹历史风雨沧桑和马蹄寺曾有的辉煌。

马蹄山四面环抱，内中舒缓着一块盆地草原，裕固族视作风水宝地。裕固族是甘肃独有的少数民族，世代的游牧生活，养成了性格豪爽，能歌善舞，热情奔放。马蹄山属祁连山脉，山势奇异，石窟群似一颗璀璨的明珠镶嵌于景色秀丽的临松薤谷，那“清泉挂碧峰”的壮观飞瀑；那媚材埠林，云衣迷陉，岚气袭人的绮丽风光；六月飞雪，夏无炎暑，游人到此，寻古览胜，避暑游玩，会使你流连忘返。在形似观音菩萨莲花宝座的莲花仙峰对面有座卧龙峰，神情煞是专注地卧在那儿，亘古至今聆听着观音菩萨皈依诵经。现如今牧民在山脚下，搭起了五彩缤纷的民族帐篷，似朵朵烂漫的山花争奇斗艳。饱蘸裕固族、藏族、蒙古族民族盛情的风俗接待服务，为游客提供草原特有的风味食品、帐篷旅馆和裕固歌舞，会使你亲身体验到少数民族的风情习俗。此外，开阔宽敞的兰花坪，如五朵莲花盛开的莲花峰，飞流直下的临松瀑布，葱茏的原始森林和可一试骑姿的草原。陪同的朋友告诉我，若在5月来，坪上遍地开满了马兰花，夹杂着许多野花，这时骑着马儿游走在兰花坪，随风摇曳的花香，肯定让你终生难忘。听着朋友的介绍，我完完全全有理由相信，看眼前虽然是7月天，那茂密的马兰草，蓬蓬勃勃间仍点缀着许多不知名的小花，隐隐散着香气，依然是那么的惹人可爱。事情往往就是这个样，我们平时在家里精心养植的花，费了那么大事，未必开得就能如眼前的这么艳丽，开得这么楚楚动人，开得这么香，难道真是“家花不如野花香”？

我的思绪随着朋友的话，飞到5月的兰花坪，儿时看过的电影《马兰花》恰在此时又一幕幕油然浮现，迷迷蒙蒙中，仿佛看到兰花仙子轻盈地在兰花坪上翩翩起舞；人的感觉有时很奇怪，在彼时喜欢彼地，无须理由，她就这样漫过来，飘过去，占据了你的好奇；她裙裾轻扫，我的胸就是香的了；她笑靥初绽，我的腮就是香的了；她随风摇摆，我的每一寸肌肤就是香的了；她流转顾盼，我的每一声呼吸就是香的了。这样猝不及防的拥抱让我几乎以为她就是我的了，须臾间，回神再看身边的人们，我就知道，这一切原本是马蹄寺夏日晨风里专属的表达方式，表达着裕固族的多情，表达着裕固族的浪漫。

热情从刚刚进入马蹄寺就紧紧地包围着，在随着山势的蜿蜒刚刚展开行走的时候，穿着色彩鲜艳的民族服装的裕固族姑娘捧着洁白的哈达，端着盛满青稞酒的银碗，美丽的歌声恭迎两旁，下马酒敬上来，热情的歌舞跳起来，这样热烈的拥抱如潮水一般漫过我的全身，那种久违了的，因为身体的近距离接触而产生的亲密感瞬间就调动起了我所有的感官。走进裕固族帐篷，喝青稞酒，吃手抓肉，体验草原游牧民族独特的生活方式和文化特色，欣赏裕固族欢快热情的草原歌舞，品尝独特的银碗美酒。歌声不断酒不断，是裕固族敬酒的特有方式。姑娘们身着鲜艳的民族服饰，一边唱歌，一边跳舞，歌声又很甜美，就像团团火焰，有谁能禁得住这种热情？按说似我等这把年龄，经常天南地北地走着，也经过一些场面上的事，是不应该这般的忘形，这般的激动，这般的恣肆。可古今中外又有哪个好汉面对鲜花和美酒、火辣冶艳的热情，还会无动于衷，还能矜持无形，岂不大煞风景？如是还不如放下矫情，融入其中，落入俗套，莫辱了朋友一番良苦用心，开怀畅饮，“老夫聊发少年狂”。

七月的马蹄寺，遍地绿草萋萋，在干旱地方这确实是个特例。借机逃酒，我在兰花坪上漫无目的地走着，闲看花开花落，静观云卷云舒，细细地端详着草生草长。草是平凡的，遇春而发，沐风而长，既不挑选生存环境，也不怨天尤人，更不争宠癫狂。它不像花儿那样娇嫩，需要呵护；它也不像花儿那样渴盼青睐，讨好地绽开五颜六色。它永远只披一件绿色外衣，普普通通的绿色。它深知自己不像庄稼那样，能带来丰收连连的喜悦；它深知自己不能像果树那样，能带来硕果累累的荣耀。所以草习惯了默默无闻，习惯了自生自灭，习惯了悄悄地来、悄悄地走。然而，没有草的渺小，怎能凸显树的高大；没有草的单调，怎能映衬花的色彩缤纷。草又是坚强的，不怕挫折不怕压，狂风暴雨可以摧折树的腰身，坚忍不拔的草却在狂风中舞蹈，根儿紧紧咬定泥土之中。骤雨冰雹可以砸烂花的娇容，可素面朝天的草却不畏惧任何打击，它细弱的身体是天然的屏障。尽管骄阳蒸发尽它们体内的最后一滴水分，秋风吹走它们身体里最后一丝绿意，草还是以夏天茁壮的姿势挺立着，与秋天抗争着。严寒霜冻可以冻坏它们的身子，但冻不垮它们追长的志气；寒风可以折断它们的筋骨，但吹不断它们顽强的根。无风时它们谦逊地站成一幅幅油画，倔强地证明自己的存在。纵使繁荣之时无人高歌，它亦无怨无悔，待到枯萎之日无人惋惜，它亦不憎不恨。其实我们芸芸众生又何尝不是小草呢？不引人瞩目，不受人关注。可我们是否也有草的襟怀，草的意志？

啊！七月的马蹄寺，不温不火，燃情如春，歌儿漫过云，酒儿醉在心。

（发表于《甘肃日报》2012 年 7 月 26 日第十三版）

天水故事多

每次到天水，总有一种要写点东西的冲动。但又顾虑重重，不敢轻易动笔。大概在那山、那水、那人之间的故事太多，深藏在这重重沟壑峁梁中的历史过于厚重，蕴藏着深沉的文化底蕴。天水扼重峦叠翠之雄，举山环水绕之姿，既兼具江南水乡的秀美，又挺拔北国山川的雄奇，人文景观与自然秀色交相辉映，巧夺天工，是甘肃少有的钟灵毓秀之地。

“天水”，是当地历史上使用时间最早且又最长的地名，它始于汉武帝元鼎三年（前 114 年），源自“天河注水”的美丽传说。远在三千多年前，天水地区人烟稠密，屋宇毗连，“山水灵秀，林木密茂”。可是，到了秦末汉初，长期的征战、厮杀加上连年的干旱，使当时繁华、富饶的上城变得残垣断壁，民不聊生。传说，在一天夜里，正当人们进入梦乡的时候，忽然天空狂风呼啸，雷电交加，随着一道金光闪耀，地上现出红光。顿时，大地连续震动，在轰隆隆巨响声中，地面裂开一条大缝。只见天上河水倾泻而下，注入裂开的大缝中，于是形成一湖，名曰“天水湖”。此湖水位稳定，水质纯净，甘洌醇厚，“春不涸，夏不溢，四季滢然”。人们说这湖与天河相通，又叫它“天水井”。后来，这个传说被汉武帝听到了，他就命令把要新设的郡建在上邽北城的湖旁，起名“天水郡”。从此，有了“天水”之名。

此前史称成纪，据《汉书·地理志》记载，是人文始祖伏羲出世之地，因流传伏羲和女娲是“人首蛇身”，后演化为“人首龙身”，又称“龙城”，故天水素有“羲皇故里”之称。有关史料证实，现天水市伏羲庙，首建年代距今已有700多年的历史。庙内南天殿天花板上绘有完整的64卦及河洛图形，这在其他地方是少有的。伏羲是中华民族的始祖，天水人总喜欢把伏羲庙称为“人宗庙”。

天水别称秦州，是“秦”的发祥地，最早始于曹魏文帝元年（220年）。传说称“秦”是由种植禾（即毛谷）而来的。远在西周以前，天水河谷盆地土地肥沃，地势开阔，峰青水旺，水草丰茂，就是牧马养畜的好地方。居住在这里的秦人祖先伯益，就因替舜养马繁殖很快，曾得到舜的封土和赐嬴姓。到西周时，伯益之后非子又因替周孝王养马有功，受到孝王赞赏。孝王不仅让他继承了舜时伯益的“嬴”姓，还封其地为附庸，邑之“秦地”（即今清水、张川一带）。这就是我国历史上秦国的开端。

在天水以“秦”字命名的地方很多，如秦安、秦岭、秦州等。在唐开元盛世，秦州是我国西去长安的一大重镇，被称为“千秋聚散地”，因而名噪一时。据《大慈恩寺三藏法师传》载，唐玄奘西去印度拜佛取经，曾途经天水，“过秦州，停一宿”，至今在天水流传着许多取经的传说。公元759年秋，杜甫为回避动乱，也曾毅然弃官，携带家小，越陇山，奔到秦州。开始居住在秦州城东南50里的东柯谷，即现今天水市北道区街子乡八槐村的柳家河（曾名子美村），后移居秦州城内。杜甫在秦州住了3个月，所写《秦州杂诗二十首》以及由陇入蜀的12首纪行诗，在他一生诗词创作中，占有重要地位。

天水市历史悠久，历代人文荟萃，境内文物古迹众多，几乎每平方公里就有一处新石器时代的文化遗址，天水伏羲庙、卦台山，是海内外炎黄子孙朝宗拜祖的场所；大家熟知的“马谡失街亭”、姜维三战小陇山的历史故事就在天水。武山水帘洞，洞内楼台、泉石、雕塑、画像一应俱全；甘谷大象山，拔地而起，巍峨壮观，山上有安详、宁静的大象山大佛；与麦积山毗邻的仙人崖，群峰对峙，是一处儒、释、道三教合一的游览胜地……还有与敦煌莫高窟、龙门石窟、云冈石窟并称为中国四大石窟的麦积山石窟，以精美的泥塑艺术、险峻的洞窟著称于世。

与敦煌莫高窟、龙门石窟、云冈石窟并称为中国四大石窟的麦积山石窟，以精美的泥塑艺术、险峻的洞窟著称于世。麦积山石窟位于天水东南部，因该山状如堆积的麦垛而得名。石窟始建于1500多年前，大多在20至80公尺高的悬崖峭壁上开凿，层层相叠，密如蜂巢。各洞窟之间有栈道相连，攀缘而上可达山顶。石窟塑像的大小与真人相若，有的交头接耳，有的低眉含嫣，有的俊俏活泼，形态栩栩如生，被誉为“东方塑像馆”。我国雕塑家刘开渠赞美麦积山是“我国历代的一个大雕塑馆”。

掩隐在崇山峻岭之中的卦台山，尤为神奇，其气势宏伟，环境壮观。山体如一龙马之态雄卧于景色秀丽的三阳川西首，集一川风脉于山岭，画卦台远视如一古老城堡。卦台山传有风胜龙石、洗脚真迹、龙马仙洞、卦台旧痕、九龙朝卦、姜维古城等八景之说。其中最为神奇当推“龙马仙洞”了。传说伏羲在卦台山创画八卦时刻，山右渭峡峭壁中突然有一洞窟訇然窍开，飞腾出一只身着花斑、两翼振动的龙马，便启迪伏羲触发灵感，创画出太极八卦图，易经学者张渊量来这里后写诗句赞曰：“卦台山上文明启，龙马洞中生。”

天水不但发现过38000年前旧石器时代的“武山人”，还发现了大量史前时代的遗址，其密度之高，全国罕见。同时也是中华文明最重要的发祥地，距今8000年前的大地湾文化在此延续了3000年。天水曾出土过中国最早的彩陶、绘画、雕塑、符号（文字的源头之一）、礼器、地图、纸张、毛笔、木尺、小说、音乐文献等实物，考古学和文献也证实，天水既是我国农业、畜牧业、建筑、纺织、养蜂等技术的发源地，也是我国古代文学和戏曲的发源地之一。

天水文化是中华文化的一个缩影，从古到今一直长盛不衰。在这块大地上，曾诞生过无数的名人，无数的名人也曾旅居过天水，如李广、赵充国、赵壹、诸葛亮、庾信、玄奘、杜甫、李白、吴玠兄弟、宋婉、谭嗣同、邓宝珊等，他们留下的功业和诗文不但是天水地方文化的宝贵财富，也是整个中华文化非常重要的组成部分。另外，天水的民俗文化多姿多彩，堪称历代文化和民俗的博物馆，如与胡笳密切相关的天水夹板，远古民族巫舞的余韵——武山旋鼓，元杂剧的活标本——武山秧歌，富有江南韵味的秦安腊花舞，雅俗共赏的秦安小曲，以及其他极富特色的山歌小调、民间传说、民间工艺等。历史上，天水一直处在西北丝绸之路和西南丝绸之路（后形成茶马古道）的交会点上。所以天水的传统建筑、语言风俗、地方饮食、民间歌舞、民间武术以及产业结构等都带有东西过渡、南北交融的特点。在大量吸纳中原文化的基础上，又融合了西戎文化、巴蜀文化、楚文化，最终归入中华文化的洪流。

其实，天水作为我国历史文化的圣地，古人已经有所领悟。如《诗经·秦风》中就有“蒹葭苍苍，白露为霜。所谓伊人，在水一方”的描写；李白则是“自此风尘远，山高月夜寒。东泉澄澈底，西塔顶连天。佛座灯常灿，禅房香半燃。老僧三五众，古柏几千年”的咏叹；杜甫更有“远水兼天净，孤城隐雾深”、“如行武陵暮，欲问桃源宿”、“烟火军中幕，牛羊岭上村”的多重感受；而谭嗣同，这位少年时曾随父来过天水的英雄，多年以后更是深情地写下了“春烟淡淡暗离愁，雨后山光冷似秋。楚树边云四千里，梦魂飞不到秦州”的诗句。无论是哪一位作者，历史文化积淀极为深厚的天水留给他们的都是清静圣洁的印象。如今，当我们来到天水，亲自感受一下其悠久的历史文化和美丽的山光。

历史文化在天水，飞翠流玉的马跑泉，香美胜乳的甘泉，四季如汤、祛病健身的温泉，珠帘垂挂的菩萨泉，寒彻沁人的八卦泉，鱼随泉涌的神鱼泉等，分布面广，知名度高。这些泉水水质甜美，四季不断，久饮能使人皮肤洁白。天水居民皮肤多白嫩，因而有“天水白娃娃”的说法。

天水就像一部厚重的历史大书，无论从哪个角度切入，都会有丰厚的故事，任你尽享。有这样一种说法：如果想看 1000 多年前的中国就去西安；如果想看 8000 年前的中国就去大地湾。

（发表于《中国纪检监察报》2012 年 3 月 2 日第四版）

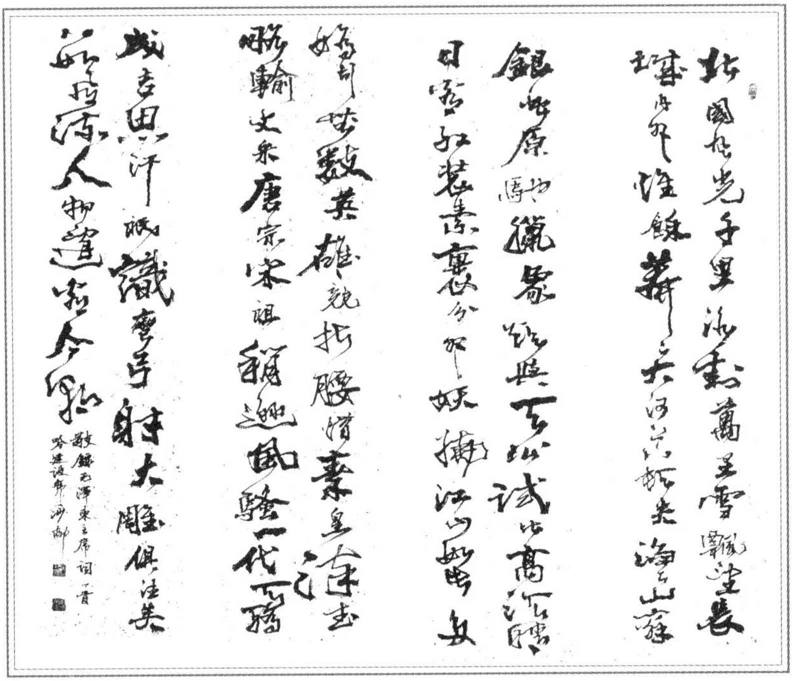

山旮旯处皆藏佛

孤悬于东海之滨的普陀山注定了神圣令众生云集，捧着心去，带着愿归，总也意犹未尽，恰似享受盛宴过后品味一杯味韵隽永的香茗，带来一种美妙的回味。

临近中秋，我与会再赴舟山，越海登上普陀山，这已是我第三次来到圣地。前两次来舟山，那还是好几年前的事。大海将舟山各岛屿分成很多块，要到普陀山起码经过两次摆渡。等待使摆渡的车辆和人排成了长长的长阵，耗时耗精力，令人无可奈何。而今舟山，30 多公里的跨海大桥，仿佛巨龙翥海，把各个岛屿连在一起，来往岛上，风驰电掣，如履平地已不受海之危，更不怕风浪之困。斯时赴舟山，恰值傍晚，太阳已渐渐西坠，万道金光遍洒下来，大桥两边的海域辽阔宁静，远岛如黛，挂在湛蓝天幕上的一朵朵云絮，倒映在海面，大大小小的航船在海上缓缓行驶。优雅飞翔的海鸥划过晚霞，一边谛听着潮声，一边在海中捞起一条鱼儿，迅即又恢复了优雅，从容不迫，给海面增添了许多活力。

舟山群岛因普陀山逸誉蜚声，普陀山则有观音菩萨而名扬四海。却步者遗读朦胧，笃诚至信，驻足者心留余香，殷忧掖实。做舟山人是有幸的，到舟山游是有福的。

普陀山瑰丽多姿，五彩斑斓，天赐秀色常令人击掌叫绝。其威势立于大海，与五台山、峨眉山、九华山齐名，同属我国四大佛教名山，因供奉观音菩萨以其神秘、神圣、神奇令世人敬仰。几千年来，在老百姓心中观世音菩萨是大慈大悲的、救苦救难的，以其香火鼎盛、人气旺盛、名气久盛享誉海内外。每逢观音诞辰、出家、成佛三大朝圣盛典之日，这个面积仅 12.5 平方公里的小岛就显得人满岛重了。

我们登岛时刚好是个周末，大清早岛上依然是行人如潮，涌来涌去。我们跟着导游，沿着蜿蜒山道寻径登临，路边绿树蓊郁，野花簇簇，香草柔软，随风摇曳，空气清新，景色宜人。导游就像熟悉路径的蜜蜂，她们采撷来民间传说、历史事件、地方故事加上自己的悟性，将独具地方特色的文化沿着旅游线路串成“丝丝蜜饯”，使行程变得有滋有味。忽然，拐过弯，透过茂密丛林，高大的观音菩萨像金光闪闪夺人眼魄，心情为之振奋。香道上的行人心态各异，怀揣祈求急匆匆，遇寺入寺，见佛叩头，好一番虔诚，只可惜千百年来的传说中：佛渡有缘人。再细检踊跃上香者，有的是纯粹的旅游观光客，眼中无佛，心中自然也就无佛；有的则是佛法修行者，不仅眼中有佛，心中亦有佛；有的是世俗超脱者，心中有佛，眼中却无佛；有的是玩世不恭者，眼中有佛，心中无佛。其中有两鬓斑白的老者，也有稚气十足的孩童，更有黄头发蓝眼睛的外国人。一路上，不时传来一阵阵美妙的佛教音乐，在习习清风中飘来荡去，使人的心境变得宁静，变得愉悦，仿佛不是在爬山，而是在林中散步一般闲适。我们一路走，导游一路讲来，传奇的故事在导游的讲说中迭出。

大约在南北朝时期，普陀山还是一个荒凉的孤岛，也无人烟，鲜有人问津。当时日本有个叫慧锷的法师远涉重洋来我国游学，参拜各地佛教名山圣迹，在返回日本时从五台山请了一尊楠木观音菩萨像欲回国供奉。途经普陀山莲花洋面时，海上突然刮起了大风，海面顿时长出数不清的铁莲花，阻挡了航船东行之路，一连多日如是。慧锷法师意识到观音不肯随他去日本，无奈，只得捧着观音像由着船漂到潮音洞附近岸边，黯然泊下。于是，慧锷就将观音像请到岸边紫竹茂密的一张姓渔翁家供奉起来。渐渐地，附近的一些岛民也常来此烧香礼佛，发生许多不可思议的灵异现象，妙音远播，名声大盛。前来烧香礼佛的人越来越多，小岛遂成我国最大的观音道场，这个原名叫梅岭岛的孤悬小岛改名为普陀山。绵延千年，成为四大佛教名山中香火最鼎盛、人气最旺盛、名气最响亮的“海天佛国”。素有“五朝恩赐无双地，四海尊崇第一山”之称。

站在普陀山露天观音大佛像广场上，远望东南方向，有一尊巍峨的睡佛静静地仰躺在莲花洋海面上。睡佛的头、颈、胸、腿、脚轮廓分明，神奇美妙。千万年来，不论严寒酷暑，狂风淫雨，惊涛裂岸，他始终保持着如一姿态，从不为世界的纷扰变幻左右，这是需要定力的。这尊东海上的睡佛名叫洛迦山。海拔不足百米的洛迦山，每当春夏之际，山巅常常云雾缭绕，时淡时浓，时隐时现，仿佛进入天庭仙境。从前，普陀山与洛迦山是两山合起来称谓的，梵语称“补怛洛迦”，明末以后才将两山分别称之。传说观音菩萨修炼的地方有三处，一处在观音故乡印度，自观音从印度请到中国以后，又分别在洛迦山和西藏的布达拉宫修炼，在洛迦山修炼得道后，就一脚跳到普陀山紫竹林传经送法，普度众生，救苦救难了。

是也罢，不是也罢，反正上千年来信者芸芸，传者众众，把个不算大的山传承为不朽，威压群山。但洛迦山神采最灵动的还是日出与落日时。每当旭日从东海海面钻出时，太阳经过一夜的沐浴，似乎变得更加鲜亮，万道金光洒在卧佛身上，神秘莫测；洒在海面，波光粼粼，扑朔迷离。每当夕阳坠入海中之际，海天一色，云天一色，云影波光一片通红，海与天都处于醉酒的状态，太阳摇摇晃晃地钻入海平线，犹将海水煮沸，美妙至极。如今的洛迦山，已没了往昔的清静，常人满为患。有人祈求致富，有难祈求消灾，无难祈求平安，于是乎你也求佛，我也求佛，芸芸众生都来求佛，即使是佛法无边，恐难平无底欲望。

普陀山与洛迦山似乎近在咫尺，其实还有一段距离。在交通原始时代，从普陀山去洛迦山乘的是竹筏，配上一条橹就出发了，如果风平浪静，那是谢天谢地了，但往往还要顾及潮涨潮落。若逆水行舟，则苦不堪言，竹筏忽左忽右，随波逐流，橹失其力，往往凌晨起程，日暮抵达也不足为奇。遇上风浪天，即便是牧海高手，亦多视为畏途，不敢轻举妄动，只能望洋兴叹！

“山不在高，有仙则名”，普陀山恰以其独特，上千年来日趋鼎盛。我国民间多信仰观音菩萨，文人墨客概莫能外，登上洛迦山的名人雅士也不在少数。初唐四杰之一的王勃就写了一首《观音大士赞》的诗："南海海深幽绝处，笔绀嵯峨连水府。号名七宝洛迦山，自在观音于彼住。"当年他到过越州，是否登过洛迦山，没有记载，许是感怀之作。但北宋改革家、文学家王安石恐怕是上过岛的，当年他在时称明州府的宁波任鄞县知县，是典型的学者型官员。有一阵子舟山属鄞县管辖，作为地方长官，他视察洛迦山是理所当然的职责。他这样写洛迦山："山势欲压海，禅宫向此开，鱼龙腥不到，日月影先来，树色秋擎出，钟声浪达回，何其乘吏役，暂此佛尘埃。"他若没有到过，何来如此细腻的描绘？明代文坛怪杰屠龙曾受邀主纂《补陀山志》一书，足迹更是遍涉海天佛国，留下了《补陀洛迦山记》等文笔优美的游记。没有亲历的人，是不可能闭门臆想出来的。

（发表于《中国纪检监察报》2011 年 10 月 17 日第四版）

海南有约

早春二月，西北依然是寒风料峭、飞雪袭扰的时候，忽然落迹到天之涯的海南，恍若两个世界、两重天，这明艳璇玑来得太快，太耀眼了些。

从接到通知后，就开始在有限的航班内选取有利办会者接站时段，又方便我等少受“舟车劳顿”的航线，结果还是到了夜晚才赶到。清晨，一觉醒来，窗外鸣翠的鸟声已穿过阳台和窗栏，飞进我下榻的宾馆房间。拉开窗帘，大海就在楼下不远的绿草坪边，青青丽日下的风轻云淡，迁向无边无际；海风拂过绿草坪，摇曳着成片迷人的椰树，天之蓝，海之蓝，美景无垠夺人眼。面前美景，我竟浑然，于海而居，头枕波涛，在亚龙湾这么美的地方睡了一夜。

亚龙湾位于海南省三亚市东南方向，是对外开放最早的海湾。在三亚迎接我们的同僚是个博学者，随开发大军一道来到海南探海的。据他讲：海南，顾名思义谓海之南而得名，位于中国最南端，突起于浩瀚的南海之上，北以琼州海峡与广东划界，西临北部湾与越南相对，东濒南海与台湾省相望，东南和南边在南海中与菲律宾、文莱和马来西亚为邻。四季温暖，气候优逸，群湾环抱似龙宫出水，岛屿缠绕如翡翠列阵，真个是海上明珠——祖国的宝岛。

海南四面环海，九湾四岛各有不同。由于临海，许点景点都在做海的文章。在国家大力扶持下，海南立志要把亚龙湾打造成“东方夏威夷”，海南人已经在为之努力，并且行见规模。亚龙湾为海南群湾之首，海湾山涧的热带天堂森林公园，是近年开发的避暑胜地，沿东西两侧山体建成，犹如伸展的双臂环抱着“天下第一湾”。我们驱车跃上山巅，这里前海后山，树木参天，藤萝密织，花草丰茂，椰林婆娑，奇石林立，风景独特。登高远望，尽情领略那融碧水、蓝天于一色，烟波浩瀚，帆影点点之美景。万里蓝天上偶见几朵云团，映在海面，天之蓝，海之蓝，很难分得清哪是天，哪是海。

斯人来自西北多山之地，长期以来很难见到海，读海也是焉知皮毛，不像对山那般熟悉，那般驾轻就熟。一旦面对大海，冲动常被新奇牵引着，情绪也变得高昂了许多。海边的空气太清鲜了，没有一点灰尘，潮而湿润，满眼秀色，与黄土高坡完全是两种景致。在这样的环境中，一些常在黄土高原上生活的不适之感，也跑得无影无踪，虽然睡眠要比在内地少了许多，竟然一点也不觉得累，精神头反倒十足，总想多看看，多走走。

天涯海角是三亚最负盛名的景点，许多游客慕名而来。亲自感受这里的热带风情，置身风光如画的沙滩，远眺一望无际的海滩，白沙、碧海、蓝天、青山浑然一体。步入游览区，沙滩上那一对拔地而起的高10多米、长60多米的青灰巨石雄踞海滨，赫然入目。两石分别刻有“天涯”和“海角”字样，意谓天之边缘，海之尽头。古人认为中国就是整个文明世界，而中国最南端的海滨就是世界的尽头，“天涯海角”因此威名远播。古时此地荒芜偏远，宋代诗人苏东坡及其他谪官逆臣曾放逐到此。如今的天涯海角，不仅为海南一绝，而且闻名于世界。

风景秀丽的南山佛教文化苑地处三亚市西南40公里的南山脚下，是中国最南端的寺庙。主要建筑有南山寺、南海观音佛像、观音文化苑、天竺胜迹、佛名胜景苑、十方塔林与归根园、佛教文化交流中心、素斋购物一条街等。既展示中国佛教传统文化，又表现了中国儒教文化园和平、安宁、幸福、祥和的气氛。最著名的是创造世界手工艺之一绝的国宝，高达108米的世界海上首尊金玉观世音菩萨八面佛塑像。此地视野开阔，居高临海，山光水色，令人心旷神怡。很多来自不同地方的人到此上香参拜，祈福、祈安、祈求家业兴旺。古往今来，大凡太平盛世寺庙里的佛事和香火总是旺盛的，人们各自怀揣心事，把美好和无奈化成愿，祈诸上苍，祈求神灵，保佑事遂人愿，吉祥如意。

海南的经典名胜大都在三亚，是观海听涛的最佳。每年二月前后，往往是大海涨落潮的时间。能在这个时间看海，应该是美事一桩。我们是有幸的，每日早晚在海边散步，看潮涨潮落，心情仿佛敞亮了许多，豁达了许多，超然了许多。

“下车看庙，上车睡觉，品点美食”。此旅游三味，不知何时流行开来，其认知广度已成很多的调侃和噱头。倒也是民以食为天，乐以游为快。来到南方首先要学会喝汤，每餐前总要先上汤，而且煲汤的水准也特别高，不但滋补还带去湿，汤的妙用实在是高。一路走来，热情奔放的海南人给我们推荐了许多名吃，“东山羊，文昌鸡，河乐虾，嘉集鸭”，任由品尝，不仅一饱口服，还开了眼界。真是一方水土养一方人，习惯成自然。在北方人眼里，海南新奇多多。正像南国人看北方一样，什么都新鲜，充满着神秘感。

海南的许多花木，北方是见不到的。树冠小却叶儿大，这种造型，可能是为了迎战海风的缘故所形成了特有的风格。“橘生淮南为橘，橘生淮北则为枳”，物种进化，随环境而生。海南人比较推崇木棉树，被誉为英雄树，无论走到哪里都随处可见。恰值此时正是木棉树花开的时节，火红火红的花儿挂满了枝头，一眼望去仿佛熊熊燃烧的火焰，点燃了春之浓韵，放射出掩不住的活力和朝气。在槟榔谷我们看到了已存活几百年的木棉树，高大健阔，火云炽盛。真正意义上讲，花草树木原本是没有灵魂的。只是长期以来，人们对共同关注的事物产生了共鸣，拟人于物，寄情于物，以此传承一种文化、一种理念、一种精神，使向往和追求形象化。

槟榔谷最具原生态的看点，坐落于保亭黎族、苗族自治县的甘什岭村，是一个多民族、多文化、多形态，保留最完整的原始村落，青山绿水，鸟语花香，不仅木棉树到处可见，且百年槟榔成林，是难得的天然氧吧和植物基因库。槟榔谷不仅以其宏大的规模、优秀的服务和丰富多彩的民间娱乐项目赢得八方游客的口碑，更以其独具韵味的原住民风情、神秘迷人的原始雨林风光风靡整个海南岛乃至全国全世界。这里的后生，都练得一手爬树的好技能，在我们到来时，一年轻后生当众表演，轻盈如猿，一棵高过十米的树，只用了几秒钟。“高高的树上结槟榔，谁先爬上谁先摘”，这首脍炙人口的情歌，已道出了一个道理，天地悠悠情为大，情急之下哪个后生甘愿示弱？

时光短暂，匆匆数日，对海南的印象，也只能是蜻蜓点水，走马看花。今日一别，来约明朝，唯此海南值得向往。

（发表于《中国纪检监察报》2011 年 4 月 18 日第四版）

官鹅秋韵

金色的庄稼，熟透的果实，已是收获的喜悦，远远超出人们在春播夏种时，存留于心底的那份企望。

又是一个硕果挂满枝头的金秋季节，红红的柿子被举起在已落了叶的树上，像一团团燃烧的火焰，遍布山野。偶有别致的羌藏山寨点缀其间，山是多彩的，水是多彩的，“谁持彩练当空舞”，这活脱脱一幅清秋山水流照图，高蹈遗世，美在自然，无一点修饰造作之痕。

“自古逢秋悲寂寥，我言秋日胜春朝。晴空一鹤排云上，便引诗情到碧霄。”对春之美无人不晓，可与之相比，我则更喜欢枫叶红遍、秋高气爽的凝重。适逢今秋，得以陇南之行，载着满眼秋色，我们走进似梦似幻似仙境般的官鹅沟。

美丽神奇的官鹅沟是镶嵌在西部的一颗耀眼明珠，距离陇南宕昌县城约 8 公里远，被誉为红军长征途中“加油站”的哈达铺正在此县。曾统治此地的马土司倚水养鹅，白颈红顶，肉嫩鲜美，一时斐名鹊起；土司官家人是耶，故而得其名。

我来到官鹅沟那天是晚秋时极普通的一天，天公不作美，薄雾弥漫，太阳隐藏在深深的云层后面，海拔接近2000米的官鹅沟呈现出一派别处初冬才有的超然。虽然已值深秋，但沟口两面的白杨树叶都还没有落意，只是变成一片片娇嫩的金黄，这种颜色在其他地方很难见到，多数叶子在半黄半绿时就被无情的秋风扫落在地了。我看到过外国大油画家画的作品里有表现这颜色的，但绝没有眼前的这种真实和鲜活；这是一种大手笔画家也难以驾驭的颜色，是一种生命行将结束而爆发出的无比辉煌，是大自然留给人们的杰作。

向往官鹅沟已久，只知有其沟，未知沟内藏有如此奇景。我们披着薄雾，安步当车，渐行渐看，沟内星罗棋布着众多的瀑布、湖泊、海子、峡谷和地质奇观群，两面山峰直插云天，与原始森林、高山雪峰相映成章，巧夺天工。不是黄山，却有黄山之俊秀；不是泰山，却又有泰山之雄浑；不是华山，竟挺举着华山之险壮。啊！九寨水美也不过如此而已，真是大自然之神笔赐予世人的一块福地和净土。

沿着山谷的小路，我们和山涧的溪水相向而行。忘了山麓的陡峭，也忘了劳累。看不完的美景，发不完的感叹。在官鹅沟里，所有的山峰都是挺拔向上的，它们似乎也有生命，和所有的树木一样没有盘根错节，也没有龙钟虬枝，一股劲儿地往上生长，去争取阳光。此时天上的云雾紧紧地笼罩着每个山头，看不清他们全部的身影。仿佛如一个待字闺中的少女，羞羞怯怯，轻易不把真实面目展现给人们去看去观赏。

“难得浮生半日闲”，就这样信步在云雾缭绕的峡谷中，感受着大山的俊美，大山的灵气，不知不觉前行已是“山重水复疑无路”，只看见天地一线，由此拐进极深处，大有“春入武陵溪”之感，驻足峡谷，昂首仰望，四面险崖绝壁，百丈高处，苍松巍然，飞瀑直流而下，山崖上，峭壁间，落坡里，红枫无数，层林尽染，云愈深而花愈浓，云雾的湿气把红枫浸润得十分鲜艳，红叶映衬着云雾似乎也变红了许多，“只恐花深里，红露湿人衣”。置身此地此景，顿觉神清气爽，排遣胸中积郁的烦恼，舒展出一腔浩气，像天上的长虹那样，使心灵得到净化。

复行数十步，眼前“柳暗花明”，真个是“山塞疑无路，湾回别有天”。这里的山峰又都向两旁推开，丝丝缕缕的云雾缠绕在奇峰异石腰间，远山如黛，远山如虹，五彩斑斓，绚烂多姿，天地豁然开朗，呈现出超然的空灵。路边水旁，横卧着一块巨石，“聚仙台”三个红色大字跃然其上。我和同事抢着坐在上面拍照留影，有人风趣地说：“我们也做回神仙吧！”是啊，我们这些凡夫俗子，落迹于仙境一般的地方，坐在玉一般的美石上，倚石为枕，神交自然，得意忘形，放达自适的胸臆，身边云雾袅袅，头顶烟雨蒙蒙，真有超凡脱俗、恍若隔世的感觉。我们顺着峡谷一直向里面走去，道旁一条河流，踊跃着喧嚣的生命，从沟里向我们迎面扑来，又绕道而去，流唱着欢快的恣意，仿佛在嘲笑世间那些热衷于纸醉金迷、追名逐利之徒，岂可为“一张薄文”竟耗尽青春。

在这溪流伴行的途中，涌动出无数奇丽的山石，掩映着各色林木。时而可见开得绚丽的黄花和白花，黄的尽是那般雍容华贵，白的却异常天姿玉质。我惊奇：在这深秋景象里竟有这般美丽的花。我即兴问起随行的人，他们竟也不知为何花。可见古人常言“酒香不怕巷子深”，也未必如此。还有飞来飞去的翠鸟，鸣啭在花间树丛，在寂静的溪山中分外动听，直入云雾深处。我猜想这种壮观的峡谷山林实在是造物主性子雕刻出来的千古奇迹，为什么到了这里，一切都让人沉醉呢？水也实在太多，不知从哪里跑出来的，一道道瀑布，贴着山石幽幽地流，欢欢地溅。站在峡谷，仰起头，落在脸上的分不清是雨珠，还是瀑布飞溅的银珠。古人刘晨、阮肇天台山遇仙的典故尽混杂着，从远方款款地飘来到这溪山流瀑中。啊，美景让人陶醉，导入这空灵蕴藉没有晦涩难懂之处，我只是为了寻求享受这种世外桃源式的乐土，而非为了微幸得遇仙女，也不为孙登长啸。

李白云：“两人对酌山花开，一杯一杯复一杯。我醉欲眠卿且去，明朝有意抱琴来。”远离尘嚣，时光短暂，徜徉在这山水之间，不觉归程催人。我贪婪地凝视着那万山红遍、千年不语的大山，领悟着山水的宁静、博大和深邃，深深地感到了人生的渺小和苦短，竟是如此的微不足道，拂去那些积聚在心头的些许苦乐冷暖，些许得失名利，滋生出一个平和的心境来。

（发表于《甘肃日报》2010 年 11 月 22 日第七版、
《中国纪检监察报》2010 年 12 月 11 日第四版）

巡瞰雁荡山

仲秋刚过，我来到了久负盛名的雁荡山，深深地被那奇异的山峰、有趣的传说以及不凡的景致所吸引，虽然只看了个大概，却已是寻得风景揽胸怀，趋逐幽情对斜晖。

汽车从峡谷公路掠过，渴望和遐想相互交织，急切透过车窗眺望，那簇聚的山峰，层层叠叠，势如万马攒集，昂首狂奔；涓流潺吟，蜿蜒伸展，犹如丝带翻飞。山路曲曲弯弯不断地向前延伸，林木荫翳，郁郁葱葱遮望眼，满目秀色看不尽，好个“乱山环抱腹如环，到山始见山奇秀”。不知不觉，一片开阔地豁然推开，雁荡山景区小院呈现在眼前。

陪同我们进山的是位海军某部政委刚转业到地方工作不久、又恰巧在这山里驻军六年的帅哥。据他介绍：雁荡山根植于东海，山水形胜，以峰、瀑、洞、嶂见长，主要景区位于温州的乐清市境内，部分位于永嘉及温岭市。是典型的“古火山立体模型”，最早形成于1.2亿年前，开山凿胜，发轫于南北朝，兴盛于唐宋，文化底蕴丰厚。因山顶有湖，茂密，结草为荡，南归秋雁多宿于此，故名雁荡。

人们通常要达意的景区，多为乐清市境内的北雁荡山。这里重山连绵，群峰峥嵘，怪石嶙峋，洞壁幽深，梵宇壮观，古木参天，悬嶂蔽日，飞瀑流泉称胜。观其山，山有险峻之势，突兀横空于世，不同凡响。探其水，水有清俊之秀，川流不息，无处不迤逦。有史称其为东南第一山，素有“寰中绝胜、海上名山”之誉。

顺着蜿蜒小路走向峡谷深处，一路坎坎坷坷，道狭草木长，林翳清泉流，沿溪水起伏的道路，忽左忽右，抬头看山树木蔽日，低头溯水水流忐忑，偶有跌宕的小瀑布，碎金跌玉，潭中水至清也至柔，没有汹涌澎湃，确以至柔而坚毅神态往前奔腾，曲折不失方向，水善利万物。这一段峡谷风景有武陵源之气势，集雄奇秀色于一体。山间各色树木丛生，杂草繁茂，落异缤纷，的确算得上一方佳境，天然氧吧。一路缓缓行走，拾阶攀援而上，山是这般的美，雾锁云峰，烟霞缭绕；水是这般的秀，清澈见底，绕石吟唱。此刻寄情山中，揽一怀清风，披一身薄雾，踩两脚浮云，不仅洗净了烦绪，湿润了心扉，而且顿觉神清气爽，豁亮了许多，此行真是不虚。

大龙湫瀑布终年奔泻不息，与灵峰、灵岩景区并称为“雁荡三绝”。随着季节、晴雨、风力的变化，形态各异。有时如匹练横空，银河倒挂；有时似珠帘成串，烟雨霏霏；有时凌空飘洒，因风作态，水从连云嶂下来，高约 190 米。徐霞客曾在游记中写道，每当大雨刚过，“怒涛倾注，变幻极势，轰雷喷雪”。雨水少时，瀑布从半空中飘忽而下，不到几丈，犹如烟雾。微风吹来，随风飘转，落入潭中，忽成圆圈，忽成曲线，其状恰似游龙戏水。大龙湫变幻多姿，蔚为壮观，令人叫绝，被誉为我国“四大名瀑之一”。

随着导游循序渐行，我们兴致勃勃地游看了灵峰。这些奇峰或拟兽或拟物，形状栩栩如生。不过雁荡山独特的品格，“日景耐看、夜景销魂”。“观山景、尝海鲜”，“一景多变，移步换形”。这是它区别于中国其他名山大川的三大特色。如果从不同的角度、不同的时间去观赏，则有一峰多态之神妙。从灵峰寺左侧看时，只见一山劈为两峰，两峰宛如双手合掌。边走边看，思绪跟着想着，雁荡气势何在？地形复杂、景象丰富、一景多象，其美学特色奇在流纹岩特有的造型上；奇在自然景观非同寻常、出人意料、变幻莫测之美上；奇在摩天劈地、拔自绝壑的峰；奇在倚大高地、气势磅礴的嶂上；奇在夺人心魄的大大小小的瀑布上。雁荡景观，奇闻天下，但不只是在奇。还有雁湖岗、龙湫背之雄伟；云洞栈道之险；仙溪、清江山水之秀。初月谷、鸣玉溪、灵岩及诸多洞穴景观之幽冥。登临俯瞰，领略“山登绝顶我为峰”的高旷，欣赏“海到尽头天作岸”的平旷景观。

我们信步来到观景台，坐在一处半山而建的楼阁旁，好好休息一下，慢慢品味……此处甚幽，右侧庙宇拱卫，顺势一座小桥飞架，殿堂瓦屋金顶如同一颗明珠镶嵌在翡翠般松柏中；飞石、庙宇、飞桥构成一幅生动的景观，石、桥、庙牵手搭背，浑然一体；远者遥遥呼应，近者探手可触，供天下人鉴赏，此时诸多体味，集合成凌空飞舞之惑，唱响心灵和谐之曲，情绪酣畅从淡定中生，悠然然出。坐在山间，登临送目，远山近水，尽收眼底，时有清风轻轻吹来，凉爽宜人，荡人胸怀，怡人情性，令人流连忘返，情愿终老于是乡。唉！可叹呀，此等美山美水，独独无我一席容身，不由间李弥逊“老子人间无著处，一尊来做横山主”的词句，飞入耳海。

突然，一阵“噼噼啪啪”的鞭炮声，把我们的注意力吸引到灵峰飞渡的绝活上来。但见表演者在天柱峰和展旗峰峰顶拉的一条钢索上，上演翻跟斗、飞翔等动作。这可是在高 200 米，宽 200 多米的空中进行表演。飞崖走壁的杂技表演，在天柱峰头先打响爆竹，后峰顶人拉着绳子像壁虎似地沿悬崖边爬下，表演开始。每当垂下一段距离，他就弹跳来作一次飞跃，并靠着崖壁跳着、飞着，像只山雀在啄食。碰到可落脚的地方，便停下来喘息一会儿。等滑到一半多的距离，会突然失手似的，双手一松，顺着绳子一溜到底。紧接着天柱峰顶又响起爆竹，一人倒吊绳上，用四肢攀缘前进，一会儿坐起来像玩单杠似的连翻几个筋斗，然后放鞭炮，再爬一段，在半空撒下五彩缤纷的纸花，即“天女散花”。接着是躺下稍息，一会儿又站起来，扬着小旗滑稽地奔跑着，表演悬空倒挂等超难度动作，并跑上展旗峰顶。整个表演扣人心弦，赢得观众的热烈的欢呼和经久不息的鼓掌。

平复心中窃喜，虽相隔千里，对自然的敬畏有异曲同工之妙。四周树木葱茏，野花绽放，莺啭鸟啼，提振了毅力，驱赶着“热汗挥洒，腿肌酸软，脚步困顿，行走乏力”诸多不适应，坚定地走向山谷，千级台阶甩在身后，遮挡不住的流水声，声声入耳，丝丝的水汽喷雾状在空中弥散，点点滴滴落在燥热的肌肤，清凉从容地落在台阶上，潮湿了燥热的心，一条小溪、一座小桥是山涧又一道风景，试想蹲在清凉的溪水旁，捧起洁净洗掉疲劳，起身看见河谷婆娑的树枝在光斑闪现中摇曳唱和，流水淙淙低语诉说，森林深处的静谧，恐怕只有在此时游人无踪的幽谷中才能独自感受到。

游灵峰一定要看夜景，这才是雁荡山的精灵所在。我们在山外吃过晚饭，天渐渐落下黑幕，这时再来巡瞰，白天看过的山峰此时都披上神秘的盛装，惟妙惟肖，再加上导游给你天花乱坠地一吹，如入仙境一般。在茫茫夜色下，白日鼎沸的人群已显得稀疏，浩瀚的天宇星罗棋布，一钩镰月挂在半空，看点点繁星，有亮的、暗淡的、眨着眼的，一闪一闪随着人的移步缓缓挪动，煞是美观。可惜呀，这美观只属于雁荡山，与灯市浑浊的城池无缘。

眼前的一切多像历史长河涌过，对芸芸众生只不过是一个过程，握着小手啼哭着来到人间，悄无声息撒手离开人寰，对也罢，错也罢，功过千秋，能落入史家笔下的不过寥寥数人，辉煌永远属于他们。

只有这山山水水是永恒的，还是神思专情于眼前的山水，莫要错过这良辰美景。乍一看，灵峰酷似一对紧紧相偎，情话切切的伴侣，当我们换个角度，在朦胧月色的衬托下观望，却幻化为一对丰满的乳房；再变换一个角度仰视，又好似一只敛翅的雄鹰。然而，细细看来，此峰更像远征归来的将军，来不及脱掉战袍，摘去头盔，亟亟中将夫人揽入怀中，双峰相拥，深情一吻，既不失其气概，又平添其柔情，更觉其壮观，是真将军，乃真性情。仰观崖壁林木繁茂，顺势而为，依势而立，排兵布阵，错落有致，浩浩荡荡，蔚为大观。那依山挺立的松树形似倚天之剑，剑指苍天，似将军挥手披靡，其势凌厉，其胆勇武。

面对如此美景，怎能不让人浮想联翩，但不到山中又如何看见山的风景？读万卷书，行万里路，有峰壑松风壮行色，我和着轻柔的云雾，御风飞翔的快慰，无忧无虑扫去多少烦恼和忧愁，比“我欲乘风归去，又恐琼楼玉宇，高处不胜寒”的古人好多了，好在我们在人间同样感受到飘飘欲仙的胜景，人间寒暖自相知。脚下的深涧深不见底，自然排山倒海的伟大力量造就了这人间胜景，人在山中实在是太渺小了，又感觉不能妄自菲薄，顺自然而为的天桥、庙宇告诉我们人是自然的，也是创造的，创造要“人法天、天法地、地法道、道法自然”，人站在自然的山巅搭建灵魂的庙宇殿堂，依靠自然，高于自然。

（发表于《中国纪检监察报》2010 年 11 月 12 日第四版）

敦煌，镶嵌在金色大漠上的翡翠

到敦煌去，是这多年来最平常的事。因为太有名了，来来往往的领导、同志和朋友都想去敦煌看看，以尽享其韵。好在敦煌是祖国瑰宝，这应该算作某种意义上的爱国主义教育。有道是，爱物之长，爱则不茫然耶。事情往往就是这样，卖什么的总爱吆喝什么，干什么的就要强调什么，这也是秉性使然。

有时候我很羡慕但又很憎恶那些活成人精的人，他们见人说人话，见鬼说鬼话，人鬼相聚时说胡话。可你本事再大，到了敦煌也只能观壁画，说壁画，别的也只能是与此沾边的话，否则就是废话。既然说壁画，就得从敦煌说起。

一

而今的敦煌，四面被黄沙包围着，形成了可观的沙中盆地。据史书记载："敦，大也；煌，盛也。"是块美丽富饶、神奇诱人的土地。位于河西走廊的最西端，地处甘肃、青海、新疆三省（区）的交汇处，是一座古老的历史文化名城，飞天艺术的故乡、佛教艺术的殿堂，有“戈壁绿洲”、“西部明珠”之称，是古丝绸之路上的黄金旅游胜地，被誉为“世界的敦煌”、“人类的敦煌”。

早在原始社会末期，中原部落战争失败后被迁徙到河西的三苗人就在这里繁衍生息。他们以狩猎为主，开始掌握了原始的农业生产技术。这里曾发掘出新石器时代的石刀、石斧和陶器、铜器。夏、商、周时期，敦煌属古瓜州的范围，有三苗的后裔，当时羌戎族在此地游牧定居。留有游牧民族许多岩画至今历历在目。战国和秦时，这一带居住着大月氏、乌孙人和塞种人。以后，大月氏强盛起来，兼并了原来的羌戎。战国末期，大月氏人赶走乌孙人、塞种人，独占敦煌直到秦末汉初。

西汉初年，匈奴人入侵河西，两次挫败大月氏，迫使大月氏人西迁徙于两河流域（锡尔河、阿姆河）。整个河西走廊为匈奴领地。强盛的匈奴以“控弦之士 30 余万”的威势，对西汉王朝构成了严重威胁，并且经常骚扰掠夺。雄才大略的汉武帝继位后，采取武力防御和主动进攻两者兼用的战略，于建元二年（前 138 年），首次派遣张骞出使西域，联络大月氏、乌孙夹击匈奴。元狩二年（前 121 年），汉王朝决定断敌右臂，张我左腋，进发河西走廊。同年春，派骠骑将军霍去病统率万骑从陇西出塞，进军河西，大获全胜。不仅生擒了浑邪王的儿子、相国，还缴获了匈奴的“祭天金人”，给河西的匈奴势力以沉重的打击。汉武帝把这一战利品放置在甘泉宫（陕西凤翔）加以供养礼拜。莫高窟第 323 窟北壁绘有此段故事。元狩二年，霍去病亲率骑兵涉过居延水，直冲祁连山，斩杀敌兵 3 万余人，使河西的匈奴势力受到毁灭性打击，其间，匈奴统治集团发生内讧，浑邪王杀死休屠王，携其部4万余人投降汉朝。汉元鼎二年（前115年），张骞二次出使西域，顺利地从乌孙凯旋。从此，开通了通往西域的丝绸之路。张骞“凿空”之行，是中西交通史上的创举，为促进中外以及中原同西域各民族之间的经济文化交流，建立了不朽的历史功绩。

为了彻底断绝匈奴与西羌的通路和联系，捍卫边关和丝绸之路的安全，汉武帝于元狩二年（前121年），在河西设置了酒泉郡和武威郡，并采用设防、屯垦、移民等措施，不断充实、加强建设河西。汉元鼎六年（前111年），又将酒泉、武威二郡分别拆置敦煌、张掖两郡。又从令居（今永登）经敦煌直至盐泽（今罗布泊）修筑了长城和烽燧，并设置了阳关、玉门关，史称“列四郡，据两关”，保证了丝绸之路的畅通。从此，中原的丝绸及先进技术源源不断地传播到中亚、西亚和欧洲，欧洲、地中海沿岸和西域的玉器、玛瑙、奇禽异兽、农作物等长途转运到中原。各国使臣、将士、商贾、僧侣往来不绝，都要经过丝路要道敦煌。当时的敦煌疆域辽阔，统管六县。西至龙勒阳关，东到渊泉（今玉门市以西），北达伊吾（今哈密市），南连西羌（今青海柴达木），成为中西交通的“咽喉锁钥”。敦煌建郡之后，为西汉王朝经营西域打下了坚实的基础。如贰师将军李广利伐大宛国，获汗血马；赵破奴击败姑师国俘获楼兰王，都是以敦煌为粮草、兵马供应基地而一举获胜的。

东汉初年，匈奴又逐渐强盛，征服了曾是西汉管辖的大部分西域地区，丝绸之路被迫中断。公元75年，东汉王朝出兵四路进击北匈奴，凉州牧窦固率河西兵大败匈奴，收复了伊吾等失地，重新打开通向西域的门户。同时派遣名将班超两度出使西域，杀死匈奴使节，联络西域诸国与东汉建立了友好关系，使断绝 65 年的丝绸之路重新畅通。

自西汉设郡到西晋末的数百年间，丝绸之路虽几通几绝，但敦煌日渐呈现出繁荣昌盛的景象，也逐步发展成为西北军政中心和文化商业重地，成为“华戎所交大都会”。在此期间，敦煌文化发达，名士济济，人才辈出：有骁勇善战的征边名将张奂，有深明大义的朝臣盖勋，有才学出众的大文学家侯瑾，有勤奋好学、人称“草圣”、“亚圣”的著名兄弟书法家张芝、张昶等。

永嘉丧乱，西晋王朝覆灭，晋室南迁，建立东晋政权。广大北方地区出现了“五胡”、“十六国”的混战、割据局面。东晋时期的河西地区先后建立了前凉、后凉、南凉、西凉、北凉等封建政权。前凉张骏时期，曾改敦煌为沙州。公元 400 年，李暠据敦煌称王，建立西凉国。敦煌有史以来第一次成为国都，以后亡于北凉。前凉、西凉、北凉三政权先后统治河西地区时，比较注重谨修内政，安民保境，轻徭薄赋，劝课农桑，崇尚儒学，兴办教育，使河西地区社会安定，经济繁荣，文化昌盛。

这一时期，凉州已成为中国北部的文化中心，而敦煌又是凉州文化的中心，名流学者代不乏人。如有号称“敦煌五龙”的索靖、泛衷、张甝、索紾、索永，俱以文学闻名当时。索靖还是历史上著名的书法家。敦煌的经学大师宋纤、郭瑀、刘昞等，讲学授徒数百人到上千人，敦煌人阚骃撰写的《十三州志》，是我国古代重要地理著作。还有索袭、宋繇、张湛等敦煌较知名的学者。

十六国时期，群雄逐鹿中原，战火四起，百姓流离失所，处于水深火热之中，而河西成为相对稳定的地区。中原大批硕学宿儒和百姓纷纷背井离乡，逃往河西避难，带来了先进的文化和生产技术。尤其汉魏传入的佛教在敦煌空前兴盛。饱受战争之苦的百姓拜倒在“佛”的脚下，企望解脱苦难，过上幸福、安定的生活。敦煌是佛教东传的通道和门户，也是河西地区的佛教中心。有一大批佛学高僧在敦煌讲经说法。河西各地的佛门弟子多来此地研习。如有世居敦煌的译经大师竺法护，有前往印度学习佛法的敦煌人宋云等。法显、鸠摩罗什等佛学大师无论东进还是西去，都在敦煌留下了他们的足迹。前秦建元二年（366 年），乐尊和尚在三危山下的大泉河谷首开石窟供佛，莫高窟从此诞生了。之后，开窟造佛之举延续了千百年，创造了闻名于世的敦煌艺术。

隋朝的建立，结束了西晋以来 300 余年的分裂局面，完成了统一中国的大业。隋文帝收复河西时，相继平息了突厥、吐谷浑的侵扰，保证了丝绸之路的畅通与繁荣。同时改北周以来的鸣沙县为敦煌县。隋文帝平定南方后，将一批南朝贵族连同其部族远徙敦煌充边，给敦煌带来了南方的文化和习俗。这样，南北文化在敦煌融为一体，使敦煌的地方文化更加富有明显的特色。隋文帝崇信佛教，曾几次下诏各州建造舍利塔，诏命远至敦煌。隋代虽存在了短短的 37 年，但在莫高窟开窟竟有 77 个，且规模宏大，壁画和彩塑技艺精湛，同时并存着南北两种截然不同的艺术风格。大业初年（605 年），隋炀帝派遣吏部侍郎裴矩到张掖、敦煌一带了解丝绸之路以及中西通商贸易情况。大业五年（609

年)，炀帝西巡，在张掖举办了西域27国贸易交易大会，盛况空前。

唐朝初期，在河西设肃、瓜、沙三州。河西全部归唐所属。贞观十四年（640年），唐太宗李世民一举铲除东西大道上以西突厥为主的障碍，确保了丝路古道的畅通。唐代的敦煌同全国一样，经济文化高度繁荣，佛教非常兴盛。莫高窟开窟数量多达1000余窟，保存到现在的有232窟。壁画和塑像都达到异常高的艺术水平，贞观十九年（645年），唐玄奘到印度取经返回，经敦煌回到长安。

唐朝兴起的时候，我国西南部的吐蕃王朝日益强盛。“安史之乱”以后，唐王朝由鼎盛开始走向衰落，从此一蹶不振。吐蕃乘虚进攻河西，攻陷了凉州、甘州、肃州等地。沙州将士百姓坚持了长达11年的抵抗，终因弹尽粮绝，以城降吐蕃。自此，吐蕃统治了全部河西，长达70多年。吐蕃也信佛教，莫高窟唐洞窟中保存了大量吐蕃时期的壁画艺术，藏经洞内保存了大量的吐蕃文经卷。

唐宣宗大中二年（848年），敦煌百姓难以忍受吐蕃暗无天日的统治、奴隶般的生活，本地人张议潮乘吐蕃王朝发生内乱，联络当地各族群众，聚众起义，赶走吐蕃贵族，一举夺取沙州。经过10多年的斗争，全部收复河西、河湟等地，并遣使奉表归唐。唐王朝封张议潮为河西、河湟十一州节度使，建归义军，治沙州。

后来，朝廷诏张议潮入朝为官，沙州张氏宗族内乱。其孙张承奉嗣节度使，叛唐自立“西汉金山国”，自称“金山白衣天子”。此时，甘州回鹘也控制了河西走廊中部地区。“金山国”为打通东西交通，与回鹘交战，结果一败涂地。后回鹘攻打沙州，张承奉难以抵挡，只好投降。914年，金山国亡，张氏绝嗣，沙州长史曹议金取代节度使地位，统领瓜、沙二州。曹氏统治期间，笼络瓜、沙望族，注意发展生产，重视经济、军事和文化建设，改善同周围各民族的关系，东交回鹘，西联于阗，与邻邦各国和睦相处，保持了稳定和安宁，维持了130多年。

11世纪初，西北地区的党项族开始兴起，逐步强大。1028年取胜甘肃回鹘，继而攻陷瓜州、沙州，称霸河西。于1038年建立了西夏王朝。当时，形成了宋、辽、西夏三足鼎立局面。在西夏统治敦煌的100多年间，由于重视经济发展，使敦煌保持着汉代以来“民物富庶，与中原不殊”的水平。西夏统治者崇信佛教，不排斥汉文化，在文化艺术方面也有大的发展。至今，莫高窟和榆林窟保存着大量丰富而独特的西夏佛教艺术。举世闻名的“敦煌遗书”即在西夏统治时期（1036年）封藏于莫高窟第17窟内。

宋宁宗开禧二年（1206年），元太祖铁木真（成吉思汗）统一漠北各部族，成立了强大的部落联盟。1227年，蒙古大军灭西夏，攻克沙州等地，河西地区归元朝所有。此后，升敦煌为沙州路，隶属甘肃行中书省。后升为沙州总管府。元朝远征西方，必经敦煌。当时瓜、沙二州屯兵济济，营寨栉比，屯垦农兵遍布党河、疏勒河流域。敦煌一度呈现出经济文化繁荣的景象，和西域的贸易更加频繁。著名旅行家意大利人马可·波罗就是这一时期途经敦煌漫游到中原各地。元朝统治者也崇信佛教。莫高窟的开凿得以延续。自元朝以后，千里河西逐渐失去了昔日的光彩。

朱元璋建立明朝以后，为扫除元残部，派宋国公冯胜率兵三路平定河西获胜，修筑了嘉峪关明长城，重修了肃州城。明王朝为了加强西北边疆的防卫，设置了关西七卫。永乐三年（1405年），在敦煌设沙州卫。后吐鲁番攻破哈密，敦煌面临威胁。明王朝又在沙州古城设置罕东左卫。正德十一年（1516年），敦煌被吐鲁番占领。嘉靖三年（1524年），明王朝下令闭锁嘉峪关，将关西平民迁徙关内，废弃了瓜、沙二州。此后200年敦煌旷无建置，成为“风播楼柳空千里，月照流沙别一天”的荒漠之地了。

清康熙后期，清王朝渐次收复了嘉峪关外的广大地区。雍正三年（1725年），在敦煌建立沙州卫，并开始从甘肃各地移民2400户到敦煌垦荒定居，同时又迁吐鲁番、罗布泊大批兵民于沙州一带，农业得到很快的恢复和发展，形成河西走廊西部的戈壁绿洲。直到清朝末年，国运衰败，一群外虏将敦煌文物洗窃大半，散落全球，留下千古遗憾。

地老天荒，风起沙落，不知掩埋了多少豪情忠骨，而那些你争我夺不可一世的豪强早已是灰飞烟灭，天下兴亡多少事，滔滔岁月无尽头，神悠悠，情悠悠，思悠悠，只留下敦煌莫高窟以及那千佛洞，或者万佛洞，传扬着不朽的艺术之魂。俯仰古今变迁，感慨宇宙流转，敦煌与敦煌壁画紧紧与祖国命运休戚相关，国强则敦煌兴，艺事兴，反之则废，历史向来如此。

二

一部辉煌的敦煌壁画史，虽为释佛，却处处关合人事，把遗世独立的竞绪与往昔的神话传说融合一处，渗进浓厚的哲学意味，将睿智的人生理念，形象描绘勾勒出一种凌空美学、孤高旷达的境界，是一种超自然和社会高度契合的感喟艺术世界。不仅是华夏的文明、东方的文明，而且已成为地球村人向往的文明。当时的作画人，穷尽财力，大概只为弘扬佛法、演绎变迁、彩绘与之有关的历史故事，不知可曾想到千百年过后，他们辛勤劳作的艺术成果不仅轰动了东方，也惊动了世界。

我每达敦煌，总要打起精神，屡屡挥之余力去凭吊历史，总想更多地了解这沧桑与文明的进化，在想象的空间里延续历史的哀音，寻觅汲取契合。命运多劫的敦煌，只因曾经拥有繁荣的商贸活动，以致演绎出域外逐鹿的悲歌晚唱，有多少悲壮的故事发生，更是汉家天下与域外氏族之间风云际会，竞相施展才略的政治舞台，亦集会了绘画高手，才留下了这精美的壁画。以“敦煌石窟”、“敦煌壁画”闻名天下，是世界遗产莫高窟和汉长城边陲玉门关、阳关的所在地，多少文人墨客，激越豪情，吟唱出流传千古的边塞绝唱。

敦煌壁画是这一漫长历史时期众多文人雅士才智集中迸发的场所，一个定律显现在遗留的壁画中，告诉世人被记录下来的故事，是曾经发生过的事件，并且还将被传诵下去，这就是历史。“议论倒江汉”，何况是被固定下来的艺术，其生命力可想而知。尽管敦煌壁画同别的宗教艺术一样，是描写神的形象、神的活动、神与神的关系、神与人的关系以寄托人们善良的愿望，安抚人们心灵的艺术。因此，壁画的风格，具有与世俗绘画不同的特征。但是，任何艺术都源于现实生活，任何艺术都有它的民族传统；因而它们的形式多出于共同的艺术语言和表现技巧，具有共同的民族风格。

艺术的魅力在于传承真善美，在敦煌壁画中，九色鹿救人、释迦牟尼传记、萨锤那舍身饲虎等著名故事已广为流传，影响和感染了许多的人。并伴随着敦煌艺术的传扬，敦煌学以研究、发掘、整理和保护中国敦煌地区文物、文献的综合性学科学术活动方兴未艾，与徽州学和藏学齐名。而敦煌壁画、敦煌彩塑、敦煌遗书又是撑起敦煌艺术宝殿最坚实的梁和柱，光耀异彩。

除敦煌壁画之外，敦煌彩塑是敦煌石窟的主体，多是开凿在砾岩上，在人工制作成的木架上束以苇草，草外敷粗泥，再敷细泥，压紧抹光，再施白粉，最后彩绘。始自十六国，历经北魏、西魏、北周、隋、唐、五代、宋、回鹘、西夏、元直到清，目前尚存彩塑3000多身，其保存古代彩塑之多，历时之长，技艺之精，为世界所罕见。其最突出的艺术特点是整窟塑像和壁画互相结合，互为一体，互相陪衬，互相补充。佛龛、佛坛上的彩塑与四壁的绘画辉映呼应，相得益彰，既达到了整窟艺术的统一和谐，又衬托出塑像在窟中的主体地位。另一特点是丰富多彩，姿态各异。所塑神像在洞中重复出现，容易千人一面。但古代雕塑家凭着丰富的想象力将同一神像塑造出形神风貌、性格特征各不相同的千姿百态的彩像，富有强烈的艺术感染力和欣赏价值。石窟大小不等，塑像高矮不一，大的雄伟浑厚，小的精巧玲珑，其造诣之精深，想象之丰富，是十分惊人的。

敦煌遗书包括5—11世纪六七百年的古代文献。其中有纪年者近千件，大部分汉文写本写于中唐至宋初。汉文遗书除了佛典和其他宗教文献外，为医药天文，诗词俗讲等。宗教文献以佛经目录为主，其中大多有传世本，也有一些未曾传世的佛教文献。大量的官私档案文书，是研究中古历史、社会生活、寺院经济等的第一手资料。使人们对唐代法令及其在古代现实生活的运用，获得了全新的认识。大批户籍资料，使人们对中古时代社会阶级关系的认识更加深刻。寺院文书反映着寺院的生产和生活，从不同侧面展示了中古社会的民间社团及其活动。

“客舍青青柳色新。”在历史的长河中，敦煌无论兴替纷扰，依然南枕气势雄伟的祁连山，西接浩瀚无垠的罗布泊，北靠嶙峋蛇曲的北塞山，东峙峰岩突兀的三危山，有党河雪水滋润着肥田沃土，绿树浓荫挡住了黑风黄沙，滋育着灿烂的古代文化焕发出新姿，使敦煌依然辉煌；那遍地的文物遗迹、浩繁的典籍文献、精美的石窟艺术、神秘的奇山异水育活激越中古和延绵现实的大树，使这座古城流光溢彩，使戈壁绿洲越发郁郁葱葱、生机勃勃，就像一块青翠欲滴的翡翠镶嵌在金黄色的大漠上，更加美丽，更加富有生机。

（发表于《甘肃日报》2010年10月24日第八版）

杭州美景四月天

四月天，是杭州一年中最美的季节。若能有幸在这个季节到杭州小住数日，泛舟西子湖，畅游杨柳岸，实在是人生一大快事。

南国多水，给崇山峻岭注入了生气与灵性，不像我等所处甘肃的荒山秃岭那般满目苍凉。有道是：有山无水没灵气，有水无山缺豪气。天下美景无限，唯杭州首选。杭州美，美在西子湖。有人形容她如仙子思凡，缥缥缈缈；也有人说她是妙龄优佳，撩人心魄……人人都说西湖美，于是千百年间，西子湖成了天下最美，人尽心向往之。

想起去年那次杭州之行，我们是幸运的。不啻赶上落英缤纷、雨花流香的四月天，而且恰巧被安排留宿在西湖畔。不足半月除开会学习外，每日清晨醒来，推窗远眺，或萦湖漫步，以睹“芳容”，真可谓近水楼台早观湖。

住在西湖畔的感受就是不一样。一大清早，树间鸟鸣、悦耳蝉语争相飞舞，伴着旭日东升，霞光映照，气象雄浑；长堤葱郁，落草芊绵，天空里舒卷起重重叠叠的白云，和湖面上荡漾的波澜连成一片，确有“水面初平云脚低”的质感，勾勒出湖上春日的轮廓，一派旖旎春光。

春天的杭州哪儿都是绿毯般的嫩草，散发着蓬蓬勃勃的春意，开遍姹紫嫣红的瑰丽，洒满五彩缤纷的鲜花，那一幕幕湖光山色，春柳、春草、春树依偎着江水、湖水的翠绿，诗意之浓，色彩之美，读之令人心醉。

到了杭州，不观瞻白堤是最大的遗憾。著名的断桥残雪就位于白堤东端，民间传说《白蛇传》中白娘子与许仙缠绵悲怆的爱情故事就是从断桥相会开始的。白堤为白居易任杭州太守时修筑，是西湖上历史最悠久的古堤。白公生前对杭州寄予了无比深情，以至卸任多年后，仍常常忆起，留有多篇诗词。杭州人民缅怀他“为官一任、造福一方”的功德，以其特有的方式，在白堤上为他竖起塑像。当然还有别的为此地作出贡献的人，杭州人民都没有忘记他们。而今，平坦修长的白堤，游人来往最为频繁。感谢上苍，让我们在杭州做了几日闲云野鹤，一遇暇隙，总要在西湖边走走，看看，恣肆地领略四时光景，尽情享受大自然赐予人类的唯美。

西湖是由古代钱塘江流入东海前的一个浅海湾演变而成。风景名胜区总面积59平方公里（其中湖面6.5平方公里），拥有国家省市级重点文物保护单位100余家，博物馆（纪念馆）20余座，是国家名胜风景区，并在2007年5月荣膺首批国家5A级旅游景区。苏堤和白堤将湖面分成里湖、外湖、岳湖、西里湖和小南湖五个部分。其中“西湖十景”和“西湖新十景”尤为经典。

这多年，从事舆论宣传工作，应邀走过不少的名山大川，似西湖这般风姿绰约，楚楚动人，还是少有的。据好客的杭州人介绍：游西湖，“晴湖不如雾湖，雾湖不如雨湖，雨湖不如夜湖”。

“上有天堂，下有苏杭”，果然名不虚传。杭州从哪个角度看都是一幅唯美的画卷，然夜景的确最为美妙。当华灯初上，雨夜游湖，油然滋生似梦似幻的感觉。直到一年后，每每想起那个春雨飘洒的夜晚，心旌依然被摇曳着放飞天籁。那夜我们移步登舟，踏波湖上。春水新涨，湖光旖旎，孤山矗立湖中，湖边垂柳掩映，湖岸玉宇琼楼，各抱地势，檐牙错落，红砖绿瓦，隗丽情景似海市蜃楼，又如九天仙境。

宽阔的湖面上，烟波浩渺，船儿随着时急时缓的丝丝雨雾，时而如放马滩头，激起无限涟漪；时而如排鹤一空，尽情挥洒；裹在烟雨濛濛、长天一色中，使人如泛仙槎，美轮美奂，顿生万种风情。

杭州人是明智的，使保护开发同步向前，执西湖美景千百年不衰，以其独有的风韵，敞开胸怀诚迎天下客，引得迁客骚人折腰，不惜笔墨，尽情咏颂。然而，美景是需要发现的，更需提炼。张艺谋导演不愧为提炼高手，一台都市山水实景剧《印象西湖》，在自然环境中，设计、创造出绝美的享受。半空五彩光柱缭绕，楼船缓缓游弋在湖面，在水色天光的混茫中，演绎着许仙和白娘子神话般如歌如泣的爱情故事，配有铿锵的韵致，画卷在目，乐章在耳，美景再现，给人以情景水乳交融的快感，荡起心的激越。

兴致尤浓，夜走苏堤。苏堤全长 2.8 公里，是北宋苏东坡

1089年任杭州知州时疏浚西湖后用湖中淤泥堆积而成。“西湖景致六吊桥，间株杨柳间株桃”，描写的就是春季的苏堤春晓。漫步在苏堤，迎面时时吹来一阵阵微风，与湖面翻滚的碧浪声响相融合，让我们完全沉浸于那优美的湖海般的激越中，即景寓情，思绪随着湖波，在不停跳跃，拥浪翻卷……猛吸几口新鲜的空气，顿觉心旷神怡。

月光倾泻，透过树影含羞地露出星星点点，就像用来装饰的流苏，搅扰的心驰神往，不安分的双手不由得捧起堤上蓬蓬勃勃的春意，借着月光，借着灯光，慢慢地托起那一团团、一簇簇油光翠绿的新嫩，清纯、安静，似是有种不甘。

抬头看看挂在天空中的月亮，柔和、高雅。那月、那水，竟有一种说不出的相似。“欲把西湖比西子，淡妆浓抹总相宜。”苏东坡那脍炙人口的诗中名句，恰于此时袭上心头；在朦胧的月色下，放眼望去，仿佛看到了那含睇宜笑的西施的倩影。

恍惚中，轻轻靠在树上，闭上眼恬静地倾听生命诉说的心声。在浩瀚的宇宙中有那么多生命，每个角落都需要光明和温暖，你化身绿叶虽然美丽却依旧没能领悟其中真谛。大千世界，生命唯美。生命之美，美在何处？是因为她包含了天地万物的美。真正意义上的生命，在于不断地创造美，并把美奉献出来……睁开眼，周围一切依旧，月光洒在脸上，我望着当空皓月，嘴角扬起一丝微笑。此时，手中捧着的绿叶，似乎又多了些什么，只是难以说得清楚。但是，我更加清晰地知道，生命中应该有博爱、无私、不求回报的付出，然而也只有这样，才会在无形中得到自己想要的，一切要顺其自然，而不是刻意强求。

茫茫中，不知不觉已近返程。可杭州美景，仍有许多无缘，只能留点遗憾。独时光之短暂，惟美景之无限，此事古难全。

（发表于《中国监察》2010 年 4 月第 8 期）

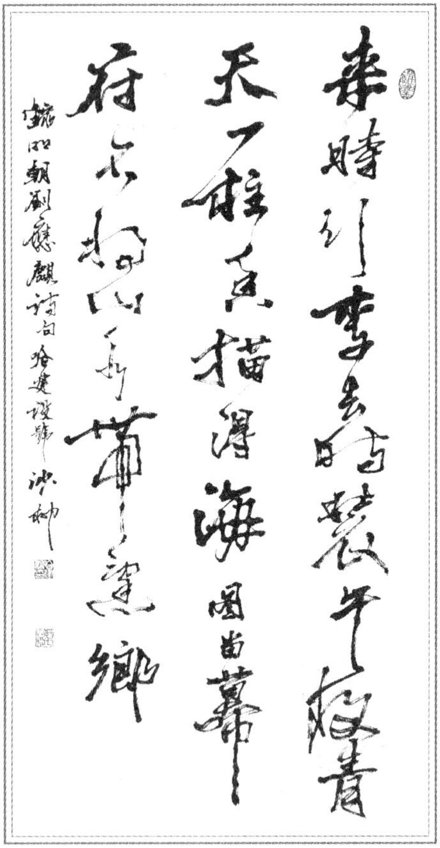

访欧拾遗

2006年7月，我有幸赴欧洲访问。平生第一次走出国门，感觉耳目一新，心绪也乘着“飞行的大鸟”，激越在万里云海，放飞在异国他乡，尽情领略异域风情。

一

辗转10多个小时，我们从意大利的罗马起步，踏上了欧洲之行。罗马是我们一直向往的地方，对其了解也只是定格在书本、电影和电视上，一旦落迹在此城，这座有着近3000年历史的文明古城，除了遗留下的残垣断壁、供游人参观的景点以及随处可见的建筑物，还在印证着昔日的繁华和鼎盛，诉说着曾经发生在这里的故事和历史演绎，除此便流动着现代的色彩和气息。整个城市的街道不是很宽，广场也并不算大，依然透着几分大气和不俗。前来观瞻的人们，像潮水般涌来流去；满街穿流的车阵，夹杂在两边楼房拥挤的街道中，却很少塞车；当地的居民，生活在优雅、舒适、安逸的氛围中，已很少表现出往昔的“霸气”。只是看到的沿街墙壁上到处胡乱涂写的文字和图画，与整座城市格格不入。

倒是梵蒂冈这个耸立在罗马城中的城池小国，显得气势不凡，恢宏的建筑、精美的雕塑、夺人魂魄的圣彼得教堂，无不盘根错节地昭示着世人，把对宗教的追求放之四海，放之全球各地，主宰着一种信仰的世界。宗教信仰是一种不灭的精神，更是广众教徒集中了的或是升华了的向往，一旦到了顶礼膜拜的地步，除了精神寄托外，恐怕也揉进了些许无奈。但无论怎样，宗教的力量总是占据着一定位置，顽强地伴随着人类文明的进化而递进，既挥不去，也没不了。

矗立在佛罗伦萨米开朗琪罗广场中央的大卫像，美夺天工，令人神往，游客至此无不驻足仰望，折服了多少天下人。瞻仰此公，赞叹不已，竟勾起我们同道仁兄大发诗兴：“卫筋骨在旋转。”按诗道论，虽然有些蹩脚，可一语道出了此兄对美的唤起和激情，以至于引出了“出水大卫”、“潇洒大卫”之类的雅趣雅乐……并在以后的日子里，竟变成了我们之间打发寂寥、戏谑盈盈而脱口即出的“口头禅”或回国后的联络“暗号”。倒也是，追求美是人类的天性，正因为人之所爱，于是乎闲花野草被赋予精神的内涵，就如梅兰竹菊成为谦谦君子的象征，人们的生活园里便有了崭新的色彩。

乘船前往主岛，我们走进了威尼斯水城，这个享誉世界的商人乐园。我们饶有兴趣地参观了宏伟雄壮的圣马克教堂和广场，参观了总督府、叹息桥；在水晶玻璃厂，观看了意大利玻璃工艺，精美的制作，博得在场人们的交口称赞，不觉留下了“买路钱”，带几样饰品回家，款作纪念。当你客居异国他乡，忽然发觉，在这个世界上，最珍贵的东西是免费的，那就是阳光、空气、春风、细雨、皎洁的月华、灿烂的星辉，还有亲情、友情、爱情直到信念、希望、意志，世间多少滋润心灵的美好风物，苍天早已把这一切，免费地馈赠给了每个人，只要你想要，你就能得到，不必为寻租权力或追名逐利而廉价出售昂贵的人格和尊严。

欧洲有许多名城和风景是可圈可点的，可我们也只能循着规定的旅游线路，一站、一站、逐个景点不停地走下去。好在此行早已安排好了全程，奔驰大巴，靓丽的导游，使我们的参观和旅程井然有序。置身异国他乡要想更多地了解异域风情，导游则显得异乎寻常的重要。每到一个地方，导游就将这里曾经发生过的有趣事情和历史事件预先告知我们。据她讲，我们到欧洲前夕，足球世界杯角逐正如火如荼，整个欧洲都沸腾了。然而，事隔仅几天，当我们踏上这块土地，以及随后所走过的地方，却平静得一如往常，并看不到近期发生过什么事情，或许这就是欧洲人不同凡响的地方。

此次西欧八国行，我们亲历、耳闻、印证了不少曾经发生过的有趣事情和历史事件，而这些很难在教科书里得到直观感觉。其中印象最深的应该是荷兰。在 17 世纪，这个只有百万人口的弹丸小国，却传奇般地创造了世界上经济最富有的国家。阿姆斯特丹是这个国家乃至世界的名港城市。可在众多人眼里，她更像一艘满载着重托的远洋货轮，乘风破浪，驰出的是艰辛，归来则装满了丰盛的美食。靠着辛劳和智慧，荷兰在蓝色的海洋上，不仅完成了原始资本的积累，一跃成就了商业帝国的大梦，为现代商业经济奠定了基石。悉数创树，世界上第一个股份公司，由东印度贸易公司启航；世界上第一家银行建立于斯地，并拓展扩张到全球；世界上第一家股票交易所从这里诞生，由此拉开了现代经济的帷幕，为荷兰创造财富的同时，也为现代经济奠定了法则，直到今天荷兰人仍然生活在舒适、安逸的环境中，悠闲自得。

德国能在第二次世界大战之后迅速崛起，的确有许多值得学习和借鉴的东西。但由于时间关系，更深地去考察其中原委，我们是做不到的。但漫步在德国的市镇，若稍加留心，就会被这个国家的特立独行的汽车制造业而感染。在祖国，“宝马 + 奔驰”是成功人士的醒目名片，可在德国不同城市的大街小巷随处可见。名牌汽车在这里是不稀罕的，马路上跑着的几乎都是名车，甚至漫街“的士”都是宝马、奔驰、奥迪之类的高档名车，只要你包里有钱，招手即停，服务极佳，简直就是一个偌大的汽车活的博物馆。

法国，是我们此次欧洲之行的最后一个国家，匆忙中参观了埃菲尔铁塔、凯旋门、香榭丽舍大街等名胜景点，但我最感兴趣的还是法国的教育制度。法国政府规定，学生按照家长收入的高低缴纳学杂费和伙食费，富人的孩子交的钱比较多，而穷人的孩子交的少，甚至不交。但是所有学生都可以享受同样的书本、师资、服装以及伙食。在这种政策的影响下，穷人虽然收入与富人存在差距，但在心理上都可以找到“平衡”的感觉。

在我们所走过的欧洲地方和城市中，参观过不少教堂、广场和宫殿。诸如美泉宫、凡尔赛宫、卢浮宫、圣心教堂等，虽然各有不同，各居千秋，但有一点是共存的，即欧洲自中世纪以后，基督教的影响广泛渗透到社会生活的方方面面，绘画和雕塑艺术是各种文化源流的综合体，不可避免地带有浓厚的宗教色彩，成为教会的代言者和“不识字人的圣经”。直至文艺复兴时期，圣经典故仍是艺术家主要的创造题材，不同的是此时绘画和雕塑艺术已经摆脱了仅为宗教服务的局面，作品中的人物造型也相应发生了变化，常常出现圣母与童年的耶稣在一起的欢乐场面，充溢着生活气息和世俗情调，而且具有独特的精神魅力。

二

在出访的10多天里，无论是从意大利到奥地利，经卢森堡转往比利时，还是由德国赴荷兰，继而抵达法国。沿途风光旖旎，环境优美，到处是芳草萋萋，覆盖了整个山峦；绿枝成林，连成一眼望不到边的屏障；其间五颜六色的花卉，洒落在山川沟壑。宝蓝色的天空上，飘浮着淡淡的白云；微风轻吹，洁净的空气仿佛被滤过似的，沁人心肺。放眼望去，波光粼粼的湖面上，点点白帆在缓缓游动……巡车观景，满目秀色，聊解旅途风尘，全不觉颠簸之劳顿。面对这撩人的异域风光，同伴们不停地摆弄着手中的照相机，尽情抓拍着车窗外的美景，总是遗憾“车速太快，漏掉了不少可拍的好景”。

我们每天这样不定式地“走马观花”，沿途目睹了一些市镇，仍顽强地保留着本市本地生活方式的情景；它们在城市硬件方面的现代化程度与发达城市之间存在一定差距。但是，那里的市镇生活品质，并不比发达城市差。当地居民的意识及其生活状态，昭告着一个道理，只有使地方文化的认同感与回归感得到复苏，才能树立起人民的精神状态及城市信仰与城市信念。二战以后，西欧国家建立了不同模式的福利保障体系，无论是盎格鲁—撒克逊模式，还是欧洲大陆及北欧模式，其追求的都是社会公平与效益的和谐统一。不同模式的区别在于公平与效益孰占上风。近几年，北欧模式重新受到追捧，正是因为北欧国家在公平与效益之间取得了较好的平衡，即在保证社会公平的基础之上，使经济得到平衡发展。

在我们去过的西欧那几个国家，人们很注意保护自己的生存环境，街旁、街心的绿化带以及花园和公园被保护得完好无损，几乎看不到人为损坏公共游艺设施和设备的现象，街上的行人也很少随地吐痰、乱扔垃圾、果皮和纸屑。当我们穿过街道时，欧洲人很有礼貌地停车，示意并等我们通过后，再驾车离去。多数的欧洲人已养成习惯，既然公共的东西是大家的，也是自己的，也就比较注重公德的培养，把破坏公共秩序、公共财产和公共环境看做可耻的、不文明的行为；既然别人也是大家庭的成员，他们也就比较尊重他人的利益、情感和尊严。当然，不文明和不守法的人哪里都有，这里就整体而言。由此联想到国内的一些城市，有的司机视交通斑马线形同虚设，不仅不让，反而加速抢道，与之相比，形成明显的缺憾。

欧元作为统一的流通货币，在绝大多数欧洲国家中使用，也把许多国家“焊接”成为一体。我们一路之上跨国越境，畅通无阻；既未见到边防设卡，也未遇到要办理“通关文牒”时的无奈和等待，更别说有什么拦路收费站来横加收取过桥和过路费。汽车是欧洲居民家庭里的主要交通工具，其拥有率是比较高的，他们按规定交纳国家征收的税率外，理所当然地成为公路上的主人。依照法律规定，任何人驾驶汽车在公路上行驶 2 小时，必须休息一刻钟或半小时。而且在高速公路上，还设计了许多服务区，宽敞靓丽，里面有现成的咖啡厅，摆满了各式各样的食品、饮料还有其他实用的商品，以供游客小憩选用。当然更少不了以解游人“内急”的卫生间，其清洁得没有异味。据说，这一有效措施，减少了许多公路上的危情，降低了交通事故的发生。

开放的欧洲接纳了不少来自中国的人。他们共同生活在欧洲的法律框架下，安居乐业，并开设了遍布各个城镇的中餐馆和商店。改革开放以来，前来欧洲旅游、考察的中国人特别多，这些餐馆和商店为旅欧华人提供了诸多方便。当我们到欧洲的时候，恰好是暑假，有很多留学生在餐馆的商店打工。据有关部门规定，一经被聘用的员工，每天的工作时间不得超过 7 小时，每小时不能低于 8 欧元。而且还规定，所有商店一律不得在法定休息日开门营业，违者必将受到严厉的处罚。据说，起初到欧洲创业的一些中国人不太理那一套，结果闹了不少摩擦，引来了当地政府的干预。欧洲人是很务实的，他们在维护本民族利益和本国品牌意识上是不遗余力的。凡在欧洲，只要穿着假冒的“名牌”服装一旦被发现，衣物不但要被没收销毁，而且还要罚款 2000 欧元，毫无商量。

毋庸置疑，尽管我们看到的欧洲同想象中是不一样的，但与之相比，我们确实存在一定差距。承认差距并不意味着趋同，而是为了清醒地发展自我。当然也不排除，国内一些地方和人，他们所持有的开放观，不是为了了解世界，扬长避短，赶超差距，而是把开放的视觉点从精神、思想及见识和学习的姿态，降低到对身体、物质、感观和放纵的状态中。更为糟糕的是，很多并非西方的观念和做法被挂牌为“西方”的加以传播，一些低俗丑陋的行为在“西方”的“光环”下大行其道，不少假冒伪劣的洋品牌不仅翻版而且在市场上堂皇叫卖……凡此种种，若不彻底觉悟，不仅要砸掉自己的饭碗，而且会损害国家形象和利益。

（发表于《中国纪检监察报》2010年4月28日第四版）

千岛湖，碧波荡起的诗

春的感觉真好。忽然从萧瑟的大西北落迹于人间天堂的杭州，那感觉就更好！一时间，沉睡的大地到处是破茧而出的新芽，万物竞发，落英缤纷，明媚与春天亲近，活力在春的绽露中奏鸣。

恰值“草长莺飞”的季节，我们一行乘着旖旎的春风，驰过喃喃的艳阳，走进诗意的地方——千岛湖。

千岛湖位于浙江省淳安县境内，地处长江三角洲腹地，是1959年建造新安江水电站筑坝蓄水而形成的人工湖，以拥有1078座翠岛而得名。淳安从东汉建安十三年建县以来，自古就是徽派文化和江南文化的融合地，隋唐以后，逐渐形成了具有地域特性的新安文化（又称睦州文化），历史上李白、刘长卿、王维、朱熹、海瑞等先后与淳安结下不解之缘，曾有“锦山秀水、文献名邦”之誉。滚滚而下的新安江穿流县境，30多条大溪纵横泽润桑梓，孕育了千岛湖优美的自然风光和良好的生态环境，吸引着中外游客纷至沓来，多少迁客骚人驻足留恋，竭尽诗兴。

逐波畅游在千岛湖上，万顷碧波荡漾，湖中大小岛屿形态各异，群岛分布有疏有密，罗列有致。群集处形成众岛似连非连，湖面被分隔得宽窄不同、曲折多变、方向难辨，形成湖上迷宫的特色景观；岛屿稀疏处，湖面开阔、深远、浩渺，宛如海面。湖湾幽深多姿，景色绚丽多彩。四周群山连绵，溪谷峰岩，林木繁茂，鸟语花香，生态环境绝佳，资源丰富。若乘一叶游船随波荡漾，那一汪碧水，就是梦灿烂开放的地方……

千岛湖山水天下秀，有人形容她宛如怀春少女，楚楚可人。然而，仁者见仁，智者见智，在我看来，千岛湖之美，贵在一碧万顷，岛屿棋布；大岛如山，小岛如船，个个青翠欲滴，像一块块半浸在湖中的碧玉。以群山巍峨叠翠，湖水澄清，岛屿奇特而巧夺天工。不但展现出风姿绰约之华贵，而且力举壮观雄伟之气魄；既似太湖的烟波浩渺，又有西湖的娟秀气韵。

每每云消雾散，湖水奇妙的颜色渐渐显露。不是绿，不是蓝，又似绿似蓝。恰似白居易《忆江南》中“春来江水绿如蓝”。青山翠屿，港汊交错，游艇各自穿行于不同的航道，互不相扰，似乎万顷一舟，极尽游目骋怀之乐。虽然，我们中大多都是第一次，匆匆过客，但依然令人怦然心动。荡舟湖上，心飞天籁，那周到便利的服务让每位参观者从容方便、随心所欲，一路行来，壮美风光和风土人情，整个身心随着旅程跌宕，收获的不仅是感官的愉悦。

千岛湖，是一个欢乐的湖，已开发开放自然风光、人文景观、动物野趣、娱乐参与四大系列的20余处景点，使你尽情领略四时风光。春游湖上，布满山花的岛屿，是一个个天真烂漫的村姑；夏日游湖，人们多想在这碧波中徜徉心扉；秋山红叶，使人想起“霜叶红于二月花”的诗句；雪满湖山，松挺山崖，又是一幅王维笔下的诗画图。四时美景，唯春最甚，此时放舟湖与岛之间，眼前的一切都是新鲜的，五脏六腑仿佛经过了一番洗礼，似梦似幻，顿生神游仙界的感觉。当船漂漂悠悠荡出幽谷湖湾，宽阔的湖面，一片汪洋，山分五色，湖泊斑斓，远处是山，近处是岛，好一派气夺山河美画卷。

拾阶而上，在梅峰观景台可纵览300余座大小岛屿，此峰设在千岛湖海拔最高的岛屿，是千岛湖登高览胜的最佳处。“不上梅峰观群岛，不识千岛真面目”，这是到过梅峰的中外游客对群岛风光的一致赞誉。登上梅峰观景台，只见四周岛屿密布，来时的水道隐于群岛之中，这幽静的所在，湖峰续岭，空气异常的湿润清新，与绿浪如波广阔湖境融为一体，湖水晶莹透澈，充满诗情画意，真是人间难得的干净之所。置身此景，人在自然中，远离了你争我夺的纷纷扰扰，真正地“脚踏高山，俯仰碧空”，大家在一起嬉戏言笑，无诡无伪，尽情地看艳阳，看碧波，看鲜花；听风、听雨、听鸟鸣，在追求自己的兴趣中获得乐趣与满足。融入这样亲密和谐的气氛下，我们可以直面在城市喧嚣中被遮蔽的人生的真实，思考在城市的紧张忙乱中无暇顾及的“人生最本质的问题”，人的生命才能获得真正的意义和欢乐。

开放的淳安人早就备好了绿色的佳肴，吃起来清新爽口，回味无穷，一经介绍方知皆出自千岛湖。此地不仅有着极其厚重、悠远的人文景观，而且独特多样的自然风貌，使湖中盛产85种淡水鱼，大森林中盛产的山珍野味，均是城里难以吃到的美味。

好客的淳安人以真诚斟满盛情，放胆把金樽美酒，以饮荡气漱肠；大自然将它所有的美都交给了酒，热情、力量、光明、色彩，还有神秘；人们借此把所有的好都放进大自然赐予人类的佳酿里，勇气、欢乐、诚信、友爱和乐观，为客者洗去奔波的疲倦。在此品鱼无疑是人生一大享受，不可错过。

品质，怎能模仿？气韵，是骨子里的！

（发表于《中国纪检监察报》2009 年 6 月 23 日第四版）

春风丽水游乌镇

没来之前，对乌镇的了解，多是从文学作品中看到的，或是耳听去过朋友的叙述，除此也只能是想象而已。其实真的乌镇远不止这些。

期盼已久，终于在今年 4 月那个春风轻拂的清晨，利用空隙，约上几个好友，一同去了乌镇。似我等来自西北，平日里看的都是贫瘠山峁，忽一日驱车穿行在江南的锦绣山水间，香气氤氲于叠翠蓊郁，满目深黛渐次隐去，唯有那春的花，春的香，春的影，春的魂，春的精气神铺天盖地。美景相随，行程恨短，一到乌镇，江南的温柔秀美扑面而来，仿佛被天生丽质的处子自然而然地拥抱了。这样猝不及防的拥抱让我几乎以为这即是我的故乡，但是，看看身边簇拥的人们，我才从恍惚中醒来，原来这拥抱本是江南春天晨风里专属的表达，这一如往常的表达，令我眼花缭乱，让我迷失在异乡，恣肆地放纵在这千年古镇，缘水而行的惬意和北国山峁沟壑的枯燥潜意识地打了个照面，肆意乌镇，游弋乌镇，好个江南名镇。

乌镇地处浙江省嘉兴市桐乡市北端，西临湖州市南浔区，北接江苏省苏州吴江市，为二省三市交界处。原来的乌镇以车溪为界，分为乌青二镇，河西为乌镇，属湖州府乌程县；河东为青镇，属嘉兴府桐乡县。解放后，把车溪以西的乌镇划归桐乡县，才统称乌镇。真如《乌镇东西》中所说，此乌镇非彼乌镇，此东西非彼东西。这就是乌镇，一个曾经在电视散文里欣赏过的江南水乡，一段延续几千年的历史变成原汁原味的真实，美不胜收。

乌镇帮我们找回了一段后人不熟悉的历史。检票口似乎成了两个时代的闸门，一进景区，立刻却阻隔开世俗的繁华与喧啸。“小桥、流水、人家”的幽远意境。缘水而立的白墙、黛瓦，雕梁、画栋，老街、古宅，无不映衬着历史的沧桑。让人感到遥远的乌镇不是镇，而是一个源远流长的文明符号，一处能让你走进其历史时空中那些如星光般灿烂的文化遗迹。随着乌镇水洗两旁，鳞次栉比排开，那雕窗青瓦的老屋，枕河而居，花格窗棂外都插着鲜艳的国旗，幸福的场景抚摸着百年沧桑；并不平整的石板小路，窄长的铺着青石板的小巷，在两边古建筑的掩映中一直向深处延伸，尤其是轻轻滑行于如翠缎般柔柔而又缥缈的烟波上的“乌篷船”，更加吸引游人的眼球。这里的人们一代传一代就漂在这条河上摇着时光，摇着家庭，摇着希望，摇着所有游客的梦，把乌镇的历史摇成柔美的故事，把乌镇的名字摇成了世界的宝贵遗产。乌镇表面的炙手可热却深深造就了她骨子里的柔韧与恬静，淳厚的水乡古韵，已深深地留在我永远的记忆之中，我突然想，这本灵秀清幽、意境深远的书，需要多少年才能读懂?

走进乌镇，那用青石板铺成的狭窄小街两边各式各样的民居和仍住在民房中的乡民，就会让人有一种亲切自然的感觉。作为历史古镇，乌镇无论是整个镇还是观前街，都体现着一种人文环境和自然环境和谐相处的整体美。漫步于古镇绵延一里多长的石板小街上，可以倾听脚步在另一小巷上的回音。沿水小街有用于系船的“石帮岸”，有些经过修饰，雕上一个瓶，瓶里插上三支戟，取“平升三级”的意思，以此来表达人们对美好生活的向往和追求。这充满农耕文化氛围的古镇，和许多江南小镇一样，街道、民居皆沿溪、河而造，正所谓“人家尽枕河”。只是与众不同的是，沿河的民居有一部分延伸河面，下面用木桩或石柱打在河床中，上架横梁，搁上木板，人称“水阁”，这是乌镇所特有的风貌。茅盾曾在《大地山河》中这样描写故乡的水阁：“人家的后门外就是河，站在后门（那就是水阁的门），可以用吊桶打水，午夜梦回，又以听得槽声欸乃，飘然而过……”

名人、名手和名家是承袭地方信息、传承文化思想的光焰，他们从乌镇走出去，胸怀水乡的博大、聪慧，以其骄人的业绩，在中国和世界历史上书写了永不磨灭的浓墨重彩，昭启着人们，寻窥星辉，以至更激活了文化符号，使乌镇在浩瀚的历史夜空中变得凌空耀眼。智慧的传承伴随脉脉书香，承载着先民们的智慧与伟大，在这儿展现一幅诱人的历史画卷，这是一种与生俱来的魅力。到此一游的客人，都会在心中寄存如乌镇般的那片宁静与致远。看茅盾故居就是用心拜读乌镇文化的一段精彩。据说乌镇自宋至清出了 161 名举人，其中进士 64 人之多。当然，现代人知道的最著名的恐怕当属文学巨匠茅盾（原名沈雁冰），他是新中国成立后的第一任文化部部长，留下了小说如《子夜》、《春蚕》、《林家铺子》等透射着“五四”以来优秀文学典范的不朽篇章，这让乌镇散发出世代书香的静雅之气。石板铺就的街道如同一个个抒情的音乐符号，感觉踩上去它立马就会发声，几百年来它们就如此平静地驻守在这阡陌深巷之中，每一块石头就是一本大书，一段音乐，是一段先民们用足迹写就的沧桑阅历和人生故事。它们告诉游人乌镇是真实的，也是经得起推敲的，你完全可以和她的历史文化做零距离的交谈。

乌镇文化十分丰富，招招式式都渗透在常见的日子里。三白酒作坊的老板用一个小小的木勺不断地提出一勺勺酒，送给游客品尝；走进汇源当店可一览过去典当业的日常操作，试一试蓝印花布的旗袍，看看画坊里画工的精心泼墨，逛逛石拱桥、染坊，观观木雕、古玩、丝绵、布鞋，这些文化符号的具象都是那么新鲜和令人寻味。乌镇闻名遐迩，固然有其诸多因素，但归结起来，崇尚文化应该是非常重要的原因。有个学者曾经说过：一个人的精神发育史，应该是一个人的阅读史，而一个民族的精神境界，在很大程度上取决于全民族的阅读水平；一个国家谁在看书，看哪些书，就决定了这个国家的未来。读书不仅影响个人，还影响到整个民族，整个社会。要知道：一个不爱读书的民族是可怕的民族；一个不爱读书的民族，也是没有希望的民族。

乌镇养育了江南水乡的平民化性格。返回的时候我们搭乘了乌篷船，摇船的是一位身穿粗布衣、头戴斗篷、脚穿布鞋的中年妇女，我开玩笑说您当游客我来摇船，她笑着说你没驾照不行，不安全。交谈中了解到她常年载着游客穿梭于这条河上，收入很好，说话的时候她的神色显得很幸福，也很能让人体会江南水乡女人的性格。有人说，乌镇的民居造就了乌镇人的性格，此话不假，看沿街民居，大都是下面店堂楼上住房的格局，并没有居高临下的气势，宽敞的大厅里除了文化的亲和力，还有一种节奏并不快的韵律回旋，曲尺柜台是居民营生的地方。街头店铺的商贩显得悠闲自得，没有那种繁华景点叫卖的嘈杂，没有商贩拉客的死缠硬磨，完全是一幅古朴民风的淳厚，恍惚之间让人穿越了时空的阻隔，巷岸边绿树柔柳不尽的柔情，透露出婉约、灵秀之美。中午，我们在一个临河的小餐馆就餐，隔河饭馆的廊檐下，两个年轻人一靠着廊柱就进入了甜美的梦乡，我想他们如果是北方人的话，这一刻，他们不仅在感受着江南水乡——乌镇的静谧，而且真正圆了一回走进乌镇的梦。

走在乌镇，一步一景，一物一画，这一幅幅小康生活的画卷淋漓地展示了古镇的深度。

乌镇是美丽的，美就在那环镇绕来绕去的清凌凌的水，而这丽水又是我等生活在黄土高坡的人们，祖祖辈辈企盼而又奢望不及的愿望。世间的事总是差距太大，盼水的人望穿双眼，“老天爷”才挤几点如泪般的雨，不似江南这般水网交织，铺天盖地，秀了山，秀了地，生存在水乡的人，坐享水的滋润，水的便利，水的富足。如此看来，水是万物之源，生命的血液，可水又是最容易被污染的，爱护人类赖以生存的水资源是发展刻不容缓的社会责任和义务，为了地球村的常青不老，为了我们的家园更加美丽，珍惜每一滴水，这才是最最重要的。

啊！古老的乌镇，年轻的乌镇，厚重的乌镇，她平和婉约的风韵，既蕴含着勤快和智慧，也是对江南水乡历史、文化和民俗风情的最好注脚。感谢上苍，让我在一年中最美的季节畅游乌镇，春风熏得游人归，让我醉在不言中。

（发表于《中国纪检监察报》2008 年 5 月 24 日第四版）

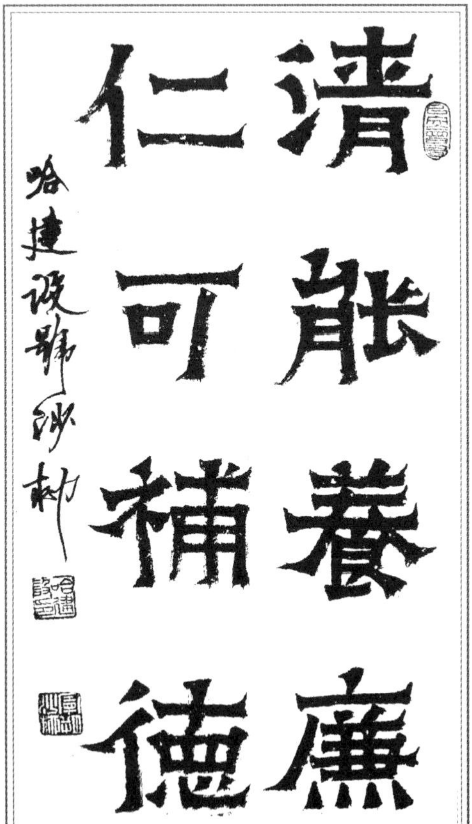

畅游武夷山

骤雨初歇，我们一行数人挥手辞别海南，又乘着千里云瀚，伴着“轰轰”的机鸣声，转眼间来到了神奇的武夷山。尽管行色匆匆，可苍茫的脚下豁然是满心的欢跃和欣慰。

武夷山耸立在闽北边陲，占据天地之灵气，汇集人文之精华；人与自然和谐共处、交相辉映奏响了一曲美妙的乐章。

新一轮的太阳才刚刚在山头上冒出一弯线，乡间的小鸟们开始以清脆的声音穿过山涧，穿过窗棂，叫醒着城里来的人。他们寻着鸟儿的叫声踏破山的寂静，游走在长满杂草的小路上，鞋子和裤腿早已被露水沾染湿透。霎时间阳光开始从山头射下，便更能稀奇地看见雨露齐齐地升腾起来，缓缓在上空聚汇成很薄的雾气，随着极轻微的风慢慢飘到了一起。绿色毕竟是生命中最为鲜亮的色彩，即使是有这么一层缥缈的雾，亦绝遮挡不住它的明艳。山如青黛，水如碧玉，而那缭绕在山水之间的云雾把一个个美景飘散成万千气象，每一片都仿佛披着霓裳的贵妇，撩弄着耸翠的山峰和叠嶂的峦谷，喷出一腔柔媚的泉，奔涌着激越的瀑，汇成九曲十八弯。

九曲溪是武夷山风景的精华显露，“曲曲山回转，峰峰水抱流”，清澈的水波映照着山的倒影，欢快的旋律在水溪中流淌，沿溪翠竹丛生，怪石峥嵘叠嶂，飞瀑流泉坠玉，宛如长长的画卷。大自然的鬼斧神工、匠心独具，造就了奇峰峭拔、秀水迂回、千姿百态、风光迤逦的美景，装点着壮丽的山河。若把峰岩比作武夷山的骨骼，那么九曲溪就是悠悠的心灵，云雾便是梦境仙游的魂魄。坐在小小的竹筏上，欲飘欲坠，任溪流荡漾，抬头可观山色，俯首可揽清流，侧耳可听溪声，竹筏悠悠，青山悠悠；人亦悠悠，情亦悠悠。

季节毕竟已是暮春，暖暖的一路上被太阳晒着，只知道穿行在忽而变宽又忽而变窄的山间小路，空气中飘散着花的芳香、鸟的醉鸣、山的清馨。山涧的溪流无声到不知是水在淌，清莹到水中的绿草儿呈出了翡翠般的碧。环顾群山，一幅幅岭南派的山水画卷不断地涌现在眼帘，总也看不够。倒也是，似我们这些来自大西北的画中人，哪见过这么多的翠竹、这么多的茶树和这么多漫天彻地的生命绿彩。我们放飞心情，陶醉地嬉戏笑逐在这如诗如画的空谷山坳，竟是扰了这一方的清静。“当时只记入山深，清溪几度到云林。春来片是花涧水，不辨仙源何处寻。”

行车一路蜿蜒到了几近山角，暮春的阳光开始不断地升温，雾也层层散去，将整个武夷山上下左右遍地遍野漫山层叠的景色全然地铺陈在眼前。我们四散在花丛中，在茶园间，是否觉得自己在如此山水画卷中也就欣然成了画中人物呢？“初因避地去人间，及至成仙遂不还。峡里谁知有人事，世中遥望空云山。”每个人都陶然于山的景色，恣意地摆弄着姿势，把握着与山色山景山情相融一体，自采心灵的花蜜，企图永留在那一个个幽静的美景中。浑然间我们已到了归巢时，大家心情依然放飞在此山，看夕阳消失于山脊，望着满目的景色，不忍离去，何忍离去?

寄情此山，抒怀吟志，感悟人生，生命中的情愫被激活张扬。人生苦短，美景无限，今朝暮暮如夏一样的温馨，而再一年的暮春，群山依旧，草木依旧，山花依旧，唯人面难复，未过但惜，未至已期，自然界总是如此，循环往复，以至无穷。

（发表于《中国纪检监察报》2007 年 6 月 7 日第四版）

苗寨拾趣

春末夏初，得隙一游贵州东南的苗族村寨。尽管春雨潇潇，依然掩不住山的神奇，掩不住水的清韵，掩不住火辣辣的情致。投身苗寨，以歌舞沁肺，用清风漱肠，其乐无穷。

贵州多山，一路上蜿蜒崎岖，过了若干桥，绕了许多弯，没人去留心它；倒是那峰峦叠嶂的山岗上盛开的映山红，勾起了同行们的兴趣，不约而同唱起传唱不衰的民歌："……若要盼得哟红军来，岭上开遍哟映山红。"笑声、歌声洒落了一路。天下到处有美景，处处美景各不同，而往往相似的却是旅途中的事，上车"谈天说地"，下车"仓促看景"。

乘一缕清风，踏千里烟波，我们终于抵达苗寨。放眼望去：芳草无边，山色如黛的山寨，尽收眼底，使人顿生"烟雨暗千家"之感。好客的苗家人，穿着民族盛装，佩戴着她们特有的银饰，早已摆好阵容，用隆重的礼节迎接远方的客人。鞭炮声吵醒了山寨的宁静，芦笙奏出山谷的喜悦；苗乡的人性情豪放，即使招呼客人，总也张扬着独有的个性，从美丽的少女到可亲的老人，还有稚嫩的孩童，个个捧出家酿的米酒，恭敬地请客人品尝；和着芦笙的旋律，进一步，喝一口，直到喝完二十四道山门酒，苗寨便敞开胸怀拥抱你，一腔的热情献给你。

朗德苗寨，一个挂在黔东南颈项上的银饰，承袭祖先血脉，延续汉武遗迹，古今并存，山水相映。我们冒雨徐行，前路山寨紧连，更有一番情趣扑面而来，一扫旅途中经受的颠簸，恰如云消雾散，一抹春晖照在了天井。天井四周，布满了苗家人赖以居住繁衍的房屋，仍然保留着明清的建筑风格，斗拱飞檐，古朴异常，沐浴着山川灵气；绿溪绕舍，斑竹滴翠，云间紫燕轻飞，枝头青梅初结，漫天飞扬、随风飘坠的柳絮，枝头鸣唱的鸟儿，无不传达着春的生机和活力。这便是我们前来做客的地方。苗乡人素以能歌善舞著称，遇有贵客到，他们总要用芦笙和歌声唱出、喊出心中的那份热情。苗乡人的飞歌，曲曲绕山梁；苗家人的酒香，隐隐飘四方；我们坐在天井四周，尽情享受着苗歌和芦笙的酣畅，观赏着身着保留宋朝服饰特色的流彩，拍击反排木鼓，随着舞动的人流，放情欢舞；我们探访苗寨，浴魏晋遗风，闻历史烟尘，抒怀古幽情；我们回归自然，聆听着传统与现实水乳交融的真切；我们放飞心情，眼前一片敞亮，把酒临风，宠辱皆忘，面对此情此景，不醉不归。

一群久违了田野风光的城里人，揣着一腔好奇和新鲜，从四面八方来到苗寨，信步游走在这人与自然和谐相处的天地，仿佛置身于世外桃源。我们结伴同行，拾阶而上，不知何公倡言："吊脚楼是苗家人世居的生命摇篮，能叩开门栏进去看上一看，岂不美哉！"苗家人无私可藏，当我们随意叩开山中一家，一脸沧桑的老阿婆微笑着让我们走进吊脚楼，她既不问我们来自哪里，又不猜度我们是何用意，只是由着我们一伙人尽情地参观。吊脚楼采光通透、紧凑合理，令我们不得不佩服苗家人的聪明和智慧。在吊脚楼的凉台上，挂满了晾晒的包谷、红辣椒；站在凉台，放眼望去，一幅风光旖旎的田园画，着实让大伙叹服；一层层梯田，盛满了清凉凉的山泉，从空濛的山谷直到山顶；偶见农妇，正在田里忙个不停地插着稻秧，再看那满山遍野绽放的缕缕山花，五彩斑斓，靓了半边天。

短短半日，窥山一角，已足以聊慰心灵孤寂。我们踏上了返程，一切如常。经过急风骤雨，得来的常常是轻松平静，自然界如此，人生旅程中又何尝不是如此！

（发表于《中国纪检监察报》2006 年 5 月 12 日第四版）

雨中游桂林

列车徐徐进入了桂林站。一个盼望已久的夙愿，终于变成现实。天油然作云，沛然下着雨；凉风习习，树影婆娑，漫步此间，迎着零星雨滴轻轻抚过面颊，忘却了旅途奔波的疲劳，忘却了缠绊萦怀的烦心事，尽情地享受着美的沐浴，春的滋润，顿生一种回归自然的坦然与惬意的情感。

最早知桂林美景，不过是借助于现代影视媒体以饱眼福。那还是孩提时，一部歌剧《刘三姐》的电影，唱红了大江南北，唱响了五湖四海。当时便暗下决心，长大后若有机会一定要到桂林去饱览风光。一晃几十年过去了，在我身临其境踏着桂林乐土时，绵绵春雨淅淅沥沥总也下个不停，宛如雾里看花，而桂林恰如浴中闺子，情韵半遮，凭人们展开遐想的翅膀去追逐美的享受。

浩渺如烟的春雨，对生在南国热土的人来说，大概已习以为常；可对来自“春雨贵如油”的北方干旱都市的我，更独爱着稀稀疏疏的雨天。据当地人介绍说：“三月是桂林的多雨季节，这雨已下了好多天了。”雨中弥漫着浓浓的春芳及土香味，经过春雨洗涤后的空气沁人心脾，我贪婪地呼吸着一半是雨一半是清新的空气，如饮玉液琼浆。在春雨的滋育下，街旁和满山的翠柏、修竹葱葱茏茏，鲜花争妍斗芳，萌发出一派嫩绿，到处透着生命的活力。城中有山，山壮城色，山与城和谐连体，从而汇成一种情、景、理水乳交融的幽美而邈远的意境，笼罩在一片空灵深邃而迷茫的想象中，吸引着人们去探寻其中美的真谛。在这人间少有的美景中，我们同行30多人，跟着导游，踏着盘山石阶沿弯曲山道，边走边倾听着神话般的传说，任由好奇心神驰意往地去大胆拥抱大自然、去游逛、去寻欢，一个个似顽童无二，已没了年龄的界限，忘乎所以地穿梭在溶洞间，嬉语笑闹在葱郁的林木间，忙中偷闲，放飞心情，天地之乐矣。只恨时光短暂，好景过后难再复。

“叽啾、叽啾、叽叽啾啾”，又一个清晨被清纯悦耳的鸟鸣唤起，将我从周公梦幻中逐回到惝恍迷离的艺术氛围里。窗外一些不知名的藤蔓生机勃勃地爬满了围栏，顺墙而上；房檐水滴滴答答奏出自由而奔放的小曲，我的心情亦如雨中怒放的花朵自在又自得。我渴望在薄雾袅袅的朦胧细雨中行走，让小草上的露珠，打湿裤脚和鞋子。然而，此时此地已无能独享其乐，只能随大流一如既往。

桂林到处是美景，可真正到得此地来，人们最最向往的还是一江漓水，两岸青山。

随着“嘟、嘟”的汽笛长鸣声，我们乘游船荡漾在碧绿的江水上。漓江曲曲弯弯地绕过花草遍生、竹林伟岸，两岸千奇百怪的山峰已跃入眼帘；细雨如烟如雾，嘈杂喧闹的城市远在身后，田野空旷静谧，万籁俱寂。船儿浮动在江面，激起阵阵潋滟，穿过春之原野，清明澄澈的天地宇宙，把我们载入一个纯净美妙的世界。放眼环顾，峰峦叠彩，气势雄奇，逶迤绵亘；云层低浮在空中，轻袅缭绕，韵味醇美，形成半山烟雨半山云，其景象之壮阔，江山之秀丽，令游人久久流连不已，欲罢不能。我伫立在船舷，尽情地吸吮着雨中湿润的空气，怎么也看不够两岸千姿百态而浮动的山影。游船仍然迎着漾漾烟雨缓缓在江心游动，偶见泻瀑布，破壁而出，喷玉溅珠，半洒云天，凌空而下，如珠帘峦幕又仿佛白练曳舞，气象雄伟而壮观。处然引发出诗一般的遐思，画一样的波澜，将人们的心情推向更深的境界。江山如画，让多少豪杰志士折腰，使古今多少骚人墨客倾醉！自然而然地把自己融进这大自然的美景中，灵魂被洗澈一净，生命也变得美轮美奂。这里不仅是真善美的最佳寄托，更孕育着宏深的生命思索。人生一世，匆匆即逝，不过弹指一瞬，何必跟自己过不去，弄得那么苦，那么累？此时此景，令人赏心悦目心旷神怡，感谢大自然的鬼斧神工，竟创造了自然界一切真善美，让我独自享受着、感悟着、遐想着……平素积压心头的郁闷、浮躁、无奈统统被抛到爪哇岛上去不再想它，远离世俗的诱惑，任凭风吹雨淋……

忽然从前行的游船上飘过阵阵对歌声，恰如刘三姐复还，悠扬迭起，伴着山美、水美、人更美的游程，心醉异乡，不枉此行。

（发表于《中国纪检监察报》2000 年 6 月 7 日
第四版、《青窗之剑》2000 年 9 月）

行山看松色

闲暇空余，逐足于山林秀木之中，喜听虫嘤鸟语，与花卉草藤相伴，寄情物外，畅怀达志，了却许多愁情和烦绪，真不失为美事一桩。

素有“陇上名珠”之称的兴隆山离省城兰州百余里，美名享誉陇原之上。其独到的神韵，吸引着无数游客流连忘返。每逢夏日来临，便车水马龙，熙熙攘攘，把个原本寂寞的山峦搅得沸沸腾腾。

而我最神往的要数那满山参天的青松。观兴隆山之松色，远远眺望，似乎也没有什么特别。可当你走近它时，摄入眼帘的尽是层层叠叠的山峦，一派蓬勃生机、昂扬气势。由此，一种趋之逾近、识之逾真的感觉顿然袭上心头。山不胜险绝，东西遥相对峙，气势两相比高；木欣欣向荣，泉涓涓而流；四面白云缭绕，中峰倚天探日，把个自然风光造化得如仙境一般。一旦投进其怀抱，便会被一种不凡的魅力所折服。尤其那一眼望不到边的松涛，如浪涌的波澜，卷起翠微的浪花，使空山幽谷变得分外妖娆，令多少人倾倒，令多少人心醉。

穿过小桥，一条弯弯的山路，亦隐亦现攀缘直通云端。山下一沟潺潺流水，依山绕树缓缓东流。但见那满坡浮云百丈青松，舒展、挺拔，傲骨凌空，多像不倒的大纛下挺如磐石的战士，高大、刚健，踏实地护卫着绿色的大地。它又是那么的普通，那么的宽容，平静地与无数湛绿的小草同室一山。青松落落，卉木蒙蒙，青苔石上净，细草松下软，彼此和谐相处。伫立在松的世界，绿的洲地，不知不觉草木已在胸中生情，青松已在脑海伟昂。它们以一曲生命的赞歌，昭示世人：高大并不是平步青云、乘风直上，而是从平凡中积累，不弃泥土，不枉自尊大，顽强重塑自我形象；尽管被严霜寒雪、雷电冰雹碰得伤痕累累，但只要立根正，身心健，深固大地，又何惧流言压顶，谗议指背。

由此，我联想到那些奋斗在纪检监察战线上的同志们，他们长期以来，为了党的纯洁，为了党的荣誉，自甘寂寞，自愿清贫，有时甚至承受着轻慢的白眼、不公正的待遇，凭一腔正气、满腔热忱，成为党联系群众的纽带，架起了沟通民情的“连心桥”。我曾遇到过这样一位市纪委书记，他上任伊始，即跟家人约定，不得以其名义谋私。他赢得了群众的信赖，被当地群众称为“活青天”。但由于办案中敢于碰硬，坚持原则，不徇私情，不知惹恼了何方神灵，从此，谩骂、恫吓以及指责接踵而来。另有个同事，要在新春佳节时外出执行任务，恰好此时其父正在医院治疗，他从工作和案情着想，毅然前往执行任务。待完成任务返回后，父亲已离开了人世。顾不得疲劳，他跪在父亲灵前失声痛哭，在场的人无不感动得流下泪来……

兴隆山的青松，在不同的人眼中，会给你不同的感受。有人说它高大完美，可作栋梁之材；也有人说它没什么了不起，不就是普普通通的树嘛！其实，若将任何物什置落在荒山野外，即使是秀木也会被视作蒿草。但兴隆山毕竟不同凡响，亘古处世而不衰；满山参天的青松依旧苍翠，根生大地，横空凌云，以其倔强的秉性，铮铮铁骨，维持着一方净土。在这里，人们能感受到真实的美，一切都是这样的不加掩饰，不矫揉造作，更不盛气凌人。

登上山顶，缕缕清风吹过，一丝丝凉意如甘泉沁人心脾，一洗倦容。坐在这高山之巅，把酒临风，其心情格外开朗，格外爽快。这里的松色风光美得让人心驰神往。啊，青松，我敬佩你，你无私顽强的性格，奏响了生命的强音。

（发表于《中国纪检监察报》1999 年 9 月 4 日第四版）

勤耕砚田里，得失造化外

近年来，甘肃青年国画家牛金刚的花鸟画非常受人青睐。每次展读牛金刚的作品，那万千变化透出的勃勃生机总是扑面而来。

艺术是人们用来把握世界的一种方式，是社会生活在艺术家头脑中的反映。牛金刚的画正是他把握了当下现实之后，所作出的艺术再现。他采用了中国传统写意花鸟画的形式，既抒写个人的生活和艺术情怀，又从一个侧面来反映中华民族生生不息的生命力，同时也以其独特的绘画语言来唤起人们对生活、对生命的自信与热爱。而这一特质，也成就了他绘画艺术上的个性风格。

牛金刚的画往往叫人越看越有韵味，以至觉得眼前这一幅幅浓墨淡彩营造出的充满灵性与感悟力的花鸟山水突然间活动开来似的，一个鲜活蓬勃的世界令人怦然心动。

牛金刚最擅长、最倾注情感的，应首推牡丹和修竹，这一浓一淡的“性情中物”，恰是其人品和画品的写照，也是他审美艺趣的具体体现。

有人说，牛金刚笔下的牡丹之所以独特，是猎猎地张扬着一个“野”字。我想这不无道理。“野”，即烈，即恣肆豪放，即生命力的高度宣泄，这就使牛金刚的牡丹似为不经意，实则独具匠心地从那些或过于华贵娇艳或多于矫情媚俗的“花中之王”的套路里逃脱开来，而更多了些率真坦诚，多了份人间烟火的亲切感召力。我觉得面对牛金刚画幅中的一簇簇一丛丛昂首绽放的牡丹，有如脚踩泥土而憩身芳香四溢的牡丹园，“花不醉人人自醉”矣！

至于竹，其君子风骨雅士派头只任牛金刚寥寥数笔便神在画外。问他所追求的画风何以如此超然物外？自信健谈的牛金刚说：“勤耕砚田里，得失造化外。我是自然之子，从大自然来，还要回到大自然去。”

搞艺术必具备过人的悟性，否则便缺乏灵性和生气。牛金刚用同样的风格渲出西部的山水，很有些大气磅礴之状。山是我们熟悉的峥嵘狂傲的精魂，水是我们动情的浩荡奔放的神髓，山水推至我们面前的同时，我们便充满感动地触摸并领悟到一个经过画家自身才华和修养悉心创造的既真实又理想的境界。

牛金刚的艺术成果，确实来之不易，从他的画中人们不难看出，其间渗透着一股执著的精神。已进入不惑之年的牛金刚，先后经历过插队、当兵、做工、提干以及经商等命运的辗转、坎坷的旅途，对此，牛金刚有他自己的说法：“人，最重要的是明天的太阳永远新鲜。跋涉并不断超越自我，才是人生真谛。”

（发表于《中国纪检监察报》2007 年 10 月 13 日第四版）

一方天地见精神

——汪淮一书法风格解析

习书者开口总喜欢谈及风格或个性，然而真正形成自己独特的风骨而又被社会逐渐认同，可不是件容易办到的事。环顾甘肃书坛，在众多名流高手之中，汪淮一以其独有的创作实力，确定了自己的位置，赢得了世人尊崇。

书旨、书道、书品，皆由书意媒体呈现在观众面前。书法的意蕴，应该包含功力、生活、思想和修养诸多方面，尤以真挚优美的情趣、意境最为动人。这动人的发现和再现，是书法家从个人生活源泉开始的，尔后加工艺术功力与文化沉淀等多方面造诣制作的磨打练就。所谓“十年磨一创”正喻此意。历代名家名作，都是彼时彼地的先贤者同自己的审美理想反映那个时代的产物，由此而造成源远流长的民族文化的优秀宝藏。“外师造化，中得心源”，这不是新话题，而要做到言行必果，谈何容易？眼下的书潮，师古者、仿洋者、效他者，并非鲜见。迷恋观念符号，追求离奇古怪，荒诞无稽之术等，似乎越是远离现实越是飘然自若的仙人、圣者，欺人唬人，不过是孤家自赏而已。与之相比，我很欣慰地看到汪淮一先生已经领略了学书从艺真谛，他师古而不步其后，埋头走着独家小路；他仿人而不仿其形，重在神质，坚持实践，以此弥补和完善自己的个性风格，这在当今风云变幻的书坛竞争中，能保持平静的心态，找准个人的切入点，实非易事。

汪淮一的书法作品在书写风格上朴厚古拙，笔画凝重；多以方笔为主，正锋直入，似隶非隶，多了几分筋骨，多了几分豪气。其波磔奇古形翩翩之姿，因字之形，多取横势，点画避就，有敛有放；取势短险，笔短而意长，笔长而势足，用笔犀利，富有变化。在结体上无明显的蚕头燕尾，减篆之萦折为劲直，扁平丰茂，瘦劲挺秀，朴厚中见劲媚，流畅自然，不作修琢，充分发挥了书写者控笔、控墨的本领，使上下字距松动，左右行距紧凑，易现个性和风格。其中所表现出浓浓的情愫，飘逸的思绪，伴随着激情满怀的浓墨，以其对书法线条艺术巧妙的搭配和对生活独具憨意的感悟，在作品中得到了能动的展现。

在我国，书法创作和欣赏的人实在是浩如烟海，唯此要写好书法就更难了。纵观书法发展史，一件上好的书法精品的形成，皆为作者生活经历、文化修养、性格倾向、美学观点、学习书法的渊源等不同因素所致，同时也受到不同时代的社会风尚和精神影响。尽管学习书法的道路是可以多种多样的，但总要脚踏实地，一步步地往前走，一步登天不可能。书法家汪淮一的可贵之处，在于多方投石问路，诱发个人的潜能，不断地攀登，总是准备再准备，一生都在爬坡，永无止境。他作书以研究入手，从繁到简，由粗到精，走过了一段很长的路，他可谓是个成功者，但这成功记载了他多少心志和辛勤劳作的汗水。是书法精神的内涵和文化格调，一直在激励着汪淮一先生拼搏不息。

愿他艺事砺磨，百尺竿头，更进一步！

（发表于《人民之声报》2000 年 6 月 10 日）

文心懿德化书风

——傅文章书法品味

在傅文章书法作品中，笔者欣喜地看到他超越自我的实现。这是他数十年磨砺书法意趣的精神写照，作品中表现出的法、韵、神、势，构成了鲜明的个性和独特的书风。

书法之美有古拙、娟秀、丰润等等，但必须建筑在力的基础之上。如果没有功力，字就没有精神，没有生气，像庙里的偶像一样。傅文章书法作品，四尺素宣，一团浓墨，一支长锋，逆势入纸，步步涩进，毫发动于全身，气力透乎纸背，得之于心，应之于手，心如沧海，手似游龙，缠缠绕绕，恍恍惚惚之间，一气呵成，跃然玉成。其中之美，恰恰反映出他不断努力、不倦追求之功力。

欣赏傅文章的书法作品，使人切实感受到线条形象所展现的风格，有助于加深人们对书法之美的感受和认识，并通过书法形象想见作者的性格、情感与学养。就书法欣赏而言，汉字怎样写，人们心里都有数。但看到傅文章能把书法形象营造成如此新颖的形象，感到其中大有意味，可以看出表现了他的美学趣味和艺术个性，也由此反映了他的性格乃至情感状态，窥知他在书法探求的道路上的艰辛跋涉。并透过字里行间，使人们感觉到一股恬淡逸趣和书卷之气。

以势夺人是傅文章书法另一特色，细细品味其作品会发现其书法之势在于奔放雄健，脉络虚实相通，布白错落有致，偃仰向背，开承转合，前后呼应，左右顿盼皆有法度。何者应大，何者应小，何者应长，何者应短，何者争，何者让，何者抑，何者扬，均在锋毫之间凝重点染，神态潇洒，毫无掩饰造作之态，同时摇曳生姿，别有韵味，通篇于法度齐整中求浑然天成，平中寓险，险中见平，行与行之间各不相配，字与字之间气脉相连，以其娴熟老到的笔法，精湛地显现出控笔驭墨之能。

古人云“入之愈深，其进愈难”。傅文章笃志勤奋，不断求索，必将在书法艺术创作道路上蟾宫折桂。

（发表于《甘肃日报》1999 年 11 月 10 日第八版）

生命来自大地

——马步升散文集《一个人的边界》之评析

深秋初冬，应组织安排我到省委党校学习，与马步升成为了同学。似这样近距离地与一个作家天天交流，机会还是不多的。他富有才气，且又诙谐畅达，在很短的时间内，便与大家打成一片。入学大概一月余，他的散文集恰好问世。同室同学，当然捷足先登，先睹为快。

当系统读罢《一个人的边界》所收入的64篇散文后，被作者不凡笔触所震撼。细细观来，玩味再三，到处可见情感的释放，力的体现。有的荡气回肠，文韵疏朗；有的豪迈奔放，清澈透亮；有的婉约，有的粗犷；有的严谨，有的放诞恣肆；有的慎到精确，有的长于描写；有的华丽，有的朴素；有的热烈，有的幽默……既展示着个人与命运抗争的倔犟，又包罗了深刻的社会内容。记叙着动荡中的镇定，污浊中的清白，迷乱中的警惕；而又不只是洁身自好的同义语，其真正的意义在于能动的进击：为着净化客观世界，如同在净化水的激战中球衣菌和菌胶团不倦地冲锋一样，心磨一流，竭尽绵薄之力。通书笔触使真善与丑恶相联系、相抗争，两方面都不是孤立存在。正因为借真善来暴露丑恶，这暴露就更深刻，更震动人心。也正因为借丑恶来颂扬真善，这真善也就更耀眼，更令人倾倒。不论真善也好，丑恶也罢，因为都是寓于完善的艺术形象中，那么逼真（不只形似，而且神似），那么不可更移，不可代替，那么令人确信和心服。恰表现出该君巧妙运用现实主义白描手法的肇力。

《一个人的边界》从所遇所见来感悟人生，其思其欲其情酣畅淋漓。是啊，人的一生可真不容易。具体说来，人生在世，有顺风而呼的张狂，也有逆水行舟的疲劳。按照苏东坡老先生“人生不如意事常八九”的说法，逆水行舟的时间可能要多些。为了成长要吃饭穿衣，为了精神需求，为了实现人生理想，去做，去闯，去拼，一路悲歌，两耳风雨，四面暗淡，甚至是鼻青脸肿、头破血流，都无怪乎。不过，人的身心是有强性限度的，过度消耗，就难免疲累，难免颓唐。世界无限，个体的生命有限；物质有穷，个体的欲望无穷，即使囊括了现实世界的一切，那么未来世界呢？还是落了个志不伸，欲不达。人生的归宿究竟在何处？坐下来缓口气时就想，人固有一死，生不带来，死不带去。就说为儿孙吧，也是儿孙自有儿孙福，此生此世的事都理不完呢，还管得了那许多，何必自寻烦恼呢？……读着步升的散文，使心境有感而平静了下来，凡心常态在字里行间滋蔓，这时《红楼梦》中跛足道人的“好了歌”就在心头訇然响起。人生来去一场空，心下无免泫然。不了！不了！就此歇住，得过且过。关键是不要苦了自己的心。

亚里士多德说过，追求是人的本性。这位哲人可算是真正的认识人的。实际情形果真如此吗？人真会和自己开玩笑，明知道世界无涯而人生有涯，物有穷尽而欲无穷尽，却还要以短暂去追求永恒。吃了五谷想山珍，吃了羊肉想海鲜。个人欲壑难填，公共舆论则认为是上进的表现，而表现自己，最大限度地实现个人的社会价值，又是每个人都无法解脱的宿命。人生难得几回搏，不建功立业，不匡济天下复为人也！于是还得丢掉伤心悲悼，擦干血泪，抚平伤痕，挥去旅途迷雾，试路前行，这又是不了。不了，人生永远的不了情。

文字的生命在于思考，而书的价值则在于物化启智。深读《一个人的边界》，会让我们看到闪光的性格，真正的灵魂；同时也看到了艰辛、窘迫、困苦都不曾磨灭的理想光辉，通过苦涩的笔锋，描绘出心灵的闪烁，理念的显现，意志的表露，以其真实的美，叩开了读者的心扉。其美在自然、率真、纯朴，尽管带着浓重的乡土乡情，恰恰形成了他特有的创作风格：不弃泥土，立根家乡，热爱家乡的父老乡亲，眼界始终放逐在大西北这块神奇的土地上，从中探索广袤博大的精深，这可能就是他创作底蕴的根，艺术之韵，看文思之力吧。因为美依存于真，真即是美。

诚然，在整个散文集当中，饱蘸笔墨自然间阐释出一种观念间的纠葛，这也是成长过程中难免的。一个人启智欲念愈深，对乡土观念的反叛欲望就愈强。显而易见，观念的碰撞，会伴随社会进步和发展的始终，成为文学作品创作中不得不正视的一条突出主线，而人与人之间、人与社会之间、人与生产关系改造之间的处置，又往往是最活跃、最生动、最富有价值的文学环境和材料元素。读马步升的散文集，给人一个明智的说法，从对平凡事、平凡情和平凡成长的不断检索中，给出一个合理性的追问，以此流淌着狷狷正气、冉冉朝气，并透出一份不可多得的才气。在我们眼前跳动的这些文字，珍视其在成长过程中对周围环境、周围事物、周围历史和周围人情世故作纵向和横向地比较、剖析，大胆地追问他所处地方走向那些错误的决策模式是如何成型的，在这一追问中，透视人生话题，逐渐开始形成了自己开掘的写作形式和风格，进而开始了漫长的、漫无边际的、不设边界的思考，始终直接地映射着对社会变革的观察，渴望更加辉煌的未来成功，并时刻警惕因为自检、自律的失误而丧失对事物的误判，从这个意义看，步升同志是个严谨的学者，冷静的思考者，清醒的行者。

《一个人的边界》，这是马步升的第一部作品集，是用追求生命光焰的能量写就的书本，大多回顾和反思了陇东黄土高坡赋予他生命意义的篇章，生动地勾勒出他生活的那个时代的真实感受，不仅对于细检人生是有教益的，其实对所有关注过去生活的人也都应该很有启迪。所谓“他山之石，可以攻玉”。我想，这是我们应该格外认真读读这本散文集的最好理由。读罢你会感识到：真正的生命来自大地，而不是石缝里蹦出。

（摘自《兰州晨报》1998 年 6 月 3 日第七版）

素襟不可易，灵府常独见

——书法家尹建鼎其人其书之我见

在不同的历史时期，艺术总是呈现不同的形态。但真正具有魅力的艺术作品，往往是艺术家精神素质、性情志趣、人格操守乃至文化修养和艺术实践活动的总和。尤其是书法艺术，更是有别于任何艺术的综合表现。因此，著名书法家的成功之路，必然潜移默化影响着当世和后人。我省著名书法家尹建鼎先生虽然并不是书坛巨擘第一个占位者，但他的确以自己的实践活动和人格魅力，影响着许多人。

书法，心画也，是一种表象艺术。那或徐或疾、或起或伏、或聚或散的线条，在宣纸上流动着的无不是书者的心性和情感。尹建鼎老先生从事书法艺术实践活动长达 50 多年，以灵性和执着凝练成沉着而又灵动的线条，在人生的宣纸上跳出了华彩的乐章。其作品远播海内外，深受国内外人士的喜爱并收藏；留下了宝贵的文化遗产和精神财富。展卷细味，其书、其势、其情、其志均扼腕笔端，通篇既是文韵的表达，又是情性的沟通。凡是接触过他与其作品的人，会觉得他的多数作品都是风流恣肆，信马由缰，没有什么打磨、修补与造作的痕迹，加上他那种风趣、儒雅而极坦诚的情怀，形成了创作的独异风格。许多同仁和爱好者被他博学睿智、达观畅怀的才情所吸引而乐于与他交往。

我与尹老交往近10年，我们之间谈得最多的是书法，以至受益匪浅。在时下浮躁的社会里，许多人熙熙攘攘地热衷于追逐“孔方兄”而乐此不疲，像我们这样能够坐下来谈谈文化和书法何其难也。何况在有的人眼里，物流如华时代谈书法有多么的不时髦。尹老不觉得，他不仅对当代书法有着清醒的认识，对自己的书法探求也有鲜明的理性。或许是受到当代书法强调展厅视觉冲击力、追求视觉效果的审美观的影响，初看尹建鼎先生书法，感觉如一弯波澜不兴的潺潺流水，平淡无奇，然而再三品味，却似咀嚼青橄榄，越嚼越有味，口齿回香余味无穷。待真正读明白了尹建鼎先生书法之后，彻底颠覆了原先对书法不以为然的观点与看法，重新唤醒了沉淀与心灵深处的充满古典韵味的文人书法的情愫。于是，心底便涌起了一股不可抑止的言语表达欲望，非吐不快。

一般而言，撰写书家评论需要的是理性的思维与逻辑的判断，而我对尹建鼎书法的解读更多的是出于一种莫名的感性的心灵驿动。这种心灵驿动首先缘于对尹建鼎大师的熟知与感情共鸣。最早接触尹建鼎先生的书法，是通过兰州五泉山公园里一些个景点门楣上的对联，留下了许多脍炙人口的经典杰作，自然流成如山中清泉，叮咚乾坤，无不映照着一种狷狷文人书气。

文人书法，注重学养的滋养与浸润，推崇独特的人生体验，独特的审美观念与独特的艺术格调。品读尹建鼎先生的书法，其文人化意识更跃然纸上。其书具有以柔为刚的点画、劲健潇洒的结构、超逸洒脱的章法和高格卓绝的气度等传统文人书法的审美特征，气势开张而不乏优雅之态，点画厚重而又笔致飞扬，既能恰当继承经典书法语言而又能开拓创新、自成一家风格的艺术智慧的具体体现。其书作特点，概括有三：一是其用笔刚劲有力、削繁就简，变古为今，起笔、运笔、收笔的笔路十分清楚，干净利落，其点画华滋遒劲，圆润而筋骨内涵；二是其结体宽绰秀美、点画之间彼此呼应十分紧密，外似柔润而内实坚强，形体端秀而骨架劲挺，字字流美动人；三是其章法清逸典雅，疏朗俊秀，宽博沉稳，品貌旖旎，极其超凡脱俗，儒雅风神的书卷气。如果将尹建鼎的书法特点简要地加以概括的话，那么，法度精湛、遒劲挺拔、灵动有致、内力沉厚、气韵通神应该可以视为描述其书法基本格调的关键词。

清代书法家周星莲说："字有筋骨、血脉、皮肉、神韵、脂泽、气息，数者缺一不可。"尹建鼎书体极好地将笔法、字法、章法潇洒地融为一体，构成它独特的艺术世界。他挥就的翰墨莹宝，集百家精华，铸自家风貌，多清高避俗，放浪形骸，其中之美，在于表现个性风格时，所流露出来的浓郁文人气质，字里行间弥漫着一股浓郁的书卷气息，笔墨线条折射出一代书法家的文化品格和书法精神。他的书法作品，或赋诗，或记事，或讥讽，或喻理悟人，或咏贤颂德……既是情怀的释放，又是艺术的升华。尽管并不排除其中个别旧书体的气脉，但下笔干净利落，绝无含混不清或拖泥带水之弊端。

尹老创作书法作品在形式和内容诸方面和诸元素上都有不同程度的突破，其精神气息绵延连贯、古朴俊雅、线条沉稳自然，不拘泥于古典形式，敢于超越一般规范，追求个性表现，独立不羁，有利于造成一种特别放松的运笔过程和书写方式，形成了适合于个性风格充分展现的别致书体。其秀中不失灵动，个性中不失传统，给人一种纯真雅逸、轻松自然的艺术享受。这是由“技”而进“道”的高级境界。如果他不首先静下心来把自己沉浸在那种远古的氛围之中，是不会具有那种萧然散淡、空灵宁静的气息的。对气息的把握不仅需要“技法”与“学养”，更要依赖自身的“气质”和心境的调和。正是经过多年苦苦摹研，才能有机地将学养与气质一并融合在书法中，因而他的书法能执正以驿奇，笔走古韵，蕴藉典雅。

尹老行书作品精研笔法，笔画起止、映带、提按，一板一眼都流露出一种既超然俗外而又不越规矩的稳健，其开张步处，不激不厉，胜似闲庭信步，表现出烟雾收合、星电激流、龙虎威神、利剑锋芒的力量，技法十分纯熟，由于书写速度之快，少假思索，如胸中倾泻而出，不平衡处有了平衡，静态中迸出了动感。在结体方面，有古人的痕迹，最难的是于平和中求险峻，于奇崛中拓平和，疾徐自如，有继承亦有发展，融入了自己对书法的独到认识和个性的风采，气势恢宏，给人以强烈的感官震撼和耳目一新的感觉。这绝对是得益于对传统碑帖的临习，没有扎实的基本功夫，是根本做不到这一点的。因此，他也取得了不争于世的骄人成绩。

古人云：“考其德行，察其道艺。”回瞻尹公书法之道，不禁肃然起敬。饱经风霜，历遭磨难，且又自强不息，不甘沉沦的倔强秉性，赢得了国内外同道的普遍赞誉；特别是晚年的他，拖着从“鬼门关”走了一遭的病体，仍孜孜不倦地探寻着书法艺术，没有坚定的信念，没有超常的意志，没有顽强的精神，是很难做到的。这正是尹公意志不同于常人之所在。

（发表于《甘肃日报》1997 年 10 月 22 日第八版）

思而得·论议江汉

宠物的悲鸣

前不久，去欧洲考察时，听到过一个有趣的传说。原来闻名遐迩的罗马城并不平静，此前还曾经发生过一场惊心动魄的争斗故事，这个传说广为流传。

据说：亚尔巴龙伽城的国王侬未多尔的弟弟阿穆留斯，阴险狡诈，贪婪诡异，他通过政变篡夺了王位。阿穆留斯为了防止哥哥后代报仇，下令杀死了自己的亲侄子，并强迫侄女去做女祭司。不久，被强迫当祭司的侄女竟生下一对双生子，阿穆留斯又恨又怕，他再次下令立即处死侄女，并派一个奴隶把孪生兄弟扔到河里去，恰巧一只母狼来河边喝水，它闻声走过来并嗅了嗅篮子里的孩子，不但没有把他们当做一顿丰盛的晚餐，反而用自己的乳汁来喂养这两个孩子。再后来一个牧羊人发现了哥俩，于是就把他们带回家抚养，牧羊人还给他们起了名字，一个叫罗慕路斯，一个叫雷慕斯。他们长大后立志要报仇。兄弟俩领导亚尔巴龙伽人民起义，推翻了残暴的阿穆留斯。他们在昔日遇救的地方建起一座新城市，“罗慕路斯”的读音就成了“罗马”城的名字。

当然，这只是传说中的故事而已，其真实性无从考究。单就这个故事的传说，其实也说明了人与动物的关系由来已久。斗转星移，物化成例，演变到现而今，人与动物间已密不可分，人视动物为宠物，阿猫阿狗或旁物随可；宠物也，心爱者，自然贴己。宠物依人为主子，只要有美食，管他光的、麻的、高的、矮的，你情我愿，曲脊依附，相互依存，相互共荣，其乐盈盈。

豢养宠物与主人的境况相连，养得多了麻烦也就来了。因为争食、争宠是动物的天性，没有哪个能超凡脱俗。猫儿亲近人类只为多食一块鱼，狗儿给人摇尾则为争到一根骨头。因此，平衡就可能会被打破。有朝一日，食物不公，便会滋事生非。猫儿争辩道："不公平呀！狗凭什么吃那么大的骨头，我才吃那么小的一块鱼？"狗儿毫不逊色，龇牙咧嘴地发威道："滚，滚滚！小儿之辈，何德何能，你有什么资格与我争，我是主子的心腹，既能为主子看家护院，排忧解难，又能按照主子的心思行事，你能做到吗？"猫儿虽小可也不甘示弱。

于是乎阿猫与阿狗斗来斗去，斗得乌烟瘴气，斗得主人心里不痛快：这帮畜生真是不争气，一点儿也不省事！主子抹下脸来不分青红皂白各打五十板。猫儿自觉势单，灰溜溜夹着尾巴乖巧了许多。可阿狗心里觉得受了委屈，很不服气，见着人就叫。主子听到后，更加生气了，毫不含糊地拿起鞭子狠狠地抽了狗儿一顿："叫你话再多，叫你不服气，叫你再多事……"

善良的人总向往生活在美好的梦境中，用常规愿望精心编制出一种良好的氛围，企图维系着和谐。

阿狗并不知道按常规做事，如是那样它就不是畜生了。那狗挨打后，表面上学乖了，尾巴夹得更紧了，见到主子也更加谦恭了，虽然心里很窝火，但本能告诉它，与谁斗都不能与主子斗，那是没有好处的。

终于有一天，主人得病了，而且病得很厉害，权衡再三，总觉得狗儿可以托付重任。随即唤来阿猫、阿鸟以及旁的宠物，中肯地交代一番：你们要尊重狗儿，支持狗儿，并面授机宜，你们之间不要再斗来斗去的，那样会让别人钻空子的，再说窝里斗与谁都没有好处。

阿狗并不领情，总算熬到主人离去。

狗被逼急眼了也会咬人的，往往乘人不备，逮住了就是一口，并且入木三分，倒霉时会废于狂犬病。阿狗终于有了机会，脸上的狗毛立刻扎起来，气势汹汹，变本加厉，跳得最高，叫得最欢，骂得最凶，咬得也最狠。

主人后悔极了：唉！怎么就没有看透身边的狗儿，这畜生伪装隐藏得也真够深，心计这么重，城府深得比大海的波涛还难测度。

遗憾的是，主人再也没有时间和能力来纠正自己犯下的错误了！

（发表于《西塞文艺》2007 年第 3 期）

乌鸦攀亲

说的是甲乌鸦之子追慕于乙乌鸦之女，央求其父为其提亲。甲乌鸦之父怜惜自己的儿子，按照惯例请丙乌鸦从中撮合。丙乌鸦是个热心肠，再说此事乐得个顺水人情，爽快地充作鹊桥使者，随即至乙乌鸦处探听口风。经过丙乌鸦的游说，乙乌鸦同意：先见面，再定夺。

于是甲乌鸦父子随丙乌鸦飞往乙乌鸦家去相亲。乙乌鸦之女同甲乌鸦之子是一样的黑，黑得让人难以分辨。待彼此落座之后，丙乌鸦鼓动三寸不烂之舌，开腔履行使命。它先是给乙乌鸦大肆喧说甲乌鸦之子如何如何的好，如何如何有本事，又如何如何的了不起……然后，又转过头来对甲乌鸦道承乙乌鸦之女，是这般这般的漂亮，这般这般的圣洁，又这般这般的纯情……就这样，说罢了甲子，说乙女，说得是天花乱坠，说得甲乙双方心花怒放，乐得双鸟都以为自己的儿女，是天作的一对，地造的一双。婚事当即敲定，择定吉日完婚。

大喜之日，甲乌鸦一切准备就绪，大办宴席，邀请群鸟助兴。一通鞭炮爆响，一阵鼓乐齐鸣，客鸟入座开宴。由于不关群鸟任何利害，便违心地说起赞扬话。只见兴奋的乙乌鸦之女，狂躁于群鸟之间，便不把群鸟敬为宾客，只是视做下人一样。群鸟对此，甚觉愤慨，纷纷离席飞走了。

甲乙乌鸦被气得浑身像筛糠似的，相对无言，内心暗自明白了一个简单的道理：原来奉承的语言，虽然听起来心里舒服，但只能晕眩，并不能掩盖丑陋。

（发表于《中国文化报》3月18日第四版）

观球赛有感

前一阵，人们打开电视机观看世界杯足球赛已成为一大快事。人们深深被鏖战在绿茵场上的运动健儿展示出的精湛球艺所慑服，更为其中表现出选人用人上的高明而喝彩。事情往往如此，若不优胜劣汰而是以人划线，恐怕连球也很难踢得赢。由此可见，以人画线实在是要不得。

可环顾现实生活，在选人用人问题上，某些人总丢不开这样的尺子："他是不是我的人？"如认为是，则宠信之，提拔之；至于你是不是个人才，德行好不好都在其次，甚至由于不符合这把尺子而坐冷板凳。至于区分是不是"我的人"的标准，就是量一量和自己的距离，看一看对自己的态度。

对此，我曾经苦苦思索过，或许这种说法真有点道理："手下没有几个自己的人，就干不成事"；"谁上台都要用自己的人，总不能选用死对头吧？"可是，看过世界杯足球赛后，又产生了一点怀疑。如果教练选队员也搞"以人划线"那一套，把队员分成“你的”、“我的”、“他的”，行么？如果前锋冲不上去，中锋脚下无力，射门缺乏准头，守门反应迟钝，那么，即使他驯服得如同小花猫，或者和教练沾亲带故，感情密切，关系非同一般，教练也只能弃之不用。否则，他这个教练就会被炒鱿鱼。

可是，领导干部一旦失掉了公道正派，不珍爱人才，不注意调动每个人的积极性，他本人的形象也就不妙了，这且不说，工作中的“冠军”、“金牌”也就绝拿不到了。

翻开历史，有作为的政治家、军事家，有哪一个专用“我的人”？齐桓公用的管仲同自己有一箭之仇；汉高祖用的韩信曾做过项羽的执戟郎；唐太宗用的魏征原来是自己的政敌。再拿春秋战国时期的秦国来说，它地处偏僻，励精图治，最终能统一中国，善于用人是极重要的一条。秦穆公用的百里奚是虞（楚）人，秦孝公用的商鞅是卫人，秦惠王用的张仪是魏人，秦始皇用的李斯是楚人。有才即用，一视同仁，不分他是“谁的人”、“哪里人”，这是一种明智，一种气魄，一种胆略。有一次，高尔基和科学院的三位院士去见列宁，列宁送走三位院士后满意地对高尔基说：“跟这些人在一起工作，真是一大快事。”过了一天，他打电话给高尔基，要高尔基问院士中的一位是否愿同布尔什维克一道工作。当列宁得知这位院士同意后，高兴极了，搓着双手笑着说：“就是这样，我们要把所有俄国的和欧洲的阿基米德一个一个都拉过来，那时候，不管世界是否愿意，它都得翻个身！”这是何等的胸怀！

对于那种以“是不是我的人”为用人准则的人来说，恐怕首先要问一问他自己是不是值得重用？

（发表于《兰州日报》1998 年 10 月 7 日）

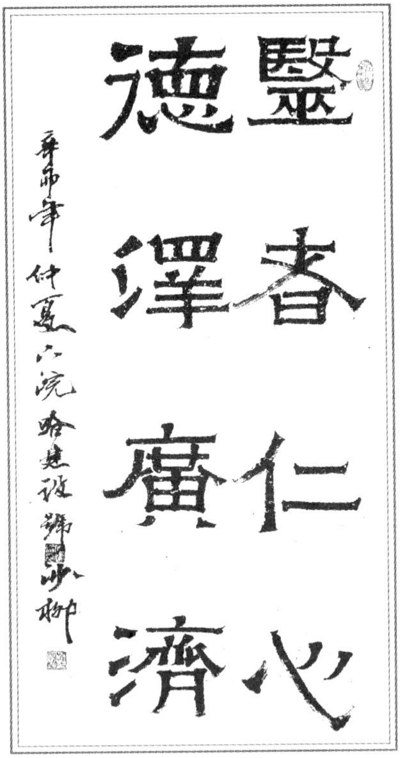

将心比心都一理

由于工作关系，在所接触到的群众来信中，有相当一部分是反映一些领导干部工作作风方面的问题，其表现主要是：工作方法简单粗暴、个人意志至上、无端指责和谩骂群众以及任人唯亲等。这些问题已严重引起了群众的不满和忿议。每每阅之，心中不免涌来些许不平。拾见此意，聊发拙议，权当题外多舌，如蛙鼓噪。

《太平广记·笑林》中记载着这样一则寓言故事。在战国时期，魏国有个人夜里得了急病，叫他的徒弟去取火，因夜太黑，徒弟一时没能找着，师傅情急大骂。他的徒弟愤愤不平地说："你责怪别人也太没道理了！现在天黑得像漆一样，你为什么不拿火照着，让我得以找到取火的工具，然后不就容易取到火了吗?"这则寓言故事，是讽刺那些自己本来糊涂得不知所措，反而埋怨别人不讲道理的人。假设，那个得了急病的师傅，果真能换个位置，将心比心为取火的徒弟想一想，自然知道随便责怪别人就不对了，也就不会逼迫他的徒弟闹出笑话了。此寓言故事阐述了一个浅显易懂的道理，也使我们清晰地看到，平等相待，将心比心在处理人际关系时，显得多么重要。

在现实生活中，人们总希望能有个宽松和谐的生存空间，以发挥其聪明智慧，为国、为民、为社会尽自己之所能。可是，要真正树立良好的社会风气、社会环境和社会秩序，只有依靠每个人的自觉行动，发挥其主观能动性，才能付诸实现。特别是领导干部的以身作则、表里如一，公道正派、弘扬正气，抵制歪风、纠正邪气，这是问题的关键所在，也是时代赋予各级领导干部的历史责任和时代重任，不应懈怠。然而，在繁纷复杂的经济大潮中，是否所有的干部都能不折不扣地站在党和人民的立场上，牢固树立全心全意为人民服务的思想和世界观呢？近年来，有少数领导干部利用改革开放的大好时机，在大干拼搏的同时，放松了政治修养，放松了党性锻炼，放松了世界观的改造，不能自觉地接受群众监督和党的监督，而是凭着个人好恶和对自己好坏来判定是非，以此为标准来感情用事，有的人甚至借公权谋私，颠倒了公仆与主人、干部与群众之间所构成的根本关系，把“人民群众是改造世界的真正动力”的群众史观和群众路线抛在了脑后，而是“一朝权到手，且把令儿行”，不关心群众疾苦，盛气凌人，霸气十足，稍不随自己心意，便横加指责，动辄不是训人，就是谩骂耍态度，更有甚者，对待不同意见的人进行打击报复，在群众中造成了极坏的影响，群众谑称他们为“水平不高脾气大，能力不行架子大，本事不大口气大，德行不好排场大”。其辛辣程度足以使人面红心跳。

“一日胜负在于力，千里胜负在于理”。简单地看，表现在少数干部自身主观武断、指责谩骂耍态度，只是个普普通通且又常见的工作方法问题；但是，从长远的观点和群众的观点来看问题，内中则反映出一个如何看待同志、将群众摆在什么位置上的大是大非问题，也是一个共产党人如何正确对待群众感情的起码常识。按照社会主义道德规则和法制要求，每个参与社会实践和国家事务的人，都享有被尊重的完整的人格权力（包括残疾人在内），尽管各自所从事的职业和分工不同，但绝无贵贱之分、高低之别，这是我们的国体和党的性质所决定的。在这个范畴内，人人都是平等的，也都是国家和企业的主人翁，而不是谁家的私产，这是问题的主要方面。从另外的角度看，工作总是大家去做的，“众人拾柴火焰高”嘛。从这个意义上说，只有调动广大群众的积极性和能动性，才能有力量，也才能排山倒海。历史已经鲜明地告诉世人，在这方面以毛泽东、周恩来为代表的老一辈无产阶级革命家，为我们做出了光辉的榜样。他们生前竭尽毕生精力，与人民同呼吸、共命运，设身处地为群众考虑，以其不朽的人格，宛如强大的磁场一样，迸发出强大凝聚力，在党和人民之间建立起牢不可摧的血肉联系，带领中国人民战胜了一个个艰难险阻，闯过了一道道生死难关，为中国革命和社会主义经济建设建立了不可磨灭的功勋。人民永远怀念他们。

当前，伴随着国家经济建设的步伐，国营大中型企业改革面临着新的挑战，遇到了新的难题，需要调动各方面力量，同心同德，攻坚克难，再造辉煌。因而，关心群众生活，改进工作方法，已是势在必行。为此，平等相待，将心比心，遇事能设身处地为对方、为群众考虑，帮助人们排忧解难，往往能使对立情绪和隔膜状态迅速消失，建立起相互信任、相互尊重的新型社会关系，对改革大业是会起到极大的推动作用的。再者说，平等相待，将心比心，是处理好上下级之间、亲朋之间、邻里之间、同事之间等社会关系的良好心态和做法。它能容下人言的荆棘，能虚怀接纳逆耳之谏，能换回迷失的良知，能消除些许冲突和矛盾，更不会听信谗言而被蜚语左右。

望同志能识之，信之，行之！

（发表于《兰州晚报》1998 年 6 月 28 日第三版）

道吾恶者是吾师

古人云："道吾善者是吾贼，道吾恶者是吾师。"这句话的意思是说，能当面批评自己缺点的人，是自己的老师；而那些阿谀奉承自己的人，往往害了自己，倒是值得警惕。

战国时期就有这么一个故事。相传，齐国有个大官叫邹忌，高高的个子，长得挺俊秀。一天早晨，他穿戴打扮了一番，边照镜子边问他的妻子："是我长得漂亮，还是城北的徐公子长得漂亮？"他妻子说："你很漂亮，徐公哪里比得上你呢？"城北徐公是齐国有名的美男子。邹忌不相信自己比徐公漂亮，又问他的小妾："我和徐公谁长得漂亮？"小妾回答："当然是你漂亮，徐公哪能同你相比呀？"邹忌听了，还不大相信。第二天，有客人来求邹忌办一件事，他又问客人："我和徐公哪一个好看？"那客人笑着说："我看你比徐公好看多了。"过了几天，徐公到邹忌家来了，邹忌左瞧右瞧，觉得徐公真是天下少有的美男子，自己无论如何也比不上他。到了晚上，邹忌躺在床上暗暗地想：我本来没有徐公漂亮，为什么大伙都说我比他漂亮呢？他想来想去，想出了一个道理。第二天，他就去见国君齐威王，把他怎么问的，妻子、小妾、客人怎么答的，说了一遍。齐威王听了大笑起来，问他说："你自己看到底谁漂亮?"邹忌说："当然徐公漂亮！我的妻子说我漂亮，是因为她偏爱我；小妾说我漂亮，是因为她怕我；客人说我漂亮，是因为他有求于我。所以他们谁也不说真话。"接着，他又说："从这件事我想到大王的身上，您身边的人，没有一个不偏向您的；朝廷上的大臣们，没有一个不害怕您的；全国的人，没有一个不想得到您照顾的。这么看来，您不是很容易受到蒙蔽吗?"齐威王听了邹忌的话，觉得很对，就对群臣吏民下了一道命令："能面刺寡人之过者，受上赏；上书谏寡人者，受中赏；能谤讥于市朝，闻寡人之耳者，受下赏。"果然，命令一下，群众进谏。数月之后，大家仍然想说，但却没有什么可说的了。从此，国家日益兴旺。古人这种欢迎指过的精神，对每一个人来说，都是颇有启发的。

俗话说："智者千虑，必有一失。"再高明的人，也不会没有过失和错误。所以允许群众揭揭自己的短处，是很有好处的。再说"当事者迷，旁观者清"，个人的缺点错误，常常是自己不易察觉到的。尤其是有的领导干部平时教育批评别人多，居高临下看问题多，能听群众的意见少，发现自己的问题更难些，要使自己做一名"智者"，不妨尊"指过"者为师。尽管"道吾恶者"的批评，可能会使自己的面子难堪一点，额头上出点汗，但换来的却是错误的改正，群众的信任。

遗憾的是，现在有那么一些同志，甚至是一些干部，在"欢迎指过"这一点上还赶不上古人。他们不仅不欢迎批评和帮助，甚至对敢于开展批评的同志穿小鞋，打击报复；而把那些唯唯诺诺，顺从自己的“机灵人”视为知己，以至在阿谀奉承和花言巧语面前昏昏然，偏听偏信，主观武断，说错话，办错事，造成不应有的损失。这样压制批评的做法，严重地损害了党的干部队伍，削弱了领导威信，影响了党的声誉，危害极大。我们要像鲁迅先生说的那样：“对于为了远大目标，并非因个人之利而攻击我者，无论用怎样的方法，我全都没齿无怨言。”作为党员，作为干部，尤其是领导干部应有这样的胸襟，并身体力行。只有这样，才能真心赢得群众的信赖和拥戴。

（发表于《甘肃工人报》1998年6月17日第四版）

小议黄段子

不知从何时起，社会上开始流行讲“黄段子”，使一些毫无文化价值的乡间市井笑料和调侃，飞进会议室，飞向餐桌旁，飞往宾馆饭店，飞入文艺作品……或编成故事，或组成谜语，或对联，或歇后语；有古时的“拼盘”，也有现今的“盒饭”；有洋的，有土的，这种现象着实令人担忧。

“黄段子”有别于幽默，多为男女之间的风流韵事，既低级又无聊。虽然，在现实生活中，人们还需要用幽默来宽松气氛，调节情绪，但绝不是付诸“黄段子”，可现实生活中总是有那么一些人热衷于此道。出差旅行茶余饭后，会隙课间，男女聚首便滔滔不绝地以讲“黄段子”为能事，戏嬉逗乐。若令此风蔓延，必然会影响到干部的作风建设，致使“自识贬低三百才”，在群众中造成不良影响，应加以克服。

古人云：“以铜为镜整衣冠，以人为镜明得失，以史为镜知兴衰。”翻阅史卷，历史会清晰地告诉人们仅供借鉴的答案。在解放战争时期的西北战场上，我西北野战军不足 10 万人，经过新式整军运动，极大地激发了广大指战员的阶级觉悟和思想觉悟，战斗力倍增。这支部队在彭德怀同志的指挥下，所向披靡，无坚不摧，无城不克，一举解放了大西北。相反，国民党胡宗南率几十万美式精锐武器装备的大军，却丢延安，弃西安，退守汉中。就在这屡战屡败、苟延残喘之际，胡某仍不忘大讲“黄”闻轶事。主帅如此，部下也对此大加仿效，使宣讲“黄段子”成风，并以此为荣，视此为作战间隙的一种消遣和排解。将不论兵，兵不论战，这样的将军岂有打胜仗之理，这样的军队焉能不败？

时过境迁，斗转星移，历史以其不可抗拒的力量，已翻到了我们这一页，如果我们对此不加以警觉，一任旧习泛滥，难免会贻笑大方。尤其是那些成天津津乐道炮制此味的人，应加强修养，节制陋习，因为此味与当前改革开放的大形势，与党的十五大所强调的精神文明建设，与各级干部肩头担负的责任是多么的格格不入。也许有人说，讲个“黄段子”既不违纪也不犯法，有什么大惊小怪的。笔者认为，此话差矣。常言道，文为心语，言为心声，群众看待和判断各级干部，往往是通过你的言行举止，处理问题的水平，办事公道与否来作出结论的。假如我们的干部们不分场合、不分地点、不看对象而口不择言地将“黄段子”视为下酒菜，视为开场白，那么势必影响到干部队伍的整体形象，又如何取信于民？“黄段子”误人误己，应当拒之、阻之、断之。

（发表于《兰州日报》1998 年 3 月 13 日第七版）

透过两案看物欲

张斌昌、魏光前两案曝光之后，在社会上引起了强烈反响。张魏二人犯罪过程和手段各异，但所表现出来的极其疯狂的贪占欲和侵占欲，则同出一辙，令人触目惊心。

“防欲如挽逆水之舟，才力歇便下流；从善如缘无枝之木，才住脚便下坠。”这里的欲，显然是指恶欲，包括贪占欲和侵占欲。张魏二人的犯罪提醒我们，在经济改革的大潮中，我们的干部如何经得起考验，抵制住资产阶级腐朽思想和生活方式的侵蚀和诱惑，而不至于被恶欲、恶念冲昏头脑而办傻事，办错事，以至犯罪。

物欲之念人人都有，与生俱来；无欲寡念非人之本来。但盲目地、超前地、不切实际地、不择手段地追求物质享受，必然滑向堕落和犯罪的深渊，最终断送自己的一切。从张、魏二人的犯罪行径中可以看到，改革开放以来，一些干部对发达国家的先进技术、科学管理、高效节奏、新型产业、资源配置等科学技术学得不多，对西方腐朽糜烂的生活方式却大加效仿，将原来的好传统、好作风丢了，变得官气十足，处处讲阔气、摆排场。工作中不深入实际调查研究，不深入群众了解民情，不关心群众疾苦，为群众办点事，就视为对群众的“恩惠”。更有甚者，把权力当做谋私的工具，专断横行，凌驾于组织与群众之上，什么饭都敢吃，什么礼都敢收，什么娱乐场所都敢去，败坏了党的声誉，在群众中造成极坏的影响。这种做法既伤害了群众的心，也为自己掘开了通向犯罪的大门，无异于“鱼游于沸鼎之中，燕巢于飞幕之上”。

没人愿意犯错误，更没有人想犯罪。然而，在日常生活中，一旦放松警觉，在扑面而来的物质享受和诱惑下，就容易让私欲私利牵着鼻子走，最终只能任由贪婪的占有欲日趋抬头，恶性膨胀，就难免不出问题。假如张、魏二人当初就能时时多加自省，就不难看出那些前来送礼进贡的人、那些奉迎讨好的人、那些溜须拍马的人，其实只是看准自己头上的乌纱、手中的权力。

与张、魏二人形成鲜明对比的是，成千上万广大基层干部，特别是贫困地区的干部，长期工作在艰苦的环境中，他们的青春年华、忧劳苦痛以及成功喜悦，无不和普通百姓联系在一起，经年累月地为老百姓操劳，为党的事业奔波。他们收入不高，生活清苦，但他们在为人民服务的崇高事业中找到了乐趣，形成了丰富的精神世界。正是这些党的基层干部密切了党与群众的感情。

现在，改革正处在关键时刻，要求更多的干部摆正位置，与群众打成一片；而不能像张、魏之类，权欲熏心，以权谋私，自绝于人民。广大干部应该从中吸取教训，在物欲诱惑面前，保持淡泊心态，操守自律，建功立业。

（发表于《甘肃日报》1998 年兰山论语栏目）

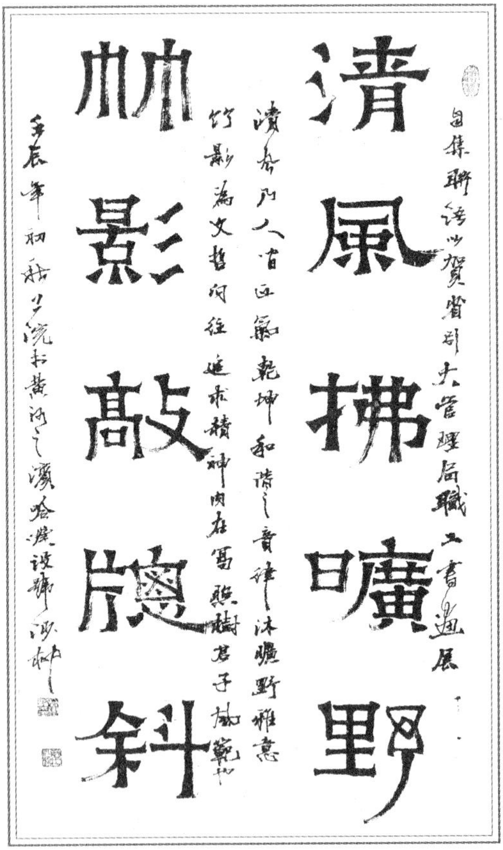

说　难

世间的事，说有易，说无难。近来，有幸读得一名女自述，通篇言“难”，“难”在无人理解，“难”在因故离异，“难”在无物可爱。整个是“难”字压顶，着实令人置疑。藉此，于是提起残管拙笔，也贸然谈两句“难”的话题，权作附庸风雅或随风扬土吧！

这个世界真大，大得让人难以把握。然而，这个世界又很小，无论南北东西，还是国内国外，简直就是男人与女人的世界。类似话题，生生不息，绵延千年，总是仁者见仁，智者见智。近年来，一些浪迹在文学、影视等圈内玩艺术的人，可谓无靓女不成戏，非帅哥难圆梦，你追来，我觅去。追得是死去活来，觅得是难中苦痛；风风火火开幕，哭哭笑笑收场。以为这就是真情，就是激情，就是人生，结果是美哉一场戏，难哉戏无戏，以致误人子弟。

说来奇怪，男女之论本为亘古之风，但不知何时，因何故，在社会上流行起一股做男人累，为女人难，当名女人更难的腔调。致使无难吟难，难者呻难，而那些成天面朝黄土背朝天，汗珠拌着风雨生的乡下人，反倒无条件去喊苦叫累，活得滋滋味味。这大概就是当今社会上的一种反差现象吧。即真难者不言真难，真困者不言其困，真贫者羞言其贫，自强不息；而非难者，故做无病呻吟之态，以掩饰其浮名，计人怜悯，企求同情，尚谓之无人理解，以此吟“难”。

生活仿佛是一把钝锉，锉平了一些人的棱角，锉没了一些人的锐气；随之，也锉乱了一些人的心志和心境。心境若乱，勇气顿减，自然便在矛盾和困难面前难以应对，于是乎苦呀、累呀、难呀也就悄悄地袭上心头，愁额软志，消磨时光。诚然，笔者并不是完全否认“而今世事真难”的说法，可各有各的难法。名男名女难的是：风刀霜剑，祸起萧墙；人生险恶，为冕不易；尔虞我诈，世事难料……由此，进也难，退也难，难得头痛，难得心碎，难得不知所措。显然，这些难是平民百姓们可望不可即的，更不用说其苦、其累了。

前不久，我遇到这样一件事情：有个农民朋友，因命运不济，横祸连连，两个儿子先后在三年内不幸遭难，老两口孤苦伶仃地守着两间破土屋，度日如年，迎难而活。吃的是白水煮面，长年难以咀嚼到几口可口的菜肴。如此这般，他们还是念念不忘为国家交售统购粮。当我们闻讯其小儿子遭到不测的消息后，赶去看望老夫妇，搜肠刮肚出两句安慰的话：“生活对你们太不公了，真是苦了你们，要多加保重。”没想到这对饱经风霜的老夫妇却淡淡笑答：“苦啥，不苦，现在日子比前些年强多了。”一语惊天，令人叹服。是啊，人生三灾，最大莫如老来丧子，可老夫妇能两次直面横祸，承受厄运，仍硬朗朗地立于人世间，这需要多么大的忍耐和毅力。虽为平常心，但没有一定的生活底蕴，是很难似他们那样从容、慨然和宽厚。面对此情此景，孰苦孰累，岂不再分明不过了吗？

人们常说做人难，那是因为大多数人能够掌握自己命运的机会太少了，面对自然界风云变幻，生老病死，旦夕祸福，显得既被动，又是那样的渺小，往往会遇到各种各样的茫然、困境与不测。但是，问题的关键则在于，心要坦然，无事不要瞎折腾；一旦事情发生，也应保持良好的心态、健康的心境去客观地认识，正确地对待，沉着地处理，不至于为虚名浮利而偏执极端。少点计谋，多些融通；少点手段，多些理解；少点空谈，多些实事；那将是利国利民、利人利己的美举。反之，即使生在福中也难以品福。所谓“身苦不算苦，心累累死人”，恐怕就是这个道理吧。

（发表于《甘肃日报》1997年12月10日
“社会周刊”第一版）

寓言二则

稻草人

麦子熟了，惹得麻雀垂顾。贪吃的麻雀在麦穗上跳来跳去，把麦籽弹得到处都是。农夫看着好不心痛，于是乎，抱来一捆捆稻草，精心地扎起草人来。

“稻草人怎样才能立在田中呢?”农夫嘟嘟囔囔地自言自语着。忽然，农夫看到了田中立的木棍，灵机一动，将稻草人捆在上面，像模像样地立在麦田里。

麻雀也不是等闲之辈，蹲在天边的树枝上，仔细观察了一两天，还是壮着胆子先是三三两两、而后成群结伙地飞向麦田里，落在麦穗上，一边儿叫，一边儿吃，高兴时还一边儿跳，很是惬意；有些胆更大的麻雀，甚至吃饱后落在稻草人上，嬉戏吵闹，拉屎撒尿。

农夫一年到头来，面朝黄土背朝天，辛苦为的就是这点粮食，爱惜粮食如同儿女。四季辛劳的汗水换来的果实，岂能容忍可恶的麻雀胡乱糟蹋。因此，农夫又想出一个新招来，急急忙忙从家里找来漂亮的衣服，给稻草人穿上，并戴上草帽，为稻草人精心地做了一番包装。原以为这样蛮像个人就可以吓跑讨厌的麻雀，保住自己的劳动果实。哪知，如此良苦用心，照样没有吓住麻雀的贪食，为了这一口，麻雀死都不怕，何惧一个稻草人？

农夫在稻草人身上，想尽了辙，用尽了心思，最终也没能达到目的，气得农夫一脚把稻草人踹倒。稻草人毫无反应。农夫见状："咳，算我瞎了眼，错托了人，你这个没头脑、没心肝的东西，没有一点用处。"

农夫扬长而去，稻草人却静静地躺在田间里，一动也不动。

信鸽与乌鸦

信鸽是和平的信使，为了尽快传递消息，它已经飞了很久。飞累了的信鸽要找块地方或者树枝歇息，一不慎落到了乌鸦栖息的树上，惊得乌鸦"呱呱……"叫个不停："不得了啦，不得了啦！什么东西掉到我们的地盘上了？""这是我们经营的领地，哪能容得下旁物混入？"更有甚者联合其他乌鸦结成伙，围着信鸽争斗，大有吃掉之势。于是乎，一群乌鸦为保住一己之利，叽叽喳喳，叫个没完没了。

乌鸦最担心的是自己的利益受到损失，尽管它们也是临时凑合到一块儿的。与之相比，信鸽可是刚来的，而且又是这么不合时宜。面对乌鸦的围攻，信鸽晕了，好汉不敌四只手，何况这多乌鸦，一时不知该怎么办。

信鸽心中有个方向，暂此落脚，也只是为了养养精神而已，根本无意要抢谁的地盘，更无心与谁争斗。面对跃跃欲试的乌鸦，信鸽没有迷失方向，也不予理会，稍事休息了一会，便摇摇头，抖抖毛，义无反顾地飞向蓝天。

（发表于《人民之声报》1996 年 10 月 13 日第三版）

聊议用人执事

近日诸友聚至寒舍，叙谈中闻得某君承包某厂后，提子携女，拔婿任媳。承包期满后，使该厂亏空借贷，债台高筑，濒临倒闭。而本人却腰缠万贯，吃香喝辣，众人在不平忿议之中，自然牵涉到一个古老的话题，即用人执事。

翻开史卷，历览古今，一个朝代的兴衰，都与用人执事相关。仅以新旧交替较为突出的春秋战国时期为例：当时百家诸说的政治主张虽然不尽相同，但在“选贤任能”、“任人唯贤”等方面基本上还是趋向一致的，概括起来即：不分尊卑，唯贤是举；不分疆界，因能授职；不计亲疏，选贤举贤；按功升用，裁汰冗官。凡在用人机制上，任人唯贤者，就人才辈出，兴旺发达；结党营私者，终归走向腐败，导致国运衰亡。

当然，古代用人执事观，自有其时代的局限性，不能与社会主义新时期的用人执事原则同日而语，但先哲们把“任人唯贤”作为用人执事、防止国家衰败的重要要件，还是值得我们借鉴的。

在中国革命的里程中，老一辈无产阶级革命家在长期的革命斗争中和党的建设的实践中，一直非常重视党的干部队伍的自身建设，把“任人唯贤”作为选拔和使用干部的根本原则和标准，培养和造就了一批又一批德才兼备的优秀的干部。他们在建立新中国的斗争中起到不可磨灭的、重要的历史作用，人民将永远怀念他们及他们开创的新型社会关系和社会秩序。

随着改革开放的不断深入和发展，企业直接参与市场经济的竞争，的确在用人执事方面遇到了许多新情况、新问题。如何适应社会的发展，使企业立于不败之地？虽然主客观因素很多，但成功企业的实践经验已经清楚地告诉世人，要增强企业活力，提高“两个效益”和“两个文明”，首先就必须要有一个有锐意改革创新、富有开拓进取的精神，且具极强凝聚力的核心，来调动广大干部、职工的积极性，使广大干部、职工的热情与企业融为一体，同心同德，才能谋生存，求发展，共渡难关；使企业在市场经济的大潮中，争创效益，焕发出勃勃生机。这是问题的关键所在。美国有个管理学家认为：第一流的领导是用人才，第二流的领导是用干才，第三流的领导是自己干，最次的领导是用庸才。此虽为一家之言，但却从另一个角度，阐明了一个具有普遍规律的问题，那就是用什么人，做什么事，关系到企业的兴旺发达。

在选人用人上，能否以改革大业为重，以党和人民的利益为重，真正坚持任人唯贤的原则和标准，是区别真假共产党人的标志。凡是把党和人民利益放在首位的共产党人，绝不会损公利己，在用人执事上，以“帮”为家，营造个人权力的小圈子。相反，某些在选人用人问题上搞不正之风的人，往往是党性原则不强，法制观念淡漠，受宗族观念、门第观念和私心杂念等旧思想、旧观念的羁绊，凭着自己的好恶、亲疏和对自己有利无利来选人用人。这样就为一些投机钻营者留下了缝隙。他们投桃报李，以博得领导欢心而窃居权柄，“一朝权到手，且把令儿行，无视党和国，不捞白不捞”。这些人不仅不能正确地使用党和人民给予的权力，反而把到手的权力，视为机会难得，大兴损公肥私之事，到头来倒霉的终将是国家和群众。难怪社会上流传着这样一首极富讽刺的民谣：“常跑领导处，感情多投入，领导一句话，不行我也行。”这首民谣虽带有一定的片面性，但却从不同侧面揭示了一些现象，提醒我们有关的领导，要特别警惕那些整天窥探琢磨、潜心研究“冬、夏、秋、春”的“精明人”。这种人往往是当你在台上时，跑得最勤，跟得最紧，一旦你离开领导岗位，也是变得最快，有可能还是踢得最狠的人。或者是寻得一顶保护伞，以利结帮、邀朋聚亲，搞权钱交易，同恶相助，同欲相趋，危国害民。对此，党和人民是决不会答应的。

古人云：“以四海为量者，不计细耻；以天下为任者，不计小节。”在用人执事这个问题上，我们的祖先，在中华民族五千年的文明史上，已经留下了无数“任人唯贤”的美谈。历史翻到我们这一页时，倘若我们为了蝇头小利，不顾国家和民族大义，不从改革大业成败的大局上去考虑和认识问题，而是鼠目寸光、“任人唯亲”，恐怕我们将要既愧对古人，又愧对子孙了。

（发表于《现代行政》1996 年 3—4 月）

“老实人”外传

相传：古时有个老和尚，要选一位老实听话的人，来为自己护庙。

消息径自传开，应聘者陆续找上门来。先是来了一位妇人，老和尚一看忙摇头不迭：“空穴来风，猫自窜房，唾沫星都会淹死人，要不得，要不得。”

接着又来了一位壮实的小伙子，只知踏实肯干，没有“眼色”，更不懂阿谀奉承，尽管将庙内的事情做得有条有理，让前来上香的香客都感到很舒适，没多久，老和尚便厌倦了：“死人一个，椽木击之，音绕室壁，而况人乎?”……如此这般，东挑西选，不是张有瑕，就是李有疵，竟没有遇到一个合乎心意的。就这样左挑右挑，老和尚的做法，让很多人都觉得太苛刻，有些吹毛求疵，只好退避三舍，无人问津。

不知过了多长时间。有一天，来了一位“老实人”。他见老和尚要喝水，便赶快端过茶杯，毕恭毕敬地递上：“师父，您老人家还要什么?”见老和尚要吐痰，“老实人”赶快脱下帽子接上，还是毕恭毕敬地问："师父，您老人家还需要什么？"见老和尚要去上茅厕，"老实人"赶快拿上手纸，追了过去，等在一旁，仍然毕恭毕敬地问道："师父，您老人家还需要什么？"老和尚看到上香的人，哪个不顺眼，"老实人"察言观色，便毫不客气、毫不留情地将谁赶出庙门。日子久了，老和尚对"老实人"产生了强烈的好感，"老实人"暗自庆幸。

这一天清早，"老实人"照例来给老和尚请安。老和尚漫不经心地告诉他："供桌下面放着个秤砣，你把它给煮熟了，端上来。""老实人"二话没说，笑呵呵地去煮秤砣。从早到晚，又从晚到第二天天明。"老实人"显得很难为情的样子，去给老和尚请安："敬奉长老，遵你所嘱，我煮了一天一夜，秤砣还是没有煮熟，这可如何是好？"老和尚看看他满脸烟熏火燎的模样，微笑地点了一下头："嗯、嗯，知道了，你去用斋吧。"

又两天，老和尚告诉"老实人"："你把门外那块黑炭给洗白了，我有用。""老实人"仍然二话没说，笑呵呵地抱起黑炭向河边走去。到了河边，他脱下外衣裹在石头上，然后到树林里睡觉去了。又是一天一夜过去了，"老实人"照旧去给老和尚请安："尊敬的长老，这块黑炭，我费了九牛二虎之力，也没有把它洗白，我真该死。"老和尚一听，高兴地说："你呀，你呀，也真够老实的。这黑炭根本就洗不白。好了，你也辛苦了一天一夜，累坏了吧？去好好睡个觉。"

"老实人"用眼角不停地观察着老和尚的一举一动，却装出非常焦急的样子说："庙里这么多活，还没干完，咱哪能去休息？"老和尚劝解道："日月长在，何必忙乎？""老实人"慌忙辩答："咱这人性子急，活没干完，咱睡不着觉。"于是，"老实人"非但没有去睡觉反而把庙宇前后、院内庭外打扫得干干净净。老和尚见状，乐得心花怒放。"老实人"窃喜，便开始了他的"第二步"计划。

没几天，老和尚将"老实人"召到跟前，郑重地告诉他："我要外出化缘，云游四方，庙里的事，就由你操持！""老实人"听完了老和尚的话，毕恭毕敬地回道："长老，您就放宽心去吧，庙里有我在，万无一失。"于是乎，老和尚很干脆地将钥匙交给了"老实人"，放心地走了。

大概过了月余，老和尚美滋滋地归来了。待其进得庙内一看，大惊失色，只见庙门零乱，蛛丝网结，尘埃落满庭院，老和尚左喊右喊，不见了"老实人"……老和尚进到庙宇，抬头一看，发现在墙上留有一首打油诗：

锅里煮秤砣，
黑炭洗白炭。
和尚忙一世，
够我挑一担。

老和尚顿时只觉天旋地转，昏死过去了……

（发表于《机关党的生活》1995 年 5 月、
《党的建设》1995 年第 10 期）

鸡鸣的缘故

据说：鸡在野居山林草木时，产蛋只为卵孵子女，繁衍相传，并不曾鸣叫不止。只是在后来为了适应驯养的环境，才在产蛋后，“咯咯咯……”叫个不休。

自从人类开始对第一批野鸡捕获饲养开始，人们逐渐认识到鸡的益处，既可食肉，又可食蛋，而鸡类为了顺应新的生存条件，便互相攀比，潜移默化，经过了一个艰难的过程。然而，人类只知食鸡食蛋，并没有细心地研究过鸡叫的演绎。只是简单地循序着规矩，鸡叫喂食，鸡食米而产蛋。久而久之，习惯不习惯，自觉不自觉的变成了：家鸡坐窝，温顺者肥生，已不知过了多少春秋。

最早在鸡类的门族里没有贵贱之分，也没有高低、大小之说，更没有肥瘦之别。无论其产蛋多少，主人只是一把谷子撒去，群鸡争食，并不理会其之间发生了什么。随着人类对鸡族驯养数量的不断增加，便出现了食量不足的矛盾。于是乎，聪明的鸡便想法子引起主人的注意，以能得到比其他鸡更多点的谷子吃。其中有只不产蛋的鸡，为了改变其不足和危险的处境，首先发现鸣叫能让主人重视，每次围着主人试叫，都能得到一些谷米。更有甚者，抓住蛋鸡产蛋后不声不响自去觅食的空子，便站在蛋旁，拼命地叫，主人听了非常欢欣，便奖励了贼鸡。贼鸡的目的达到了，它不仅博得了主人的欢颜，而且尝到了投机取巧的乐果，总算找到了窍门。由此，贼鸡如法炮制，乐此不疲，总是不失时机地叫给主人听，得到了终日饱食的美差。

时间一长，蛋鸡觉得很委屈，当主人褒奖贼鸡鸣鸡时，也跑去索食，自辩其能事，却遭到了主人的训斥和喝责。蛋鸡很是难过：为什么同是鸣叫，结果却迥然不同，态度亦天渊？蛋鸡百思不得其解。

有一天，蛋鸡产完蛋后，并不再急着离窝去觅食，而是学着别的鸡的样子，叫了起来。主人闻声，取到热乎乎的蛋，顿时明白了，感到非常高兴，随即奖励了蛋鸡。从此，蛋鸡每次产蛋后，都毫无愧色地叫个不休，嗓门超过了其他鸡，响声亦不比鸣鸡和贼鸡差多少。

（发表于《风纪窗》1994 年第 3 期）

诗歌楹联

情而得·诗意人生

像战士一样勇猛

——记抗震一线的纪检监察干部

5 月 12 日 14:28 分，
汶川大地震，
顷刻间地崩山摇，
夺取了万千家庭的幸福，
夺走了万千鲜活的生命；
这一刻让整个中国为之伤恸。
地无情，天无情，悲情动乾坤；
人流泪，心流泪，爱心漫神州。
历经磨难的中国人，
又一次经受了考验。

在我们身旁，
生死转换于顷刻，
刚刚倒塌的废墟里，

埋压着我们的亲人，
荣与耻、得与失、理想与信念，
竟是如此的分明，
如此痛彻，
如此揪心，
灾难令每个人必须做出选择，
救灾救人刻不容缓！

灾区的纪检监察干部们，
如划破乌云的海燕，
似直击长空的雄鹰，
像战士一样勇猛，
在第一时间扑向抗震一线，
用忠诚捍卫起生命的绿洲，
把希望复燃……

情系灾区人民，
万般期盼释放在行动中，
冲锋在抗震的前沿，
坚守在抢险的阵地上，
送走一个个战栗的黑夜，
迎来又一个满怀希望的黎明。
啊！一支人民的轻骑兵，
党的忠诚卫士，

用真情，用热心，用生命，
诠释着“为人民服务”的真实意义。

忍住巨大的悲痛，
挺起正义的脊梁，
为了能使更多的人们，
找回生存的勇气，
扬起憧憬未来的风帆，
使生命放射出不灭的光华，
我们用铁的纪律，
把公正大纛高高举起，
让更多人享受到公平的阳光。

汇聚在举国救援的大军里，
一颗颗滚烫的爱心，
抚平心灵创伤；
一幕幕动容感人的画面，
凝集成撼动人心的精神力量，
出现许多生命的奇迹，
传来感天动地的故事，
让中华儿女真切认识到，
“以人为本”的含义。
一个热爱人民的政府是有力量的政府，
一个珍视生命的国家是有根基的国家，

一个充满大爱的民族永远不败。

那绝美的风景，
多处在险峻的山峰；
那壮廓高昂的音乐，
多是英雄奋斗的旋律；
有情的梅花哟，
尽在严冬中绽放。
我们将以粒粒汗水，
数倍于人的艰辛，
填写满意的答卷，
像绚烂的鲜花，
像耀眼的朝霞，
去装点祖国壮丽的山川。

啊！灾难必将过去，
生命之火总要燃烧，
理想光芒在奋斗中闪烁，
我们将不懈地追求，
直到生命的终点。
看，东方升起了闪亮的启明星，
大地又会迎来新的黎明，
同胞们，亲人们，战友们！
不要悲伤，不要颓废，

让我们携起手同行，
在废墟上重建新的家园，
去创造新未来。

（发表于《中国纪检监察报》2008 年 6 月 6 日第四版）

脱下军装我仍是个兵

含泪脱下军装，
挥手告别军营，
拖着沉重的依恋，
匆忙踏上新的征程，
无论我走到天涯海角，
胸中总装着颗战士心。

不怕征途有残穴，
何惧风雨横眼前，
战士的情怀唯自知，
勇武扶正浑身胆，
生命的火焰永不息，
重塑风流莫畏难。

奏响人生号角，

迎接新的挑战，
战士的称谓血凝成，
忠骨豪情傲霜寒，
人民记心中，
国家扛在肩。
难忘部队培育情，
怀揣正气勇敢向前，
未改初衷志，
本色永不变，
永无悔，
生命里有段当兵史；
永自豪，
脱下军装我仍是个兵。

（发表于《转业军官》2006 年第 3 期）

楹联（一）

松骨凌霄汉
梅韵傲霜寒

冷静观沧海
泰然处世事

蜂蝶寻绿千枝春
柳絮飞白一时新

纵观时世费思量
抖擞精神担道义

猛虎隐威山中醉
蛟龙图腾海底眠

长天夜散千山月
远水霞收万里影

学如逆水行舟不进则退
艺似铁杵磨针功到自成

（发表于《机关党的建设》1996 年 8 月）

红日照旧西坠时
黄河依然东流去

（发表于《风纪窗》1997 年 7 月）

1996 年 10 月，应山东省莱芜相邀，为“纪念莱芜大战胜利五十周年”书法美术展撰联语一幅，以敬奉陈毅元帅：

雄威震齐鲁，妙手巧治上海城，盖世功勋垂青史；
辞赋传华夏，开怀广结天下客，文韬武略留美誉。

虎啸山河秀
龙吟天地清

陇上自古多豪杰
心中镌刻只有君

清风徐来满眼春
廉花绽放遍陇原

（发表于《党的建设》2005 年 2 月刊）

楹联（二）

逐鹿林海听涛声
放马滩头观潮涌

入山读鸟语
临海识波涛

清水煮文章
丹青炼风骨

云山风度光日月
仁德精神赋春秋

天远兰山静
冷月伴歌声

淡然养精神
心宽浮云散

求真理怎怕谗议指背
存正气何惧流言压顶

赞美与亵渎（外一首）

参入云端的大树，
有人断言它是栋梁材；
却有人横挑竖指，
“又粗又硬，总是高傲地扬着个头”。

绚丽多彩的鲜花，
将春魂留驻人间；
却有人嗤之以鼻，
“一盆破花有什么了不起”。

窈窕淑女的风韵，
能唤起人们对灵秀的追求；
却有人评头论足，
“妖里妖气有点太风骚”。

同样一件事情，
有人为了维护它的真实性，
付出了昂贵的代价；
却有人能把死的吹成活的，
将丑陋的装扮成神圣的美。

纵观人类历史，
是真的假不了。
假的东西也难以成真，
光明的火焰总要照亮黑暗，
黑暗却难以发出光泽。

（发表于《时代风》2001 年第 4 期）

生活的含义

热心的人们，
凝神寻觅着生活的源；
求索着，也用自己的理解，
剖析这旷古之谜。
我，热爱生活，
可总也理不清，
哪一种是属于我……
心、神、青春、痴情……
用上了、思索着，
悟出个小小的，小小的理——
她是从希望中升腾的，
又似乎是在启蒙中萌发；
探索，留下一片朦胧的思，
奋斗，却扎下许多遗憾的根，
惆怅，使我回想昨天的长路，

记忆，又擂动那拼搏的军鼓。

不要急于向时间索取回报，
不要放弃今天的细末点滴；
不要苛求明天的伟大，
也不要企望未来的腾达；
无论历史得出何种结果，
都点缀着你的艰辛，
复照出你的努力，
——那是儿时的叛逆啊，
因为生活真实的，
既不是孩提时期的旭日。
也不是西峦的落阳。

（发表于《时代风》2001 年 4 月）

回　想

生活经历像把钝刀，
镌刻性格各异的人；
奋斗的艰辛，
是一首被大河遗没的诗，
进入诗情里的风雨，
留下了一支记忆的歌，
时光却从脚下悄悄流淌……

记忆令我捡起流逝的生命，
仔细琢磨：
已是午后的斜阳，
渐渐沉向西夕。

沉沦，沉甸甸地往下滑着，
可我却跃跃欲试，

使出平生的力量，
支起倾颓的生命。
议论哟，
如漫天的大雾，
总是难辨前路。

自尊鼓起新的勇气，
怎好将内心的苦楚，
向旁人诉说？
为了生命能焕发出光彩，
我愿毁灭一切，
只为追求那深情的一吻，
永无回还。

（发表于《时代风》杂志1998年第10期）

夏　日

苦恋的情丝
随着哨位旁的彩蝶
翩翩起舞
飞进故乡夏日的芬芳

啊，多少春思
几许秋梦
酿得夏日
格外甜蜜
扯去不断的离愁
忠诚地与哨卡为侣
为的只是守护祖国的安宁

让情思和倩影
在夏日里相会吧

让离愁和闺梦
在骄阳中融汇吧
我们以鲜红的青春
表露一代人圣洁的心迹

（发表于《诗刊》1983 年第 6 期、
宁夏《西塞文艺》杂志 1997 年第 4 期）

灯　下

沉沉的夜幕下，
青灯把思念绕在影子里，
静静的夜晚里，
听不到拍岸的响声，
心潮却如巨浪翻；
看不见滔天波涛，
恰似惊雷在呼唤；
激情的火焰哟，
驱赶黑夜的孤寂；
写不完的两地书，
化作一曲激越的长歌，
畅想明天的憧憬。

（发表于《人民军队报》1984年10月27日第四版）

星 云

——唱给军嫂的歌

我是夜空中流动的星，
你便是那托起星的云朵；
无数渺小的星，
汇成横览天宇的长河，
而纤巧的云朵，
合着月光的节拍，
拢着思恋捻成的线，
把一缕缕不断的辛甘，
绕进永动的飞梭，
揣着默默的期待，
织进希望的闪烁，
织出星的新辉……

（发表于《诗刊》1984 年第 4 期）

我从山乡来

我从山乡来，
带回兰花草，
婀娜姿，娉婷意，
芊枝垂青露，
绽放春晖似笑靥，
领竞清雅香，
斗扫陋室俗，
温馨沁透润肠肺，
屋宇尽芳菲。

捧起兰花草，
移植花坊间，
喜相逢，异香恋，
芳韵吐丹青，
放置案头长相守，

不思迷雾影，
痴情优雅心，
扎根泥土岁月新，
从不羡骄阳。

（发表于《人民军队》1983 年 6 月 4 日第四版）

呼 唤

每次相逢又匆匆离去，
每次离别盼望再度重逢，
难分难舍的脚步异常沉重，
忍泪相送把平常化为非凡。
军人的情爱，
没有花前月下的缠绵，
没了卿卿我我的依偎，
写不厌的两地书，
将激情升腾，
洞穿莽山秃岭的阻隔，
只要你心中有我，
我心中有你，
别情离绪也是那样不同凡响。

（发表于《人民军队》1983 年 6 月 4 日第四版）

古韵新声

幽雨得·漫道沧桑

游喀纳斯湖

两岸青翠水连天，
四面群峰奇境现；
若要不到此中游，
哪知神圣也偷闲。
鹰刺穹宇翱云端，
屠龙战海惊波澜；
山水音韵醉心怀，
宁做凡人不羡仙。

（发表于《中国纪检监察报》2012 年 9 月 29 日第四版）

天山天池有感

白云映潭起微澜，
青山环抱碧水间；
欢声蹁跹舞瑶池，
引得浩歌追鹰伴。
我存丹心敢放胆，
横笔描图敬河山；
好汉从来爱美景，
诗兴涌向天云边。

（发表于《中国纪检监察报》2012 年 9 月 29 日第四版）

美　景

阳春白雪，
高山流水；
行云吟风，
雾峰烟雨。
牡丹争艳，
幽兰清气；
海曙霞蔚，
朝荷垂露。
人间桂花，
月宫灵兔；
红枫醉秋，
芦絮飞舞。
大漠蜃楼，
壶口奔瀑；
长河落日，

雪松吐玉。
寒梅傲霜，
松骨凌霄；
滩头放马，
林中逐鹿。
天下美景，
尽收腹书；
激越宏辞，
壮吾胸怀。

（作于 2012 年 8 月 26 日）

南湖游感

壬辰四月中旬，特赴嘉兴南湖，观瞻建党圣地，有感而发，以记之：

落叶铺径惹人行，
柳莺鸣翠唱春明。
南湖如碧舞涟漪，
北客游目近萝亭。
荡舟青波寻幽情，
移步红船访胜景。
追忆当年开篇策，
烟雨楼上满清听。

（发表于《中国纪检监察报》2012 年 5 月 8 日第四版）

古诗新韵二首

谒王铎故里

辛卯隆冬，欣赴孟津，拜谒王铎；公之书法，神韵惊绝，有感而发，随赋此句，特以记之：

直赴孟津谒王铎，
仰崇先哲得侧祚；[1]
君逢乱世疑能事，
神笔惊绝华夏握。

是非自有公论存，
何须同与尔曹卧；
待到乾坤清明日，

---

① 得侧祚：王铎故宅为四进深的大宅院，孟津县在宅院侧畔新建王铎书法堂，四壁刻有王铎信札手迹，观之一饱眼福，如得福兮。

庭堂高筑锦坛落。[1]

此作品2012年3月参加台北故宫书画院举办的“中华两岸情”名家书画展，获得金奖；4月参加中日韩书画名家第二届盘山交流展，获得银奖。

游雁荡山

雁荡秋来风景异，
秀山丽水云天低；
移步换形月初照，
龙湫飞瀑舞娥丝。[2]

妙趣横生各不同，
捧心览胜忘复归。
佳境入怀夺人爱，
豪情激越落宏辞。

（发表于《中国纪检监察报》2012年2月3日第四版）

① 锦坛落：指古宅侧畔新建王铎书法堂，人们习惯将书法艺事一般统称书坛，书法又称锦书，自然为锦坛。

② 舞娥丝：龙湫瀑布，远看如游龙，近看如仙娥发丝飘舞。

蓬莱观感

蓬莱楼阁观海潮，
惊天波涛竞日遥；
若能破雾穿云霭，
愿乘长鲸逐浪高。

（发表于《中国纪检监察报》2011 年 12 月 17 日第四版）

临江仙·夜读

夜籁读书神犹醉，
不觉已过三更；
家人熟睡游梦境，
只有清辉映，
侧耳听涛声。

常将此身托无有，
岂肯苟且营营；
无非一念济苍生，
大河窗下逝，
能否寄余生？

（作于2011年10月26日晚）

沁园春·观红军长征胜利纪念馆有感

旌旗翻卷，
铁流涌进，
会师楼前，
三军尽欢颜。
征途漫漫，
风摧云惨；
冷枪飞血，
寒舞重关，
不敌好汉，
开襟介怀慰忠魂。
天地变，
高塔映桑田，
换了人间。

长征精神往还，
正激励陇原谋发展；
诸君邀为伴，
同规并辙，
相望有年。
横槊风流，
宏图再现；
扬威万邦，
跻跃九天，
龙虎气象荐轩辕。
向未来，
看大国风范，
唯我中华！

（发表于《中国纪检监察报》2011 年 5 月 31 日第四版）

满江红·观南梁红色纪念馆有感

黄土岭上，
树丰碑；
梢山深处，
铸栋梁。
硕果仅存，
彪炳宫墙。
浩气如虹照前方，
教益清新启后程。
恰红遍、中华迎朝阳，
齐歌唱！

敬先贤，
书锦章；
起宏图，
豪情壮。

登高望、陇原再造辉煌；
聚精会神谋发展，
彩旗成阵乾坤朗。
竞风流，
更拓鸿基业，
求自强。

（发表于《中国纪检监察报》2011 年 3 月 4 日第四版）

四君子赞

梅

劲挺疏枝凌霜露，
不媚冰雪发春华；
有情尽在寒中放，
清香哪让万树花。

兰

君生九畹居空山，
凝练清雅满人寰；
幽香韵远压千媚，
唯此品高不自喧。

竹

平生无意傲烟霞，
独抱虚心阅岁华；
挺立数竿标劲节，
几经风雨不横斜。

菊

东篱舍下领清爽，
炼得傲骨气轩昂。
独饮秋风抖精神，
敢向霜天吐芳香。

（发表于《中国纪检监察报》2011 年 3 月 20 日第四版）

满江红·登贺兰山

庚寅中秋，应友相邀，贺兰山下，驻马滩头，极目四野，有感而发：

一阕壮歌，
英雄泪；
数百流年，
东逝水。
金戈铁马，
执锐为谁？
浩浩黄沙埋忠骨，
悠悠民情颂勋伟。
今古传、人间有正气，
齐奋力。

逐莽野，
秋风疾；

忆前贤，
养豪气。
登高望、神州再度崛起，
走向繁荣新世纪，
更拓千秋宏基业。
真个是，
一派好景致，
令人醉！

（发表于《中国纪检监察报》2011 年 2 月 14 日第四版）

临江仙·晚秋

秋风落叶晓晴残，
苦雨凄切路寒；
复见黄河清有源，
雁荡去无声，
夜籁也难眠。

是非曲直催人颜，
进退无计两难；
不知流月向谁边，
霜染须鬓白，
何日照家园？

（作于 2010 年 10 月 29 日）

庆建国六十周年

万里彩云着盛装，
八方歌舞庆国觞；
烟火漫天惊巨澜，
英雄碑下翻红浪。

六十载劈波远航，
亿万众振奋图强；
长箭刺空追梦舒，
历数风流竞轩昂。

（发表于《晋商》2010 年 2 月）

青铜峡一百〇八塔观后感

昔日点将台，
今朝同争迈；
挥鞭逐贺兰，
放马抚尘埃。
风景异宏鸾，
稻花香沁怀；
登临此关山，
尽数雄风在。

（发表于《吴忠日报》2009 年 12 月 2 日第十五版）

古诗新韵

观兴隆山松涛云海

翠微云海间，
挺拔傲霜寒；
松骨凌霄汉，
何惧风雨狂。

（1996 年 10 月 16 日）

读　菊

回首平生事，
人生正如菊；
绿来不碧透，
花开满眼秋。

（1996 年 10 月 20 日）

秋　思

任凭风霜起，
世事难尽意；
心中无憾事，
笑骂由人去。

（1996 年 10 月 26 日）

勉学志吟

若要才高行绝伦，
立志修心莫惜身；
练就傲骨品为先，
脱俗超凡正气存。
不慕虚名弃浮华，
艺无止境天酬勤；
胸藏万卷行万里，
落笔生花文超群。

（1996 年 11 月 17 日）

酷相思

煮酒推樽论端始，
流年快，惜时急；

识前路，而今到也是，
举步难，心无计；
退也难，更无计。

荒废青春少白头，
为功名，催人起，
枉对岁月亏了华首。
求真理，存正气；
索光明，存正气。

（1990 年元旦）

游张家界

群峰直刃刺破天，
云缠雾绕路回转；
世间少有仙般境，
自当误入凌霄殿。

水曲洞中寻龙胆，
彩光珑玲迷人眼；
若还不到此山来，
哪得清幽照胸田。

（2009 年 4 月）

如梦令·中秋寄情

破空雁阵南迁，
托付思念无限；
寻入秋色中，
喜看一堂欢颜，
团圆，团圆，
共享千里婵娟。

（2009 年 8 月）

习书箴言

（其一）

人言我轻我非轻，
半管残锋度生平；
心磨诗文气若轩，
横笔动锦书豪情。

（其二）

吾以吾心写吾字，
无欲随风弄狂癫；
胸起笔落意为先，
放胆天地逐波澜。

（其三）

墨海惊起三尺浪，
笔端苦践十年功；
开张恰似云中鹤，
挥毫宛如缚蛟龙。

（其四）

落纸云烟飞凤舞，
满堂风雨洒玑珠；
山川入怀织锦秀，
奇崛奔放追脱兔。

（发表于《神州诗书画报》2009 年 8 月 29 日第三版）

观桃花

每逢三月碧桃红，
植入芳群寻梅意。
落梅不识碧桃心，
碧桃反笑落梅痴。

（发表于《兰州日报》2008 年 4 月 25 日）

无 题

夜读春秋明史理，
俯察盛衰论古今。
瞻前利国有豪气，
顾后为民无愧心。

观瓜州双塔水库

秋水平湖映日月，
心如明镜照世事；
莫道池边别言景，
阅尽春夏情相依。

（发表于《甘肃日报》2004年10月17日第六版）

古诗新韵（三首）

冬至

辛卯冬至，倚窗而立，极目远眺，南湖冰封，如浮云落地，有感随吟：

（其一）

残梦八载不觉醒，
负笈四处有苍痕；
寒山瘦水遥可期，
化浮驱霾起春风。

（其二）

湖海梦里觅春阳，
冰凝云中盼春光；
何期春雨落人间，
春风自知冬夜长。

虾

游戏江湖中，
屈身存善性；
无心争是非，
顿首供人品。

（1998 年 6 月 20 日）

寒春

料峭春还寒，
疏风细雨绵；
云来天路窄，
客去佛心宽。

（1998 年 3 月 25 日）

游皋兰山

皋兰山顶遍浓荫，
峰峦叠翠绿色新；
伯翁当年斩龙脉，
众手而今修山形。
造林植树志不移，
定使荒山草木兴。
屈指尽数千古事，
历来江山民心定。

（发表于《甘肃工人报》1998 年 5 月 27 日第四版）

黄河石

鬼斧神工天镌成，
真心苦寻别样情；
千姿百态始出来，
化作傲骨由人评。

（发表于《甘肃工人报》1998 年 5 月 27 日第四版）

崆峒山

百丈悬崖凌空天，
楼台古刹上云端；
众生俯仰圣祖地，
唯留心底皆是缘。

（发表于《甘肃日报》1998 年 3 月 12 日第八版）

喜迎香港回归

少穆泉台喜自饮，
百年遗恨梦成真。
雪耻在望归心急，
击筑高歌唱大风。

（发表于《党的建设》杂志1997年7月刊）

驼颂（一）

（其一）

戈壁荒漠沙飞雪，孤山半悬月垂钩；
拾见驼影轻如许，信步直须踏清秋。

（其二）

荒原深处谁行早，数行足印过沙岭；
踏破寂寞无涯浪，悠扬驼铃涛中鸣。

（其三）

不媚高堂不争宠，秉性憨直移山峰，
市井小人趋势事，唯此塞驼诚可颂。

（其四）

不巡契机问前程，舍弃浮华存德性；
自古妙笔不传神，斯人偏敬平凡心。

（发表于《时代风》1997 年 3 月）

驼颂（二）

（其五）

瀚海苍茫勇可求，无私自奉苦行舟，
为民留得冰心在，一派忠骨傲王侯。

（其六）

千帆劲发势破竹，万顷沙海拓通途；
不争骄阳不畏寒，躬耕只把丹心谱。

（其七）

侧眸忍度千秋雪，群心携来百样情；
纤夫凭游天地阔，魂系关山敬世民。

（其八）

大漠是家沙是胆，仍渡风云识艰难；
自饮冰雪唱天歌，独驭轻舟到彼岸。

（其九）

天生日月驼生峰，背负沧桑大漠行；
世间欲问瑶池路，只在深深蹄印中。

（其十）

莫问苍茫孤山远，不畏狂沙遮望眼。
任尔妖风呈凶残，认定前方足未闲。

瀚海惟独行，引颈唱大风；
冰心敬世民，忠骨傲王侯。

（发表于《时代风》1997 年 4 月）

情深意长

义而得·益友邻叙

痴心不改探书艺

——窥见书法家沙柳

甘肃省书法家协会名誉主席　尹建鼎

出自几十年追求书法艺术的热望，结识了许多的文人墨客，骏发之士，其中沙柳给我留下了极其深刻的印象。

记得初次相识时，他刚步入而立之年，着一身校官军服，显得年轻、干练，沉稳中透着自信。后经多方接触，才发现他兴趣广泛，虚心好学，多才多艺且又待人诚恳。

沙柳学习书法，既无家传亦无师授，靠顽强拼搏精神立志于自学。他幼年喜读书，进而喜涂抹，直到痴迷。二十多年如一日，无论酷暑严冬，他总是临池不止。其楷书心摹颜真卿、柳公权、欧阳询、黄自元、苏东坡和魏晋时期的名碑名帖；隶书手追张迁、曹全、乙瑛等；行草效摹王羲之、米芾、黄庭坚、岳飞等，并偶学篆书。他博采众长，从中领略古法新意之间的联系，力求在传统的根基上有所创新。

书旨、书道、书品，皆由书意媒体呈现在观众面前。书法的意蕴，应该包含功力，生活、思想和修养诸多方面，尤以真挚优美的情趣、意境最为动人。历代名家名作，都是彼时彼地的先贤者用自己的审美理想反映那个时代的产物，由此而造成源远流长的民族文化的优秀宝藏。“外师造化，中得心源”，这不是新话题，而要做到言行必果，谈何容易？眼下的书潮，师古者、仿洋者、效他者，并非鲜见。迷恋羽念符号，追求离奇古怪，荒诞无稽之术等等，似乎越是远离现实越是飘然自若的仙人、圣者，欺人唬人，不过是孤家自赏而已。与之相比，我很欣慰地看到沙柳已经领悟了学书从艺真谛，他师古而不步其后，埋头走着独家小路；他仿人而不仿其形，重在神质，坚持实践，以此弥补和完善自己的个性风格，这在当今风云变幻的书坛竞争中，能保持平静的心态，找准个人的切入点，实非易辜。

史学家司马迁曾说过：“究天人之际，通古今之变，成一家之言。”书法艺术是作者潜意识与真功夫、真性情的闪现，可水滴石穿，非一日之功。沙柳的可贵之处，在于多方投石问路，诱发个人潜能，总是脚踏实地往前走，不断攀登。他作书从研究入手，从繁到简，由粗到精，走过了一段很长的路。他可谓是个成功者，但这成功承载了他多少心志和辛勤劳作的汗水，才形成了书写风格上的朴厚古拙，凝重势发。他的书作多以方笔为主，正锋直入，似隶非隶，多了几分筋骨，多了几分豪气。在结体上无明显的蚕头燕尾，减篆之萦折为劲直，扁平丰茂，瘦劲挺秀，朴厚中见劲媚，流畅自然，不作修琢，充分发挥了书写者控笔、控墨的本领。其对书法线条艺术巧妙的搭配和对生活独具憨意的感悟，在作品中得到了能动的展现。

沙柳还很重视字外功夫的修养。他爱好历史和文学，尤喜爱诗词、散文和楹联，有空也搞点创作。他的诗歌、杂文、散文已在有关报纸、杂志上发表了近200多首（篇）；他制就的楹联，言简意赅，意味深长，如“冷静观沧海，泰然处世事”、“松骨凌霄汉，梅节傲霜寒”等等。详察沙柳的书法却有本有源，有承有变。谈起书艺来，从古及今，有名的书体，有名的书家，他如数家珍，数千年书艺之水从指掌间潺潺流过。不独如此，他的脑海中不知存贮了多少诗词歌赋，雄文名篇。沙柳就是在此背景下触摸书艺之神髓的。日本文学部部长、书法评论家春名好重在中日邦交25周年书画邀请展厅内看了他的作品后撰文称：“沙柳书体，挥毫自如，动静相宜，变化微妙，留白恰当，力沉刀就，势如破竹，字里行间，透着英气。”

（发表于《甘肃日报》1995年6月14日第六版、《中国纪检监察报》2003年2月24日第四版）

墨池畔的沙柳

——对书法家哈建设（号沙柳）的评价

甘肃省书法家协会原副主席、中国书法家协会理事　蒙子军

甘肃电视台《文化风景线》名家专访栏目要给哈建设拍摄专访，他要请我来讲讲，我很高兴。同时，也从另一个侧面说明，建设老弟这些年研习书法有很深的造诣，我衷心地表示祝贺！

建设研习书法有很长时间了，在部队时每天不论有多忙，总要挤出时间坚持临帖，而且多少年坚持不懈，功夫不负有心人。过去兰州军区举办过几次书画展览，当时他还没有转业到地方，也报送过书法作品，给我的印象很深，记得每次送来的作品还都能获奖。掌握书法艺术，既要继承祖国优秀的书法遗产，又要融会贯通，与时代精神合拍；既要尊重古人，尊重传统，但又不能一味地重复古人，拟古须进古，笔墨书当代。一个书家即便书写一种书体，也应有多种表现气息，有万象更新的贯通气势，倘若习书不求变通，就如欧阳修所说："其模仿他人，谓之奴书。"因此，研习书法应博采众长，若学书师于一家，易于拘泥。晋尚

韵，唐尚法，宋尚意，明尚态，清尚气。我们静下来细细观看建设书法，通体透射着浓厚的魏晋之风，又兼得唐宋法度，气势不凡。长期以来，他从魏晋诸家碑帖中广收博取，细心揣摩。他以笔墨为径，循古帖之气息，察古贤之心怀，用心、用脑、用手去认真研磨，心无旁骛，一以贯之，专情专注，从而熟练掌握了书法要领，才能创作出富有时代气息和个性风格的书法作品来。

建设不仅务实还很谦逊，这是求知必备的优良品德，习书也如此。一个书法家要达到笔法精和书体美，贵在苦练，循序渐进地悟，取他人之长，补己之短。“书圣”王羲之临池学书，池水尽墨，墨池也成为后来者苦心习字的图腾。不错，历史上能打动人心灵的经典之作，大都是苦心临摹古贤大家法帖的结果，临帖是古今所有书家必走的求艺之路。只有古意新写，才能创作出属于自己的书法作品。在他身上表现的那股子虚心好学的劲头，在现在的年轻人身上是很难找到的。现在有一些年轻人，认为练习书法容易得很，还没有入门，尾巴就翘到天上去了。他这个人的性格恰恰相反，肚子里装了许多的东西，从来不张扬，默默耕耘，不问收获，竟能在繁忙的工作之余，几十年笔耕不辍，临池不止，并且取得了丰硕成果。

着眼传统为根基，不走捷径，不羡浮华，扎实地迈出每一步。他常说：“成功的书家，总是准备再准备，一生都在爬坡，永无止境。”他是这么想的，也是这么去做的。在研习书法的路上，他总是不满足现状，不断地进取和攀登，始终保持着冷静的头脑，审视和寻找着适合自己发展的天地和空间，在不断地“毁我树我”的书法实践活动中，力求达到力与美的璧合，使书法创作充满活力，既洋溢着书卷气，又透射出阳刚气息。

学贵知疑，建设不但敏于好学，在勤于书法创作的同时，也非常重视“字外功夫”的凝练，注意平时的积累，而且还借学习和工作之余，走过了不少的名山大川，别人游弋在山水之间只是图热闹，而他则是用笔用心去感悟大自然的天性，读取山川江河之灵气来丰富自己，开阔视野，增强认知能力，由此相得益彰。他不仅书法写得好，而且还写得一手好文章，在全国都是知名的；至于诗、词、楹联也都样样来得，有的还广为流传，成为佳句。

哈建设书法作品透着一股豁达之气，结体宽泛，饱蘸笔墨，浓淡相宜，沉着厚实，随意恣形中又透露着鲜明的法度，融会了多家之长，又消弭了师之何家的痕迹，形成自家风貌。细细读来，线条遒劲挺拔，深谙计白当黑之理，疏密有致，清爽明朗，胸臆、性情、喜怒哀乐和所有与书者有关的精神及物态都能在不知不觉之中从笔下尽情地流淌出来，最终达到创作时物我两忘，完全超越了技法的心迹的流露，趋之道法自然、超然物外的境界。

（甘肃卫视 1997 年 6 月 18 日晚 10:30 播出）

凛凛正气壮华魂

——哈建设书法艺术初赏

吴辰旭

一

哈建设者，号沙柳，性憨直，持低调，敬所业，工余无其他爱好，唯嗜书成癖，临池飞毫凡三十有年，冬夏不废，晨昏尤勤，终有所成，尤以“变体隶”标举省内外，远播东瀛并屡获大奖，令人钦慕不已，然其隐而不张，知者亦寡，令我等囿于见闻，拘于以位定名者汗颜，遂为之诌七绝一首，以志感慨耳。

刚正不阿扫俗风，
凛凛正气壮华魂。
谁言翰墨雕虫事，
独树一格不朽功。

以上是我去年10月因公初识哈建设时写的一则短信。为弥补缺憾，近期又搜集了不少学者评论他书法艺术的文章，研读了他不少的书法作品，真草隶行皆有，既大开眼界，又证明我短信中对他的认知，与论家大体一致，是为数不多的具有实力的书家。

二

汉字书写，是一个人品操、学养、个性、气质的“心电图”，所谓字如其人，运用到建设身上，是再贴切不过了。建设有许多共产党人的好品质，诸如公道、平和、实在、质朴、谦逊、勤奋、不苟等等，但最突出的是正直，正派做人，直道行事。这“正直”二字，在他的代表性书艺“变体隶”中，表现得淋漓尽致。秦篆的长形体态，到汉隶变为扁形，是一个时代书艺的巨大变化，但建设以汉隶为基，却形成方正字态；且方笔入出，中锋运行，有别于汉隶的蚕头燕尾，这是建设“变体隶”最为突出的两个特征。汉文字俗称“方块字”，但这个“方块”却在历史漫长的衍变中，因结体和笔势的变化，时长时扁，而方正形态的字体，因为容易板，少有人采用，建设大胆用之，再配以方笔入出，正锋直遂，笔力遒劲厚朴，给人以堂堂正正、豪气干云、力发千钧之感，字里行间，透出汉隶的俊逸，魏碑的峭拔，唐楷的严正，宋元的意趣，非但消弭了人们对方正形态的审美定势，反而凸显了超凡脱俗、刚正不阿、抱朴守真的艺术魅力，这无疑是对当前书坛媚俗之风、诡异之气、市侩恶习的有力抵抗和反驳，独见其精神之所在。

建设不仅在隶书上卓有建树，就是他的草书、行书、楷书，以至不多的篆书，都带有大气磅礴、痛快淋漓的艺术特点，其中，草书圆劲刚健，飞动流畅，一气呵成，自然朴率。横如门栓，直似钢杵，点若坠石，撇捺宛若刀剑，转折挺中见秀，“百炼钢化为绕指柔”，毫无做作之感、扭捏之态，率性真纯，一如其人。力，倘是书法艺术之魂，那么率真就是书法艺术之命。命是魂之依托，魂是命之外泄，因之，命之不存，魂安在哉！书法艺术离开率真而求其他，无异于缘木求鱼。这是建设书艺给我们的一点重要启示。

三

书法是我国独有的古典艺术，是中华文明的一个重要符号。文字的产生是世界文明获得重大进展的决定因素，而中国汉文字是世界四大古文明中中华文明延续至今独存于世的基础条件。所以故，当然有诸多因素，但汉字从它产生之日起，就以美的法则不断发展、丰富，与时俱进，从而以美的视觉心理产生强大的凝聚力和向心力，不无关系。

毫无疑问，在这个发展过程中，汉字的人格化倾向有意无意地主宰着一个时代、一个地域甚或一个人的发展取向。所谓晋尚韵，唐尚法，宋尚意，元明尚趣，皆一个时代风习在书艺上的透射。建设书艺能取得今日之成就，是他的禀赋人格使然。他广涉百家，博采众长，临池不辍，取舍有度，从不随风俯仰。从王羲之、柳公权、欧阳询等中，求法度，从颜真卿、米芾、苏东坡、黄庭坚、岳飞等中求气势。隶属依然，从魏碑的名碑和二爨中求骨气，从张迁碑、曹全碑、乙瑛碑中求韵致。这样，在取法过程中，建设始终以骨格气韵的熔铸为核心，手摹心追，书家的个性禀赋便与书艺的美学向度内外相应，物我相彰，凡三十多年如一日，执着坚守，终有所成。心无定见、随风转向者，罕有所成，就是缺少这个人格魅力统驭下的定力，亦即人格与书艺的悖谬。

四

现代科技的发展，虽然使书法艺术逐渐脱离了实用功能，但全民持久不退的书法热，却因附丽于国学热的高涨而有增无已，不仅漫及朝野，且广及世界，汉字成为世界各国民众的装饰性时髦。这说明，书法艺术非但没有因为实用性的减退而受影响，反而增强了书法艺术本体性美感的影响力和魅力。

而美和实用的脱离，使写字上升为艺术的高度，审美取向就成为书法艺术能否获得成功的关键。任何艺术都是人类情感的物化，书法尤其如此。书法线条从象形到符号化的抽象过程，始终充满着人类情感和文化禀赋的浸润。因之，文字的书写性并不简单地表现为技能，而与书写者个人的履历、学养、禀赋、趣味、文化素质等有直接的关系。正是明于此，建设在临池不废的同时，几乎利用一切闲余时间，披览古今名著，储养豪然之气，举凡诗词歌赋，楹联妙对，广为涉猎，且能即兴吟唱，酬答奉和，其诗句联语，亦大气奔放，与其书艺相得，锦上添花。

林语堂认为，书法是中国艺术的最高形式，建设悟道明德，钟情不舍，十分难得。当然，他的书艺并非达于至境，还须倍加努力，在求正、求气、求骨的同时，从结体的疏密、开合、奇正等，笔势的粗细、长短、方圆等，墨色的枯润、干湿、浓淡等中，适度参酌变化，会更臻完美。我们从他的行书和草书中，已经看出他在章法、笔法、墨法方面有了一些变化，这使我们有理由相信，建设的书法艺术将进入一个让人触目即喜的境界，成为与中华崛起伟大时代相侔的艺术标识。

2012 年 6 月 28 日

壬辰荷月草于五泉堂

（作者系甘肃杂文学会会长、诗人、艺术评论家，甘肃日报社高级编辑，《神州诗书画报》高级顾问）

（发表于 2012 年 8 月 15 日《甘肃日报》第十二版）

沙柳，行且毅坚

——对书法家哈建设（号沙柳）的评价

潇湘子

与哈建设（笔名沙柳）交往有很长时间了。这么多年过去了，许多朋友都发生了很大变化，唯独他还是那样率真，坚毅且充满自信，顽强地保持着本我，实在难得。

在我的记忆中，建设涉猎和研习书法已有很长时间了。那还是在上世纪80年代初期，兰州军区举办过几届书画展览，当时他就已经崭露头角，还屡屡获奖，具体是几等奖我现在记不清楚，只记得名次还是靠前的。尤其，近些年频频在一些展览、相关网站或有关报刊上，总能看到他的作品，清晰地记载着他不菲的艺术成就。总之，他是一个很有实力的书法家。

当今社会研习书法的人很多，但形成个人风格而又被社会和公众认可，则寥寥无几。建设是个比较低调、不善张扬而又默默耕耘的人，坚持数十年竟能在繁忙的工作之余，笔耕不辍，临池不止，并且取得了丰硕成果，这本身需要坚持或毅力才能做到的。品读建设书法，大体可概括为如下特点：一是路子走得很正。他以传统为根基，用了很长时间，以颜真卿楷书为主线，逐步涉猎欧、柳诸体；对秦汉篆隶、魏隶、简帛也做了较长时间的临习，继而折锋转向魏碑、魏晋行书、草书，一直到宋元明清书法集大成者及民间书法，都有广泛涉足，且深研诸体，尤在魏碑书体上用功至勤，从而打下坚实的基础，积累了厚积薄发的实力。二是有静心悟道的韧性。学习书法贵在悟性，而悟性源自天分和勤奋实践。他在刻苦临习的过程中，深刻地认识到“勤能补拙”，我很欣赏在他身上反映出来的那股子执着劲，悟道时心如止水，不受旁物左右。于此他对当今书法界的喧闹浮躁之风、追名逐利之象、文人相轻之腐极为厌恶，所以唯认准目标，踏踏实实，潜心书艺，顽强地走自己的路。为了提高书法造诣，他经常游览名山大川，感悟大自然之生机，以文壮怀，崇尚书法线条的自然流动美，追萧散之气，讲究书卷之风，使笔下创作的作品如行云流水，有急有缓、有刚有柔，有纵横奔放之气度，雄浑凝重之精神。三是理解创新得法。他的书法创作，以尚自然、重功夫、求古拙和法天趣为上，进而达到解书中意蕴，在笔法、墨法、章法、内容等诸多要素中能有一些新的理解，悟出求得书法艺术根蒂，俱学俱书，既要解古人书写的飘逸，又要注重字的骨气性，再现书写中用墨之灵性，以此体现整幅创作品的骨气和泼墨的灵气，有机融碑学帖学于一体，将气度和神韵跃然纸上，表现出风格的成熟化、个性的鲜明化、形式的多样化以及艺术语言的丰富化。

人的价值不在于你已拥有了什么，而在于你为大众和这个你生活的社会创造了什么，这才是最最重要的。书法作品虽然不能改天换地，也不可能是暴富的“敲门砖”。可它却能在陶冶性情之中将美的感悟、美的情趣、美的意境奉献出来，满足人们的欣赏，赋予人们灵性，唤起人们对美的追求。书法活动恰恰是在一次次的创作—欣赏—传承的过程中，感染着人们的情趣，丰富着人们的精神田野，增进着人们的生活品位，美化着人们的生活质量。苏东坡生前“宁可食无肉，不可居无竹”，这既是一种修炼，也是一种境界，更是一个人精神操守的体现。

“坚定书艺信念，即是成功的前提。”建设的书法实践恰恰证实了这一点。他的一生是坎坷不平静的，甚至是在他人生最困难时，也从不轻言放弃，而且愈挫愈勇，更激发了他寄情翰墨的热情、睿智和勇气，这个恐怕是一般人做不到的。从他的书法作品里，我们不难看出所表现的一种顽强不屈的精神，不仅有着很强的控制笔和驾驭线条的能力，而且还显现出在寻找个人的位置、适应现代社会的需要方面，十分敏锐和富于魅力，这使我时常感受到时代的步履在催促我们这些老家伙往前走，同时也为后辈快速的成长而高兴和自豪。

文如其人，字如其人。虽然说中国字是方块字，但具体到每个人都有自己的理解和表现风格。书旨、书道、书品，皆由书意的媒体呈现在观众面前。书法的意蕴，应该包含功力、生活、思想和修养诸多方面，尤以再现真挚优美的情趣最为动人。历代名家名作，都是彼时彼地的先贤者用自己的审美理想反映那个时代的产物，由此而造成源远流长的民族文化的优秀宝藏。“外师造化，中得心源”，这不是新话题，而要做到言行必果，谈何容易？

眼下的书法市场，师古者，媚外者，仿他者，急功近利者，并非鲜见；似乎越是远离现实越是飘然自若的仙人圣者，欺人唬人，不过是孤家自赏而已。我很欣慰地看到哈建设已经领悟了研习书法的从艺真谛，他拜师而不步其后，坚持探索适合自己的路径；他学古而不仿古，坚持在继承传统的基础上寻求书意之道。在当今风云变幻的书坛，能保持平静的心态，找准个人的切入点，实非易事。

“吾以吾心写吾字，无意随风弄狂癫；胸起笔落意为先，放胆天地逐波澜。”这首诗是建设书法创作的感悟，也是他一直坚持的路数。在这方面他的路子走得很正，立根传统，不偷懒，不浮华，扎实地迈出每一步。建设将书法艺术作为毕生追求，由此认真读书临帖、临碑，不断探索研习，并从生活阅历中来理解感悟书法之妙道，勤学苦练，终有所成。综观他的作品，心里的第一感觉就是作者的创作心静志远、厚积薄发、风格迥异，摆脱了一味追求展览形式的束缚。心淡则神清，神清则能汇古通今。作品中有秀美、有典雅、有精致、有奔放，于经意不经意间，其妙存乎于心。微云淡河汉，疏雨滴梧桐，得技巧不即不离之法，如清风，如烟霞，如幽林曲涧，如珠玉之辉，不惊惶、不急迫、不做作、不拘泥、不浮躁，放松，坦荡，一任自然展示所观、所想，展示品质、格调、境界、思想、激情和诗意，自然之气难能可贵。

书法创作要有较高的悟性，而文化熏陶和文化修养则是对书法感悟的源泉。我们常说“字外功夫”，指的就是一个人的文化内涵、学识气质、情趣修养对书法艺术的感知能力。书法的生命力历来都是扎根在文化的土壤上，否则“玩”到最后不知从哪里下手了，甚至是“越写越臭了”。

这一点建设已证实了。我与他相交甚弯，这么多年过去了，岁月的沧桑和丰富的阅历使他变得更加深沉睿智，唯一未变的是他通身浓郁的诗人气质和宽博的人文情怀。前不久他将近年所创作的近百首诗词、楹联寄来“请我不吝赐教”，阅读之下，其思想之深刻、语言之练达、文风之朴实，直教人佩服之至，其中可以想见他用功之勤。这“勤”自然与书法艺术美相得益彰。这美映透在书法艺术的章法中。章法是书法作品的门户。建设在创作中非常重视整幅作品的布局，包括落款、钤章，都十分考究。无论是煌煌巨幛还是方尺小幅，皆九朽一罢，惨淡经营，非至称意不肯罢手。虽然这种苦心经营已近于本能，但细心揣摩，仍不难发现其用意之深之微。故其作品，气势连贯，虚实掩映，挑夫争道，奇正相生，宛如天成。加之，他崇尚王羲之、颜真卿、怀素、米芾等前贤作品中的大气，潇洒、厚重、痛快淋漓的境界和风格，并将这种境界和风格表现在创作中，故大气磅礴，其作品受到了海内外众多人士和机构的青睐和珍藏。骨和气是中国艺术的灵魂，所以建设以骨气入书，崇尚堂堂正正，铁骨铮铮、光明磊落、浩然之气，表现出博大、高尚的人文情怀。

（作者系中国书法家协会往届理事）

（发表于《宁夏日报》2011 年 10 月 24 日第八版、
《甘肃经济日报》2011 年 11 月 14 日第八版）

墨池边的沙柳

——记书法家哈建设（号沙柳）

甘肃省作家协会副主席　马步升

有幸与沙柳（正名哈建设）先生在党校同学3月，日日除了上课、吃饭和睡觉外，填补一切空闲时间的活动便是观他献书艺，听他论书道。

沙柳的大名我是早有所闻，他的书法也是早就赏析过的，但如此长时间贴近地察人观书却是第一次。沙柳作书时全没有我见过的许多书家那么大的架势，他的神情煞是随和，款提长锋，闲蘸浓墨，口里一行和同学们聊着天，手一行动作着，只见笔锋时而如游龙婉转千变，时而如惊魂上飞而下飘，落在素宣上的则如一片海面，有不可撼动的磐石，有波涌浪卷的激烈，有手拍涟漪的优游，所谓张弛有致，行止有度即是。

书法是一门复古的艺术，每一种成熟的字体，后面都藏着数不清的古人，每一种创新，都是从幽深的墨海中捞起的。先辈倾注在字上的心血和智慧使每一个后学者都产生高山仰止、景行行止的惶惑，而方块字不仅是一种交流的工具，也是一种艺术形式。因此，会写，会用，甚至写得不错，粗通文墨的人都能做到，而要将其升华为艺术，则必先通书道，明书艺，辨书理，必先练就十年磨一剑、斗酒煮一字的真功夫、真性情，而且须博古通今，练达人情。以此种种素养铸造汉字的人，方可称为书家，否则，写出的字纵然很是好看，但也只是好看的字，这是能工巧匠的手艺，而非书法艺术。详察沙柳的书法却有本有源，有承有变，谈起书艺来，从古及今，有名的书体，有名的书家，他历历如数家珍，数千年书艺之水从执掌间潺潺流过。不独如此，他的脑海中不知存贮了多少诗词歌赋，雄文名篇，张口就滔滔如江河然。沙柳就是在此背景下触摸书艺之神髓的，他真隶草行，样样都来得，执日本国书坛牛耳的春名好重先生对他的草书评价道："沙柳的草书长卷，挥毫自如，静中有动，动如脱兔，变化微妙，布白恰当，浓重枯涩，皆出胸意，力沉刀就，势如破竹，字里行间，透着英气"；沙柳最受推崇的却是他独创的"变体隶"，已故书法大师尹建鼎先生对此著文评价道："结字严整，波磔分明，长短互用，金石味浓，互补质美中映着松骨竹节的独特风韵。"

沙柳的书法作品已远播海内外，来自名家和爱书者的评价甚多。沙柳是艺名，他取如此坚韧的植物命名自己，是再也传神不过的。一有闲暇，他便临池习艺不辍，十数年如一日，宛如一株扎根于墨池的沙柳，顽强蓬勃，富有朝气。

(发表于《人民之声报》1998年4月22日第二版、《中国文化报》1998年6月16日第四版、《兰州晚报》1998年8月7日第二版)

墨池畔的沙柳

——对书法家哈建设（号沙柳）的评价

著名书法家 魏万堃

今天，我们看到建设拿出来要拍摄的作品，给人的直观感觉是字练得很扎实，路子走得也很正，临摹了不少大家的名碑帖，同时不难看出，他从临习这些古碑名帖的过程中，有许多自己的理解，也悟出适合自己发展的笔性。

细细琢磨他的书法作品，主要是崇尚王羲之、颜真卿、怀素、米芾等前贤作品中的大气、潇洒、厚重、痛快淋漓的境界和风格。仔细看他的书法作品，有很多地方充分流露着这些名家的痕迹，看着很舒服。建设创作的书法作品，有自己的特点和风格，线条不仅流畅，而且颇见功力。据我知道，他还是很能吃苦的，几十年临了不少的帖子。书法这个事，不是说你能吃苦就达到了目的，还要有悟性，建设的悟性来自勤奋。单从他自制的这个铁笔看，分量可是不轻呀！没有足够的腕力那是甩不开的，别说写字，提都提不起来。可他每天能用它临帖练字，一干就是一两个小时，这可真是不简单。

建设待人诚恳，为人也热心。朋友们谁家有个啥事，只要他知道，会尽力而为。他交朋友实实在在，不玩虚的，所以一块的朋友，老的少的都很尊重他。不像有的年轻书法家，字还没有写成，就先把架子端起来，跟大家处得很不愉快。建设没这个毛病，因此他的字在省上各种展览上，频频出现，没有争议，大家都认可，在大家心目中很有威信。我与建设交往，同出自对书法的热爱。他经常到我上班的地方和家里来。我们在一块主要是写写字，谈点感受，有时也说点闲事。他这个人有个特点，一般言语不是很多，不属于那种夸夸其谈的人，更不是爱出风头的人。但是有时说出的话很有分量，有一股子气质。我们一块的朋友常跟我说，建设对人很随和，对人也谦逊和善，但是身上总让人感觉到有股子不是装出来的霸气。大概是因为他看了不少书，说话有板有眼的缘故吧。

他常说，骨和气是中国艺术的灵魂，所以建设追求以骨气入书，崇尚堂堂正正、铁骨铮铮、光明磊落、浩然之气，因而他的书法作品总能表现出一种博大、高尚的人文情怀。建设从楷书打基础，兼攻其他，一步一个脚印，踏踏实实，直到眼前我们看到的东西，魏碑味道很浓，而且显得老道。尤其是魏碑字，一般是不怎么好写的，没有一定功力，那是写不好的，那可是个功夫活。建设临摹的视野比较宽泛，从楷书、隶书、魏碑到行书、草书，做了不少的功课，而且都还像模像样，这是要下苦功的。

他有一个突出的特点，就是踏踏实实地做学问，不偷懒，不跟风，更不癫狂；这同他的做人一样，质朴淳厚，像青山绿水一样的自然、透明而真实，只要认准一个目标，不论成功与否，总能做到一步一个脚印地坚持走下去，不达目的不罢休。他跟我说过为啥取艺号为沙柳，一是向沙漠的红柳学习，不选择生存环境和条件，渴不死就活，以微薄力量向沙漠奉献绿意；二是在低标准那个年代，曾因以家乡的沙枣充饥，才度过饥荒，常以此为勉，做个知恩图报的人，争取过好每一天；三是勉励自己做一个铺路砂石一样的人，不轻不贱，不癫不狂。

一个知道感恩的人，必然有好报。因此，今天借这个机会，我祝愿他在书法艺术研究飞翔的天空，越飞越高。

（甘肃卫视 1997 年 6 月 18 日晚 10:30 播出）

推陈出新有一手

春名好重

7 月中旬，奈良邀请我去做评审，就中日书法联展谈点拙见。在书展大厅的一角，看到来自中国叫沙柳作者的四条幅书法作品，尽管展位不突出，还是抢眼。作品既有隶书的俊逸、魏碑的功力、楷书的法度，似这样的结合，巧妙地熔为一炉，不流僵硬的痕迹，看来只觉面貌一新。仔细问来，此君是个新手，来自中国西北兰州，但看他书法作品，颇见功力，处理得大胆、泼辣，风格独具。不知道沙柳君是怎么想的，我这里冒昧地给以冠名为“变体隶”，当然还可商榷。

隶书尤以汉隶最佳，传统的隶书，多以扁方见长，像沙柳君这样四方四规、笔笔中锋的书写，兼有隶书的柔美，又善魏碑的笔势，柔中带刚，刚中见秀，克服了彼此间的不足；不止如此，整个作品中，字字结体严整，波磔分明，长短互用，金石味浓，意境传神，互补质美中映射着松骨竹节的韵道，耐看不说，充满了品味。书法发展到今天，推陈容易出新难，复古易求变难，沙柳君做到了。

在沙柳的书法作品中可窥见其超尘脱俗和持真守朴，倾注了淡定自若之心态，淡泊宁静，意在明志而致远。因此，人们看到沙柳君书法中透着美之和谐，自然与审美之交融于一，观来有美的享受，亦有人生之启迪。

（上述为春名好重评语。春名好重，日本文学部部长、东京国立大学高级教授，极具权威的书法评论家。）

1995年6月应邀参加纪念中日邦交20周年书画友谊展时，送展作品（行草长卷《沁园春·长沙》），春名好重仍是评审，观后做评语：去年看到沙柳君的四条幅“变体隶”，今年君一改书体，以行草示人，风格尽管不一样，却表现出同样的功力。其书法作品纵情挥洒，气势磅礴，飘逸恬淡，意境传神；仔细观之，沙柳君的这幅草书长卷，一气呵成，笔走龙蛇，静中有动，动若脱兔；线条多变，布白恰当，浓重枯涩，皆出胸臆；力沉刀就，势如破竹，字里行间，透着英气。

其实，书法艺术之难，在于永无止境。笔墨美，章法美，意境更要美，需要在漫长的创作实践中逐步锤炼形成自己个性化的书法语言。对于一个有所追求的书家而言，不仅仅是已经达到了什么样的高度，最重要的是没有最好，只有更好。这是沙柳君书法创作生涯不断腾飞的认知和动力。书法艺术创作最本真的状态，是享受创作带给我们心灵的愉悦，阅尽沧桑之后，心灵会更加透明、乐观而豁达，创作也因此更加游刃有余。

（上述两段语言分别发表于日本《艺术家年鉴》1994年第7期、《阳明墨宝》1995年第4期、《书道艺术》1995年第7期）

笔劲雄健显功力

——沙柳（哈建设）君书法作品评介

日本奈良书道院院长　奥山岳风

与沙柳（真名哈建设）君交往，得之偶然。1994 年第四届中国丝路艺术节在甘肃兰州举办，我率日本奈良艺术团应邀前去参加盛会。期间安排我们观瞻了一些相关的艺事活动，有幸欣赏到沙柳君的书法作品，古朴清新，气象浑厚，甚是喜欢。随后经过有关人士帮忙，与之建立起书信联系，我们每年举办书展都邀请他拨冗给以援手。几年间，他总是有求必应，每次都认真准备，送来风格各异的书法作品，展出后反映强烈，效果甚佳，给大家留下了深刻的印象，赢得了各界人士的赞誉。

与沙柳君虽神交已久，至今尚未谋面，但对其书法作品却已是非常的熟悉，喜之愈甚，在几次的展览中，深得好评，为我们举办的书法展览增色添辉，给我们长足了面子，不少人为得到他的书法作品而自豪，他总是不厌其烦，拿出精品示人。单凭这一点，我们非常感谢沙柳君。人与人的交往是不受国界限制的，沙柳君的作为，使我们认识到：人之相交，始于礼；人之深交，基于义；人之长交，行于诚；人之广交，起于信。日中两国，一衣带水，文化相近，咫尺相见，有这么多热心的信使在传承、维系，结成纽带，没有理由不世代友好下去。

观沙柳君书法作品，可感受到一股扑面而来的洒脱，有种亲和之气，作品或空灵高妙，或磅礴大气，总能让人领悟到一种真情坦露、热情张扬的朴直和纯美，不由人涌起一份真切的感动。沙柳君书法创作的路子很宽泛，这一点在近几年送来的参展作品，不论楷书、隶书抑或草书，样样都来得，且出手不凡，颇见功力。书法是线条艺术，功力则是必备的元素和要件，沙柳君能摒弃慵懒奋起一役并保持着率性，以功力造势，以真情著书，以本我表现，端直根性，则不多见。记得有一次他送来的参展作品写的是自创诗，“墨海惊波三尺浪，笔端苦践十年功，开张恰似云中鹤，挥毫宛如缚蛟龙”，其中流露出对功力的追求自不必说，同时也从一个侧面足见书法之妙不仅要肯下苦功，还必寻得书法之意境，净心修德，心智高尚，博采众长。沙柳君的书法骨格刚健，清新自然，润燥适度，奔放流畅，直率飘逸，韵味隽永，是形与力的美和，功与健的体现。在他的书法作品中总能看出内心清净，常年浸淫翰墨，继唐楷法度之功，吸秦汉篆隶之韵，得魏晋奇崛之魂，取宋元草书之姿，融众家之长；但凡写作，不雕琢，不润色，一气呵成，雄姿大度，灵动遒劲，朴素中见雄浑，平淡中露奇峻，为人所称道，见其字者，皆爱不释手。

从沙柳君具有鲜明个性神采的作品中，总是能感受到一种文化气息，这也是不多得的。现在有的人搞书法，自以为是，多追求形，忽略了神韵，洋洋洒洒不知其意，飘飘然然没有趣味，满以为唬人吓人，却惊不走麻雀，剩下的只有自鸣得意。书法毕竟不是孤芳自赏，它是大众艺术，少了文化元素，自然就没有了神韵，自以为怪异就是书法，其实是掩耳盗铃，自欺欺人而已。

（发表于日本《书道艺术》1995 年第 7 期）

后　记

行者无疆，思者无域，天地有边界。我如行僧，放浪形骸其间，山川之美，江河之美，花草之美，人更美哉！置身物外，乐此不疲，行也无尽，思亦无涯。

我本土筑门第，十八岁从军，为了实现人生理想，去做，去闯，去拼，既有成功之喜悦，荆棘坎坷也可谓常有之事。一路欢歌悲曲，两耳沐风洗雨，都无怪乎。问心无愧的是没做过亏心事，也不曾虚度年华。春秋似水，岁月如赋，阅尽沧桑，蓦然回首，已年过半百。

我常常在想：一个人的生命怎样才能更加有意义呢？不同的人总有不同的答案。仰其德义者，崇尚光明，崇尚正义，总要用自己的智慧和能力，驱散阴霾，照亮别人。然，心是行之源，只要胸中有光明，就不会被黑暗淹没。我虽不才，却清晰懂得：洁身自好，与人为善；达观向上，自强不息；寓思寓悟，诠释心怡，以供借鉴。

回想近四十年来，除恪尽职守、兢兢业业做事，坦诚以待、亮亮堂堂做人外，惟有一个爱好，那就是有暇之时，喜欢舞文弄墨，笔耕不辍，而今不仅在书坛小有成就，在文学领域也不断有铅字见诸报端。数年过后，掬起青春浪花，品读再三，竟如真水，依然洁净，心缘释然。遂将多年来发表过的散文、随笔、诗歌、杂文、寓言故事等整理出来，以飨读者，望乞不吝赐教。

无量乎，没命难活这么大；拜天地，感谢父母赐予生命；细思量，感谢家人长久以来无怨无悔的承担；敬军礼，感谢部队老首长、患难老战友；深作揖，感谢亲朋好友一如既往的支持；举起杯，感谢尊敬的领导和同事，给以展示才华的平台。凡此种种，没有这一切，哪有我今天！

藉此，还要特别感谢中国纪检监察报社社长李本刚的厚爱，在百忙中为本书作序；中国方正出版社的领导和同志们为本书的编辑、设计和印刷、出版，付出了艰辛的劳作；还有我的同事张振东、于丽华、邢力文以及朋友范兰生、杨光、魏立文提前将已发表过的文章扫描归类、校对输送，做好准备。显然，要感谢的人很多，但篇幅所限，只得铭记五内。

山野之风，掖庭裘辞，结集成册以记之。

（作于2012年7月7日）